矗立在青藏大地上的英雄慕生忠将军（白永花摄）

筑路忠魂（白永花摄）

举世瞩目的青藏公路（白永花摄）

冬日的金银滩(王中杰摄)

雪霁后的金银滩（胡文勃摄）

高原明珠——格尔木炼油厂(青海油田宣传部提供,志愿者摄)

奋战在生产一线的青海石油工人（青海油田宣传部提供，志愿者摄）

歇口气（青海油田宣传部提供，志愿者摄）

尕布龙与民工在西宁南北山植树（达什杰莉摄）

在河南县任县委书记的尕布龙与牧民交谈（达什杰莉摄）

车辆损坏,和队员们一起步行向营地求救的路上,口渴难耐,在野外砸冰解渴(赵新录摄)

永垂不朽的杰桑·索南达杰（秋培扎西摄）

因为有了巡山队员的守护，雌藏羚羊才能带着幼羚，安全返回（赵新录摄）

转湖的人(辛茜摄)

天鹅起飞,美不胜收(李东平摄)

苍茫大地

辛茜 著

目录

圣火的意念 /1

勿忘金银滩 /35

在柴达木等你 /63

尕布龙的高地 /99

再唱山歌给党听 /135

雪山啸音 /165

转湖之梦 /199

苍莽高地，精神之宇（代后记）/233

圣火的意念

1994年10月19日，慕生忠将军在兰州逝世。

儿女们遵照遗嘱把他的骨灰撒在了昆仑山上、沱沱河畔。那一刻，漫天飞舞的鹅毛大雪让大地变得银白，南来北往的车辆全部停驶，喇叭呜咽，一起向将军致敬，悲壮的场面让人终生难忘。

英雄已逝，岁月漫漫，慕生忠将军的音容笑貌仿佛就在我们眼前。那条举世瞩目的青藏公路，仅用了7个月零4天，就在海拔5000米的生命极限开辟出来。那是一条与遥远的湖泊、西部的寂寥同样令人激动，需昂首远观的路。

哈达缥缈，萦绕在雪山之巅；巨龙蜿蜒，飞舞在青藏高原。太阳冉冉升起，那彤红炽烈的光芒，就像"青藏公路之父"、开路将军慕生忠火热的心。

1954年12月15日，慕生忠将军率领筑路大军，仅用了7个月零4天，便靠血肉之躯、坚强信念切断了横亘在眼前的25座雪山，渡过了数不清的河流险滩，开辟出一条神奇的"天路"。这实在是一条不平凡的路啊！它超越了海拔5000米的生命极限，它镶嵌在中华至尊昆仑山宽广的胸膛，成为在与世隔绝的"人类生命禁区""世界屋脊"创造的人间奇迹。

这条路离天最近，它俯瞰一切，傲视苍穹。没有什么比这条路更能诠释人类的勇气与毅力、胸怀与伟岸；没有什么比这条路更富有烂漫的诗意、磅礴的勇气。从此，进藏的距离不再漫长，酥油奶茶糌粑更香更甜，各族人民欢聚一堂。

嗜血的荒野

新中国成立，人民解放军从四川、青海等四路向西藏挺进。1951年5月，西藏实现了和平解放，拉萨河畔响起了清脆嘹亮的军歌。8月22日，以范明为司令员、慕生忠将军为政治委员的第18军独立支队官兵，保卫着班禅行辕人员1300人，赶着20000多头背驮物资的牲畜，从青海香日德出发，踏上了进藏远程。

这是一次悲壮、惨烈的行军历程，沉重如喋血之歌，悲壮如气吞山河。二十多名指战员、民工，数百匹牲畜的生命留在了进藏的路上。布满泥潭的黄河源沼泽深不可测，一旦陷进去便万劫不复。大家只能小心翼翼地翻滚前行，累了平躺一会儿，接着再翻滚前行，个个都成了泥人。然而，二十多名同志因为体力耗尽最终没有走出来，尸体无从找寻。战士们找了十几块木板，刻上遇难者的名字，插在英雄牺牲的地方，算是给他们的坟墓。

鹰隼低号，震撼时空。悲切中，将军仰天长叹：同志们，擦干眼泪，咱们继续前行！

1951年12月1日，18军独立支队官兵，翻过终年积雪的昆仑山、唐古拉山，穿过荒无人烟的沼泽，越过通天河、沱沱河，经历了严重缺氧、严寒、地震，经过1600公里的艰苦跋涉后终于抵达拉萨。

慕生忠难以平静，走一趟西藏咋就这么难！

那一年，进藏部队约30000人，每天仅粮食就要消耗四五万公斤，为了不增加西藏人民的负担，毛主席对人民解放军作出了"进军西藏不吃地方"的指示。其实就算你想吃地方，也吃不起啊！西藏上层反动分子，为了实现用饥荒逼走进藏大军的险恶用心，趁机抬高粮价。一斤面一斤银子，一斤盐八个银圆。很快，刚从奴隶制下脱离苦海的西藏发生了粮荒。为了西藏的安定，中共中央命西北局组建西藏运输总队支援，慕生忠兼任运输总队政治委员，负责具体事宜。

11月，慕生忠率领运输总队1200多名驼工，从宁夏、青海、甘肃、内蒙古购买20000多峰骆驼，组成运粮大军，第二次踏上了青藏大地。

第一次进藏，他心里有所准备，特意在北京前门大北照相馆照了相片，分送给亲人和朋友。他说：如果我死在那个地方了，这就是永久的留念！

第二次进藏，他没有去照相，没有做死的打算，也没有留下悲壮的离别之言。他说：我不能死，我要好好活着给西藏运粮食,大家还等着吃我运的粮呢!惨痛、恐怖的经历,不仅没有吓住这位勇士,反而让他如一名横跨野马、所向披靡、无所畏惧的骑士,冲向血与火的战场。

为避免再次陷入黄河源沼泽地,这次进藏,慕生忠没有重复第一次路线,而是选择了一条由香日德向西到达格尔木,再向南翻越唐古拉山,最终到达拉萨的路。他在心里暗暗对比,这两条路线,哪一条更安全、更便捷。那时候,慕生忠脑海里,已经开始翻腾起修路的念头,而这条路,便是今日青藏公路的基本走向。

第二次进藏,运输总队虽然没有遭受沼泽之苦,但极度的缺氧,给大家带来了更大的损失。

雪地无高草。运粮途中,风雪弥漫、积雪皑皑,自带的草料半道上就吃完了。没有粮的骆驼饿得瘦成了骨架子,实在受不了就跪下来,啃食地皮下的草根,可这一跪,体力消耗殆尽的骆驼就再也没有站起来。

一路下来,20000多峰骆驼最后只剩下几千峰,送到拉萨的粮食也减了一半。尸骨遍野,荒野无情。风寒中弥漫着死亡的气息。斑驳的黑影下,被缺氧症夺去生命的同志倒在粗硬冷酷的土地上。大家不忍心将烈士抛尸荒野,就腾出一些骆驼,将烈士遗体运回格尔木埋葬。侥幸活下来的同志们一个个瘦得脱了人形,气若游丝。前一天每人还牵着七八峰骆驼,第二天已是两手空空。

慕生忠将军心如刀割,吃不下饭,睡不着觉。

就是把全国的骆驼都拉来,就是我们的战士都牺牲了,又能运几次粮啊?要想让祖国的西南边陲得以巩固,要想彻底解决西藏的物资供应,必须得修一条现代化的公路。

圣火的意念

1953年夏，适逢彭德怀同志从朝鲜战场归来。慕生忠利用在北京开会的机会看望彭总，把修筑青藏公路的设想向彭总作了详细汇报。彭总走到挂在墙上的中国地图前，抬起手，从敦煌一下画到西藏南部，"这里还是一片空白，从长远看，非有一条交通大动脉不可"。

回到青海，慕生忠将军立即带上人马，坐着胶轮车上了路。

4天时间，从香日德赶了300多公里，到了格尔木。接着，他又让后来担任运粮总队副政委的任启明带上20名工人，赶着一辆木轮大马车，拉1000多斤粮食、简单的医疗器材，从香日德出发，继续往前探路。50多天后，历经雪雨风霜的任启明一行从900公里外的黑河发来电报：慕生忠将军："远看是山，近走是川。山高坡度缓，河多水不深，道路虽艰险，马车可过关。"

这是一个振奋人心的消息，说明世界屋脊、青藏高原可以修路；这是一个多么形象的描述，概括了青藏高原的地质地貌。至今读来，仍觉意味深长。

1954年2月，正是北方最冷的季节，慕生忠将军穿着厚厚的军大衣，怀着喜悦的心情，从青海来到北京，找有关部门要求修筑青藏公路。探路成功，无疑给他增添了新的勇气与力量。但当时，修青藏公路并未列入国家经济发展计划。争取未果，于是慕生忠将军只好又去找老首长彭德怀，强调修青藏公路的重要意义。慕生忠将军凭借一腔热忱与信念，最终说服了彭德怀老总。彭德怀高度肯定了修建青藏公路的战略重要性，立即呈请周恩来总理。

5月，周恩来总理亲自批准了青藏公路的修路报告，同意先修格尔木至可可西里段，并批了30万元作为修路经费。即便按照修路的最低标准计算，30万元也是杯水车薪，可对慕生忠将军来说，已弥足珍贵。

终于请缨在手！慕生忠将军热血沸腾，心急如焚。他一刻不停，急忙赶赴格尔木。他要缚住苍龙、踏破雪山，他要在艰难与凶险中，让苍莽高原让出一条天路！

车过日月山，他想起了第一次经过时写下的一首诗。

日月山，日月山，
回头看，有人烟；
向前看，青草滩，
一望无边！
文成到此多留恋；
进藏大军笑开颜。
草原第一关。

当慕生忠带着十个战士，信心百倍地回到格尔木时，却遇到了一场风波。

经历了缺氧、死亡威胁的驼工们，一心想回家，一听到要将他们留下来修路，不满情绪一下子爆发了。

年轻的驼工小韩抢着说："运粮任务完成了，为什么还不让我们回家？"

又有一驼工站到前面："你说话到底算不算数？我们是来拉骆驼运粮的，不是修路的。告诉你，今天你要是让我们走，这事才算完。不让走，我们也要走！"

慕生忠一腔热血，却迎来劈头盖脸的一泼冷水。

他也急了："你不留下来，就滚蛋，喊什么喊！"

小韩更加愤怒："滚就滚，弟兄们，跟我一起走！"

慕生忠一声大喊："来人！给我把他捆起来！"

平时，慕生忠对驼工们很和气，可今天，他的反应出乎人们的意料。

小韩真的被捆绑了起来，人们轰地一下全跑散了。

傍晚，格尔木河畔。

寒凝大地，冷风瑟瑟，血色黄昏染红了无边无际的沙漠。发了一通火的慕生忠闷闷不乐地回到帐篷里，披着大衣，独自一人在屋子里喝着闷酒。他开始后悔，不断地责备自己。

这次运粮，驼工们立下了汗马功劳。为了生计，他们往返一趟西藏，少说也要半年。为了抢运粮食，他们的头发长得能梳成辫子，没有条件洗澡，身上爬满了虱子；一路上，天天吃干饼子就咸菜，带的水有限，基本上在喝雪水；走到哪里，累了，大衣一裹卧地而眠。我怎么能指责他们，冲他们发火呢？应该让他们走，让他们回家，让他们在家安安稳稳地过日子。可他们走了，谁能比他们更熟悉进藏的路，谁又能承担这修路的重任？此刻，修路迫在眉睫，但人心思归，该如何留下他们呢？

良久，他来到小韩住的帐篷，为小韩解开捆绑的绳索："小韩，还生我的气吗？咱们聊聊吧，捆你是我不对，你有气就向我撒。我伤了你，我向你道歉。可是小韩，我想知道，你为什么不愿意留下来和我一起修路？"

小韩叹了口气："政委，你平时对我们很好！我们也想留下。可这昆仑山上，吸口气比吃一碗饭还金贵，空着手走路都大喘气，再抡大锤出力干活，不把人累死也得憋死，更别提修路了。您不

圣火的意念　7

知道,在高原修路是要死人的。我刚结婚就离开了家,爹娘眼巴巴盼我回家抱媳妇生娃呢,如果留下来修路,还不知道什么时候能回家呢!"

慕生忠看着小韩,心里不忍:"我理解。"

"你不理解!政委,希望你能考虑我们的请求。"

听完小韩的话,慕生忠立即指示通讯员给大家领上两个月的工资,顺便找一辆去内地的便车让小韩回家把媳妇接到格尔木。

第二天,慕生忠将军满脸笑容地来到驼工们中间,召集起打算要走的90多个驼工,开了个会。

"同志们,你们要回家,我理解!我也不强留大家了,过两天有便车了我就送你们走。这样吧,不管是走的,还是留的,我想再请大家帮个忙。"

小韩又抢着说:"政委,只要让我们回家,有什么事尽管说。"

"我想让你们每人帮我开出三分荒地来,不走的人还要在这里坚持,打算种点蔬菜,好改善一下伙食。你们要走了,就算作个纪念吧。"

小韩:"开三分荒地还不是小意思,弟兄们,别愣着了,快干啊!"

驼工四下散开,立即挥锹舞镐,热火朝天地干起来。

比预料快得多,半天多时间,90多人,一鼓作气开垦出了27亩方方正正、平平展展的新地。

驼工们高高兴兴地围着慕生忠将军,七嘴八舌,连珠炮似的提问,不过这次已经没有火药味了。

"政委,地开完了,这下你该满意了吧?"

"什么时候让我们走?"

"干脆早一点让我们回家吧!"

慕生忠扭过头，问小韩："怎么样，头晕不，心慌吗？"

小韩憨憨地笑了："头不晕，心也不慌。"

慕生忠也笑了："同志们，你们胜利了！大半天时间每个人就开了3分多地。90个人，就是27亩地呀，这是一个不小的成绩。感谢你们帮了我大忙。你们很清楚，在内地，一个壮劳力，一天也不过是开三四分地嘛。我看大家气不喘，心不慌，这说明在高寒缺氧的青藏高原，不但可以劳动，而且能够劳动得很好，更不会无故死人。修路就和开荒差不多，有什么可怕的？你们说，是不是？"

小韩和驼工们互相看看："政委，您说的也是哈，今天我们干了这些活，真的也没啥事哈……"

慕生忠接着说："同志们，咱们人人都有父母，都有妻儿，都盼着早点儿回家。我想，那些进藏时牺牲了的同志如果还活着，他们也一定想回家！可他们再也回不去了……

"有一位战士，13岁就参加了八路军，他唯一的愿望就是去北京。他常常跟我说，政委，革命成功了，我想去北京，看看毛主席长什么样，天安门有多大。我还想在敞亮的教室里坐一坐，听听朗朗的读书声，那该有多美啊！

"新中国诞生了，革命成功了，我决定让他去北京上学，他的愿望终于就要实现了，可他还不到19岁，就静静地躺在了进藏的路上，再也去不了北京了……"

小韩问："他是谁？"

慕生忠说："他就是我的警卫员小王。"

驼工们不再说话，全都低下了头。

沉默中，慕生忠的话打破了令人窒息的宁静。

"同志们，为了咱们的子孙后代进藏不再那么艰难，不再付出生命的代价；为了藏族同胞们不再受断粮之苦，我们必须得修通这条路啊！昨天我们是驼工，今天我们要当开路先锋！等青藏线通了车，我和你们一起回家！我们还要带着我们的爹娘和媳妇一起去看看拉萨！"

小韩迟疑了片刻，突然站起来，结结巴巴地说："政委，我……留……下！弟兄们，我们都留下！"

"好啊！我们不仅要修通青藏公路，以后还要修一条铁路，还要在这里建设一座新城市！这个城市就叫格尔木！"

小韩将信将疑地说："政委，可是，格尔木在哪儿呢？"

那时候，格尔木在人们心里，是柴达木盆地南缘地带的戈壁滩。南望雪山连绵，北看沙丘跌宕。荒草遍野，人烟稀少，空旷的原野没有一顶帐篷、一棵树。为了运输粮食，慕生忠将军带着运输总队在这个地方，接应物资、骆驼，搭下了第一顶帐篷；为了抵御野狼袭击，几个年轻人在这里扎下了6顶帐篷，又从十几公里外运回沙柳，垒起了2米多高的围墙。他们给自己居住的城堡起了个名字"柴火城"。

这一刻，慕生忠将军眺望着远方的层层山峦，把手中的铁锹就地一插，激动地说："同志们，这儿就是格尔木！我们的帐篷扎在哪里，哪里就是格尔木，我们就是这个城市的第一代公民。"

慕生忠的语气越来越坚定："我们就是要从这里修一条去拉萨的路！

"这路能修也要修，不能修也得修，这路我修定了！我要和大家一起，同甘共苦，把路修好。我说话算数，你们也应该说话算数。把路修到拉萨！"

慕生忠将军真诚的心感动了大家，化解了风波，1200多名驼工留了下来，编成6个施工队。他又精选细挑，组成了一个连他在内19人的干部队伍。

1954年5月11日,修筑青藏公路的工程正式开工。慕生忠统率着他的筑路大军,向昆仑山挺进,向唐古拉山挺进,向拉萨挺进。

这真是值得共和国人永远铭记的日子,辉煌的日子。

随着筑路大军的到来,"柴火城"周围,一夜间就突然多出了近百顶帐篷。一座新的城市诞生了!

"格尔木"为蒙古语音译,意为河流密集的地方。那27亩地,也成了有名的"27亩菜园"。

昆仑第一桥

清晨,春天的青藏高原,依旧寒气逼人。觅食的青羊、裸臂的猎人早已出发。趁着破晓的霞光,慕生忠将军带着周恩来总理特批的30万元修路经费,彭德怀同志调拨的10名工兵、10辆卡车、1200把铁锹、1200把十字镐、1500公斤炸药,还有1200多名刚刚从驼工变成的筑路工人,从格尔木出发,开始了劈山造路的艰辛历程。

昆仑山是中国西部山系的主干,属亚洲中部大山系,又被称作昆仑虚、中国第一神山、昆仑丘或玉山。昆仑山西起帕米尔高原东部,横贯新疆、西藏,伸延至青海境内,全长约2500公里,平均海拔5500米至6000米,西窄东宽,总面积达50多万平方公里,中国境内地跨青海、四川、新疆、西藏四省区,最高峰是位于新疆克孜勒苏柯尔克孜自治州乌恰县的公格尔峰。

不久,筑路大军就在距格尔木73公里处的那神河畔停住了。

峡谷很深，上宽下窄，形同倒八字，顶宽8米，顶端至水面高30米。谷地水流湍急，波涛汹涌，令人不寒而栗。然而这里可谓进藏咽喉，无法回避。这条河被人们称作昆仑河，可不知道为什么，慕生忠一直叫它那神河。

"大家要牢牢记住，一定要在那神河上架起一座桥，我们没有别的选择！"

从陕西西安调来的总工程师邓郁清赶来了。

慕生忠将军马上带着他来到河边的施工现场。河水滔滔，气势汹汹，不容小觑。邓郁清仔细一看，岸宽9米。可准备好的木料也是9米，按照要求至少是12米，9米的木料根本挨不着边。

邓郁清对慕生忠说："政委，赶快从兰州再运些木材来。"

慕生忠一口回绝："不行，我等不及！"

接着又说："从现在开始算起，3天内你必须给我把这座桥建起来！"

邓郁清没有吭声，大家都替邓工程师捏了一把汗。

作为一名工程师，邓郁清在中华人民共和国成立前参加过修筑青藏公路。第一次参加修建青藏公路时，他的一只眼睛被碎石炸瞎，遭受了极大的痛苦。然而一次又一次的修路一次又一次的半途而废，他几乎放弃了心中燃烧的火焰。其实从20世纪30年代起，他就怀揣着修筑青藏公路的梦想。现在，新中国成立，党中央决心开辟青藏交通，并且让他担负勘探任务，全面负责工程技术，这如何不让他思潮翻滚，感慨万千。

但是，前后参加过两次修筑青藏公路的他很清楚执行这次任务的难度，同时也明白，这条路和军人使命、国家命运连在一起的分量。这不仅仅是一条等级公路，还是一条救命的通道。

邓郁清到达格尔木时，前方工程队已经越过了昆仑山。如果不尽快征服那神河，架起桥，前方急需物资补给无法运达，势必影响全局。

看着不足12米的9根松木，少量钢筋铅丝，从香日德运来的几根长短不一的圆木，听取了工兵副连长王洪恩同志的介绍后，邓郁清躺在帐篷里一根接一根地抽烟，反复寻思。第二天一早，他又和王副连长、工兵班的十位同志一起商量，终于在一位郝姓师傅的建议下，商量出了一个好办法。他提议，可以不做桩架，而在每根立柱的位置上打个石窝，把桥桩插进去。大家一致认为这个办法好，赶忙分头行动。

三天期限到了，木桥竟然架起来了。

这是青藏公路上的第一座桥，也是昆仑山乃至唐古拉山、羌塘草原上有史以来的第一座公路桥。

慕生忠按捺不住心头的喜悦，拽着邓郁清在桥上先走了几个来回，"这桥是修好了，但是还没有走车呢，得试桥。"

很多年后，谁也无法计算，究竟有多少辆汽车的轮子碾过了这座桥。但是，人们永远无法忘记，第一辆汽车过昆仑桥时的动人场景。

慕生忠提议让十辆装满面粉的汽车依次过桥。

邓郁清没有丝毫犹豫，上了第一辆车。

他想：试桥，是我的责任。如果没问题，顺利过了桥，我完成了任务。万一不行，我就连车带人一块儿交待了，剩下的事情让别人去干。

可就在此时，慕生忠上前一步跨到驾驶室前，用力拉开车门，把邓郁清一把拽下车，自己则一个跨步跳上了车。

邓郁清怎能不懂慕生忠的意思，可还是不肯让步。

慕生忠语重心长地对邓郁清说："这桥是你修的，你在前面指挥。像我这种土八路出身的政委，今天死了，立即就有人来接替。可老邓，你是咱们筑路队唯一的工程师，万一你有个闪失，再没有第二人了。"

没法子，邓郁清拗不过慕生忠，只好走到河对岸指挥车辆行驶。第一辆，第二辆，第三辆……直到十辆汽车全都顺利通过。

整个过程用了不足一个小时，但是大家都觉得这一个小时是那么的漫长，人人都屏住呼吸，手心里都攥出了汗。当第十辆汽车一驶过桥，大伙儿都松了口气，放开喉咙欢呼雀跃起来，一颗悬着的心落了地。

慕生忠下了车，逐一跟大家拥抱，颤抖的嘴里只重复说着一句话："昆仑山里有桥了！那神河上有桥了！"最后，邓郁清和慕生忠紧紧搂抱在一起，激动而喜悦的热泪流满了两位汉子的面颊。

桥修起来了，叫什么名字呢？

慕生忠脱口而出："叫天涯桥！"

在场的人无不感动。

只有经历过千难万险的人，才会说出如此浪漫的名字。

1956年，陈毅元帅从这座桥上走过，"有了这座桥，这里就不再是天涯了，以后就叫它'昆仑桥'吧！"

从此，这座桥有了延续至今的名字——昆仑桥。

奔向雪野

过了西大滩，翻越一个山垭口。由于山头多乱石，慕生忠给这里起了个名字叫"乱石沟"。过了乱石沟，眼前挡着一面嵯峨嶙峋的大山。为了不使人望而生畏，慕生忠和大家又将眼前的山取名为"十二步山"，意思是，这是一座很快就能翻过去的山。

青藏公路横跨很多河流，可是当年的条件很差，除了非修不可的昆仑桥，实在没有能力再修第二座像昆仑桥那样规模的桥。筑路大军只能避开黄河发源地，走长江源头和通天河上游。这里有四条支流，河水较浅，可以架非常简易的桥。正常情况下，架桥一般选在河床比较顺直、水面较窄、水流集中、河岸比较固定的地方。可那时，人们却偏偏要找一个河宽水浅、河床坚硬的地方作为过河点。比如楚玛尔河的过河点就选在水面宽100余米、两河岸间宽几百米的地方。用沙柳编成的大筐子装上石头，把下游部分填起来，又在行水道填上石头，使其基本平整。

楚玛尔河上的桥修好后，慕生忠站在桥边，紧张地看着驾驶员徐平开着第一辆汽车过了河。他立即跑上前，激动地把徐平抱了起来。在场的同志，兴奋地冲过去将徐平举到空中。

冷寂的昆仑山响起了哨音。大家都知道，过了这条河，就意味着公路能很快通过可可西里，而可可西里是一片总面积达450万公顷的无人之地——中国面积最大、海拔最高，极不适合人类生存的茫茫荒原。

慕生忠顿生豪情，吟诗一首。

> 楚玛尔河红似血，
> 楚玛尔河漫无边，
> 楚玛尔河下流通天！
> 金沙扬子更向前，
> 万里长江在高原。
> 浩荡的楚玛尔河，

流源在世界屋脊！

"楚玛尔河"为藏语，意为"红水河"，是昆仑山脉东段南坡一带的主要水系，源自可可西里山黑脊山南麓，流域狭长，横卧长江源区域北部，汇集昆仑山南来之水后汇入通天河。

过了楚玛尔河，慕生忠带着邓郁清赶上了测量队。这是一支由6名干部、2名工人、1名翻译、1名炊事员组成的小分队，只有2顶帐篷、8峰骆驼和几个皮卷尺。邓郁清留下来，和测量队一起定线。定线是修路工程中极为重要的环节，前方就是唐古拉山，定线不合适，汽车是爬不过去的。

在海拔5000多米的青藏高原修路，除了拼命，还要讲究科学。慕生忠还是一个极细心的人，重实地考察，善于分析高原的地势、地质、水流、冻层，勇于发现问题、研究问题、解决问题。昆仑桥修筑成功后，吉普车载着慕生忠和邓郁清，第一次行驶在青藏高原刚刚修通的公路上。路面上，印下了第一道深深的轮迹。当吉普车沿着纳赤郭勒河来到一个三岔口时，邓郁清突然扭过脸问慕生忠："政委，您想过没有，公路离河面这么近，会被山洪冲毁的！"

慕生忠非常自信地摇摇头："放心吧，山洪冲不到这儿。"

"有什么根据？"

慕生忠诡秘地笑了笑，让司机停车，走到公路下面的一丛柽柳跟前，折下一根最粗的枝条，递给邓郁清："这就是根据。"

邓郁清接过枝条，疑惑地看着慕生忠。

"你剥开数数有多少层。"

邓郁清更糊涂了。

慕生忠指着树枝横断处一层层纸一样薄的年轮，"它有多少层,说明山洪至少有多少年没有冲到这里了。"

邓郁清恍然大悟。

上了车,邓郁清一层一层剥着柽柳条,发现几根柽柳的树条都有六七十层。他想起根据年轮判断树龄的道理,对慕生忠的敬意油然而生。以前只知道他果断勇猛、大刀阔斧。今天才知,他还是一个尊重科学、精细认真的人。看来,每一路段的线路设计、走向,慕生忠都心中有数。

7月30日,汽车开到了可可西里。

见到耸立在白云下的五道山梁闪耀着银光,筑路大军心中难抑兴奋。但见黑色山鹰正鼓动双翼绕群山盘旋,一阵阵旋风自翼上抖落。蓝空下,一队藏羚羊自天边驰过。此地处于青藏高原腹地,地高天寒,长冬无夏。7月平均气温低于8℃,是全国最低值。从格尔木进藏至拉萨的人,一般都会在这里出现强烈的高原反应。一是因为,海拔高达4700多米,空气不流畅;二是因为,这一带的土壤中含汞量较高,植被稀少,空气中的含氧量很低。如果能安全度过五道梁,挑战唐古拉山才会有可能。

远眺中,慕生忠心生忐忑,但更有胜利在望的兴奋。当筑路大军艰难地打通这段路程后,他站起身,豪迈地对身边的同志们说,"这个地方,从今天起就改名为五道梁"。他的心里有了底,只要过了五道梁这个坎,筑路大军就能在唐古拉山上施展拳脚。

穆兰乌伦河是长江源头极为重要的一条河流,所谓江河源,通常指的就是这条河。只是,今天它已改名为沱沱河。如何让公路从这条河中穿过,实在是一件不容易的事。公路修到穆兰乌伦,正逢洪水发狂。河面几乎加宽了一倍,河浪越来越凶猛,河底又尽是柔软的泥沙,人一下去水就没过了大腿,修路队几次派人下河探水都失败了。

有人说:"我们被套在这个鬼地方了,干脆把这条要命的河叫'套套河'吧!"慕生忠火急火燎地赶到了"套套河"。他让人拿出一壶烧酒,仰头灌了半肚子,然后用绳子三绑六缠地扎在腰间,叫岸上的人牵着绳子的另一头,就下了河向河心走去。因为水流太大太冰冷,一个多小时后腿肚抽筋严重,他不得不上了岸。一边解着腰里的绳子,一边对施工队的人说:"我们不能被套在这里,公路必须过河!"

可是公路到底怎么过河?

想来想去,大家一起想出来个办法:先修堤再铺路。可是,河边没有一块石头,只能跑七八里远的路去背。石头背来了,比背石头更苦的活是垒坝。大家得将石头搬到河中间,然后站在没过大腿的水里垒坝。这个季节,昆仑山上的河水冰冷刺骨,挽起裤腿的小腿一挨着水,就冻得直打哆嗦。最可怕的还是浪头,总是防不胜防地劈过来,脚下稍有不稳,整个身子就会扑倒在河里,甚至有可能被浪头卷走。可是,没有办法,不干不行,还得豁出命来干!

携着寒冰残雪的河水浸透了他们的骨髓,一下水,心里顿时揪成一团。褪去裤子的下身泡在水里失去了知觉,实在难以忍受时,这些好男儿就相互打量,嘻嘻哈哈地称自己是"一队光屁股潜水兵"。乐观和豁达,让后来的人不忍听,不敢想。

豁出命也要完成修路的使命,是这些具有超凡勇气的硬汉子永远无法改变的性格。他们裸着身子在凛冽的寒风中,在刺骨钻心的冰水里,潜水般扑进河里的身影,将永远定格在群山之中,他们的生命每分每秒都在与凶猛的洪水、寒冷的风雪搏斗着。都是凡胎肉身、血肉之躯,可就在那个开拓创业、建设新中国的艰难时代,就有这样的铮铮铁骨。

整整在水里泡了45天，水下部分才建好。因为长时间泡在冰冷的水里，大家的腿都冻得肿胀青紫，不久就开始脱皮，皮一脱就泛起了红斑，血一滴一滴地向外渗。但还得坚持下水作业，修路不能停呀！慕生忠的眼睛里快喷出了火星，心里乱成了一团麻。他也心疼，他也难过。可是能有什么办法呢？

就在这时，刚刚修好的过水路面，被洪水冲毁了。慕生忠急了，不管不顾，第一个跳下水搬石砌路。源自格拉丹东雪峰的水，冰冷刺骨，双腿疼得钻心。慕生忠和大家一起站在河流最急、河面最宽的地方干了整整10个钟头。待路面修好，慕生忠的双脚又肿又大，根本没法塞进鞋子。

紧张的抢修过后，一群野牦牛自远处的山脚下踏过，强健的脊背互相碰撞，恍若一团乌云席卷而过。

慕生忠抬头一笑，"套套河"如此这般渡过，最终也没有套住筑路人的身子，没有绊住筑路人的脚。只是，"套套河"被人们传来传去，叫成了沱沱河。

高山仰止

9月下旬，慕生忠统领筑路大军，逼近了唐古拉山。

唐古拉山，藏语意为"高原上的山"。主峰高6096米，西北东南走向，绵延数千里。青藏公路将要经过的唐古拉山口，海拔也有5400米。特殊的气候条件，要求公路必须在10月底之前越过唐古拉山，一旦错过，今年就绝无施工的可能。

只有背水一战，没有第二条出路。然而唐古拉山可不是好惹的。不知是哪一位外国探险家说过：唐古拉山是死神主宰的世界。坚硬的巨石,奇寒的冻土,稀薄的空气,狂风中飞舞的雪块,筑起的完全是一个难以逾越的独立王国。怪不得美国旅行家保罗·泰鲁在《游历中国》一书中写道:"有昆仑山脉在,铁路就永远到不了拉萨。"

测量难,修路更难。山上的风刮得人站不住脚,雪打得人睁不开眼,脸被冻得生硬麻木,感觉不到是自己的。

工具磨损得无法使用,用牛粪火烧一烧,再用18磅重锤打一打。顽石震烈了虎口,一弯腰,风雪就进了脖子。一用劲,热血又直冲脑门,像有重锤砸在太阳穴上。没干几下,已经是上气接不了下气。利刃般的寒风裹着铁砂似的雪粒,一刻不停地抽打着筑路人的脸。

劳动如此艰苦,又吃不上蔬菜,天天吃的是半生不熟的面疙瘩。大家都有不同程度的高山反应,一看到没有菜叶子的面疙瘩就想吐。晚上,夜风凄厉,鬼哭狼嚎,帐篷里像冰窖一样酷冷,睡也睡不着。一周后,很多人的手、脸冻坏了,脚肿了,像猫爪子在挠,还有人得了夜盲症,分不清白天黑夜。即便这样,他们还是把公路一寸一寸地修上了坡。

在唐古拉的那些日子,慕生忠一天也没有离开过工地,他和工人们一起抡着18磅重的大锤,一抡就是几十下。在海拔5000多米的高山上,这么干是会出人命的。

驼工小韩生病了,吃不下一口饭。让他休息,他不肯;让人看住他,看护他的人一不注意,他又跑到了工地。

慕生忠听说后,来到小韩身边。

只见他正半跪着,吃力地用手扒碎石。磨烂的手套里,露出红萝卜似的手指;毡靴的后跟破了,冻烂的伤口流着黄水。

看到慕生忠,他两手撑地想站起来。

慕生忠上前攥住小韩的手，扶他起来，心疼地劝他快回去休息。

小韩看看慕生忠，也没了人形，嘴唇黑紫，布满了燎泡。

"政委，你看看大家，再看看自己，都比我好不了多少啊！现在谁不是憋着一股子劲在硬撑呢！我不能躺下，我能干多少就干多少，我还要跟着你带着媳妇去拉萨呢。"

慕生忠鼻子猛地一酸。这位平时看见谁流泪都反感的硬汉，此时已泪满眼眶。他的心在流血。可是，这路实在是不修不行啊！

他扶小韩躺下，拿起一个大锤，拼命抡了起来。

"政委，跟着你修路这么久了，你看我干得怎么样？"

慕生忠说："很不错啊！"

"政委，那你说我能成为一名解放军战士吗？"

慕生忠停了一下，说道："想当兵？没问题，只要咱们把路修到拉萨，我就叫你入伍。"

"真的啊！"小韩一伸手要抢大锤。

慕生忠说："你快别动，休息一会儿。"

"政委，到了拉萨，当了解放军，穿上新军装，我是不是就可以入党了啊？"

慕生忠勉强一笑："臭小子，你挺有觉悟的嘛！"

"那当然了，我也是有理想的人。"

"小韩，给家里写信了没？"

"写了，也不知道收到了没有。真想家！"

慕生忠放下大锤，蹲下来，从口袋里掏出一张照片看着。

"是啊，都想家了！孩子们，爸爸想你们啊！"

小韩突然站起来大喊："爹，娘，我想你们了。媳妇，我想

圣火的意念　21

你啦！"

慕生忠急忙制止："别喊了，给你说过多少次，这个地方不能这么用力喊，还要省下力气，攒足了劲修路呢！"

"政委，你年纪大了，让我来，你这么玩命地干会出问题，还是让我来！"

"怕什么，就是死，也要头朝着拉萨方向！"

自打决定修筑青藏公路，慕生忠就注定与这条路结下生死情缘。他用烧红的钢筋在自己的铁锹把上刻下了"慕生忠之墓"。嘱咐部下，如果自己死在这条路上，就把这作为墓碑，但埋葬时，一定要头朝着拉萨方向。

就是死，也要头朝着拉萨方向。

慕生忠的话深深地激励着大家，成了大家共同的誓言。

难忘1954年的国庆节，祖国各地无不沉浸在喜气洋洋的气氛里，迎接新中国成立后的第五个生日，可是唐古拉山上的筑路人却面临着又一次断粮。

谁能够想象得出，在海拔5000多米的山上修路吃不饱肚子的滋味。渴了，抓一把雪塞进嘴里；饿了，就用雪拌着青稞填饱肚子。实在没吃的，炊事员就把喂骆驼的黑豆瓣煮成稀糊汤，分给大家吃。可这点稀得可以照见人影的黑豆瓣汤怎能充饥？为了活命，大家搜肠刮肚、绞尽脑汁想办法解决吃饭问题。有的人把从上山后一直伴随着自己的狗杀了；有的人在山坡下的草滩上挖地鼠；有的人在野外用绳子套寒鸦；有的人在一处死水湾里捞鱼，臭水鱼的味道很不好，放进嘴里像嚼棉花。可是顾不得那么多了……能想到的办法都想到了，能充饥的东西都弄来填肚子了。但是，不管塞进肚里的是什么东西，也不管填多少或者暂时没东西可填，施工的进度始终没有间断。就这样，路，一点一点地向着拉萨的方向顽强地延伸着。

10月20日这天，唐古拉山口终于被打通了，慕生忠难以掩饰激动的心情，写下了这样一首诗：

> 唐古拉山风云，
> 汽车轮儿慢滚。
> 今日锹镐在手，
> 铲平世界屋顶！

铲平世界屋顶！这样气派的诗句，谁写得出？只有站在世界屋脊上的人才能写得出。从天涯桥到沱沱河，再到唐古拉，一路留下了太多太多的动人故事。筑路英雄像高原上的雄鹰，像黄河之水，势不可当。

难忘韩滩

路一天天向拉萨挺进。筑路大军逢山开路，遇水架桥，翻过唐古拉山到了陶儿久山下的藏北重镇——黑河。

中午，慕生忠来到工地督战，又看到了小韩。他的病比前些日子更严重，脸色青黄，眼睛肿得眯成了一条缝。

慕生忠大声喊着他："小韩，你病得这么重，怎么还不下山治病。我说了多少次，你怎么就不听，你不要命了？快给我下山！"

小韩大口大口喘着粗气："政委，我是来修公路的，路没有修到拉萨我就回去了，没有办法向政委您交代。再说，我还要参加解放军呢，我决不离开工地！"

慕生忠无奈地看着小韩。

当筑路大军进入唐古拉山，由于严重缺氧，劳动量太大，再加上长期吃不上蔬菜，慕生忠和大家一样双腿发黑肿胀，走路非常困难。后来，才知是得了败血症。藏族小伙子丹增，是筑路大军请的向导，他不顾风暴来临，不顾大家劝阻，硬要去山下找药品和蔬菜，结果一去不回，把慕生忠急得，忍着腿疼下山找他。多亏了慕生忠，丹增才死里逃生。原来，找到药品和蔬菜的丹增，竟在返回途中被冻得失去了知觉，埋在雪中。

丹增回来了，救了大家的命，可小韩的病却一天比一天重。

"政委，您说，咱们这么辛苦地修这条路，多年后人们会不会记得我们，会不会知道我们都是谁？"

慕生忠慢慢地说："小韩啊，后人会不会记得我们，并不重要，重要的是我们要把路修到拉萨，这是我们的责任。小韩，路在人在，天路就是我们的纪念碑！"

话虽这么说。慕生忠的内心却被这名普通驼工想成为一名解放军战士的心愿感动着，从心底里泛起一阵阵热浪。我们的同志为了给西藏人民开辟一条幸福路，自己心甘情愿受尽千辛万苦，就是死也在所不惜，这是多么可贵的品质啊！

慕生忠想烧杯开水帮小韩把药吃下去。

小韩说："政委，别烧了！工地上没有什么可以烧的东西，大家已经连续几天吃冷馒头、喝凉水了。"

"小韩，你等一下，我一定给你烧杯热水。"

慕生忠脱下棉衣，"哧啦"一声撕下一只棉袄袖子，又扯成一块块破布。破布点燃了，跳动的火苗热烈地拥抱着那半缸子凉水，仿佛他火热的情。

水烧好了，慕生忠端着水杯来到小韩面前，小韩却已经闭上了双眼，带着没有把路修到拉萨的满腔遗憾离开了家人，离开了这个世界。

"小韩！小韩！你醒醒，你快站起来！"

"不，小韩，小韩啊！你睁开眼睛看看，咱们距离拉萨已经很近了，你的媳妇就要来看你了。你睁开眼睛看看啊，我命令你给我睁开眼睛，给我站起来……"

慕生忠抱住小韩迅速变凉的身体，禁不住放声悲哭。

大家都伤心地围在小韩身边："政委，小韩他走了。"

"不！小韩！我的好兄弟！你走得太早了，咱们最苦的日子都熬过来了，拉萨就在眼前，我还要把大红花戴在你的胸前，可你却走了！小韩，我的好兄弟，我慕生忠此生亏欠你，亏欠你啊！小韩！"

他把怀中的小韩轻轻放下，擦了一把眼泪站起来："同志们，从此以后，这个地方就叫韩滩！韩滩！你们要永远记住为了修建青藏公路流血流汗，献出宝贵生命的英雄！"

鹏举千里

此时，一个工兵团和一个汽车团共1000余人赶上来参加筑路工程。11月6日，黑河通车。欢庆通车的仪式上，西藏地方政府驻黑河的羌继总督土丹江秋说："汽车开来了，是幸福来到了那曲，这条公路是北京射来的一道光芒，这是毛主席的光芒，我们藏家要三叩首三感谢，感谢共产党，感谢毛主席，感谢金珠玛米！"

修路受到了藏族同胞全力支持。听说修路大军缺粮，腾格里海草原上的牧民，十天内就收捐了十万斤粮食分六路运向筑路大军。修路需要占用藏族同胞的耕地，筑路队准备了两车银元，约有五六万送给藏族同胞，可他们坚决不收，筑路大军只好买了青稞、茯茶，挨家挨户分送。藏族同胞们都说，修路是我们自己的事，占地也是应当的。你们又受苦又送礼，这是我们从来都没有听说过的，金珠玛米真好！

有个藏族老阿妈听说公路要从自家门前经过，就叫儿子骑上马去看看公路是什么样子，儿子回来后老阿妈就带领全家将自家的耕地毁掉，修成公路的样子，铺上砂石，等待汽车通过。

又过了15天，公路跨过了草原，向前推进了260公里。又过了12天，公路修到了冈底斯山脉的羊八井。

在这里，工程队遇到的最大障碍是十余公里的羊八井大石峡。

慕生忠把这个艰巨的任务交给了工兵团，下了死命令：12月下旬前，要通车到拉萨，必须在15天内啃下这块硬骨头。

一场大会战立即展开，参加会战的筑路队、工兵战士，夜以继日地和岩石苦战，仅用了12天，公路就穿过了大石峡。

12月15日，2200多名筑路英雄，100台大卡车，走过当雄草原，穿过羊八井石峡，直抵青藏公路终点拉萨。

冬日的拉萨，夜色化开。飘动的拉萨河层层波浪，闪烁发亮。

突然出现在人们面前的青藏公路，让拉萨惊呆了。

最吃惊的要算住在拉萨的外国人。

他们争相报道："中国共产党动用了十万工程部队，花了几年工夫，秘密修通了从青海到拉萨的公路……"

看来，就像王安、王春亭在一篇纪念慕生忠的文章中写到的：他们对中国人民了解得太少！否则，怎么会作出如此谬以千里的错误判断。

我们伟大的筑路英雄，修通青藏公路只用了7个月零4天，先后参加筑路的人员只有2200多人。

这一天，慕生忠将军坐着他的汽车进了拉萨古城，在布达拉宫广场上转了一圈又一圈。这是历史上第一辆行驶在拉萨大街上的汽车，缓慢的车轮碾碎了世界屋脊的一个旧时代，开启了一个光辉灿烂的新时代。慕生忠是历史上第一个坐着汽车沿公路走进拉萨的人，人们尊敬地称他为"青藏公路之父"。

这是一份殊荣，更是一份血与汗的见证。

1954年12月15日，拉萨几乎倾城出动，举行康藏公路、青藏公路通车典礼。庆祝仪式上，刚刚从工地上下来的慕生忠没有来得及更换军装，穿着和驼工们一样破旧的棉袄进入了会场。在场的人无不动容，潸然泪下。

通车的消息传到北京，毛泽东主席兴奋地说，我61日的生日就在今天过了。他一连喝下三杯酒，对前来报喜的周恩来和彭德怀感慨地说："没有公路，就没有西藏。有了公路，保卫西藏就有了保障。"

7个月零4天的艰难历程，平均海拔4000米以上，1283公里的高原公路，青藏公路以其路程长、工程量大、工期短、花钱少等特点在新中国公路建设史上写下了光辉的一页，创造了世界公路史上的奇迹。

这是一条让高山低头、河水让路、不容后退的路。车队碾压的声音震撼如雷，不绝如缕。

祖国不会忘记！历史更不会忘记！

圣火的意念

永远的丰碑

很早的时候，慕生忠就是一位极富传奇色彩的人物。1910年，将军出生于陕西省吴堡县，因家境贫寒只读了四年私塾。1930年投身革命，1933年加入中国共产党，曾化名艾拯民英勇战斗，为创建和坚守陕北革命根据地浴血奋战，被不少人称为"艾大胆"。在战场上，慕生忠九死一生，身上有28处弹伤，有一颗子弹在他身上待了20多年才被取出。

1955年，慕生忠被授予少将军衔。

慕生忠虽然没有多少文化，可是充满传奇的筑路生涯，常常让他豪情满怀，诗情勃发。他一边走，一边写。

月夜度昆仑，风吹雪转移。
野狼双眼找，疑是有人烟。

在陶儿久过夜，睡在帐篷里，早上醒来抬不起头，原来是头发和地冻在了一起，只好剪掉头发再起来。

头枕昆仑巅，脚踏怒江头。
零下三十度，夜宿陶儿久。
上盖冰雪被，下铺冻土层。
熊鹿是邻居，仰面朝星斗。

慕生忠将军最大的心愿就是到凝聚着他心血的青藏公路上看

看，他在这里度过了一生中最艰苦也是最美好的岁月。

1982年，72岁的慕生忠终于成行，来到阔别20多年的格尔木，看望让他魂牵梦绕的青藏公路。

他攀上昆仑山，举目远眺，任满头的银发在劲风中飘动。

他动情的眼眸越过了大山大水，越过了千里万里，越过了白昼和黑夜。

这位坚韧不拔、披荆斩棘的英雄，这位曾经背着100多斤重的石头像小伙子一样健步如飞，在冰河中捞取石头，装麻袋垫路，抡起18磅重的大锤一口气抡了80下，令顽石迸裂、火花四溅的筑路人，此时，在想什么呢？想起了自己的光辉业绩，在格尔木种下第一棵柳树的望柳庄，还是想起了一心跟着他运粮，跟着他修路，魂魄飞天，把命留在了沼泽、荒野、冰雪、风寒中的烈士？良久，良久，他突然扶住陪他前来的大女儿，郑重地说："我找到自己安睡的地方了。你们记着，等我哪天闭了眼，一定要把我埋葬在青藏公路沿线的昆仑山上，只有听着滚滚不断的车轮声，伴着青藏公路，我才能幸福地长眠。"

1989年，电视工作者孟大雁，记下了慕生忠将军第二次重返高原的情景。那一天，蜂拥而至的人们拥在慕生忠将军的身边。花环与彩绸寄托着人民的感激，军号和军礼凝聚着后代的崇敬。这位老人虽然已是一介布衣，然而，漫漫30年间，这里的人们一刻也没有忘记他，仍亲切地叫他"慕将军"；这里的孩子们也都知道，他们有个慕爷爷。

慕生忠将军执意要到烈士陵园去看一看。

当时，烈士陵园还在格尔木城外的一片荒郊野地。荒草萋萋中，埋葬着从进藏开始到公路运输、格拉输油管线建设、架空通讯明线建设期间牺牲的烈士，还有一个36人的合葬墓。

慕生忠独自在荒寂的墓园中一言不发地来回走着,似乎在寻找,又似乎在冥想。最后,他在一个无名烈士墓前,止住了脚步,用颤巍巍的双手,在墓碑上献上了几朵白色的绢花。他神情凝重,怆然泪下。

1993年,初夏的阳光格外明媚,儿女们最后一次陪着83岁高龄的父亲慕生忠将军踏上了前往格尔木的旅途。那一次,他们一家是坐着火车去的。一路上,窗外旷野辽阔,起伏的山岗连绵不断,轰鸣的列车在欢声笑语中挺进。慕生忠将军满心喜悦。他在为祖国的繁荣富强高兴,为青藏线上即将修建的铁路深感欣慰。

欢迎的人们为慕生忠将军献上了洁白的哈达,久违的细雨沐浴着他的心田,也浸润了大家的心。慕生忠将军参加了"格尔木西藏基地创建四十周年"纪念活动,见到了和自己一起奋战、一起吃苦、一起修筑青藏线的工程师邓郁清。热烈的场面,重逢的喜悦,让两位老人激动万分,侃侃而谈。

看到自己当年扎下帐篷,仿佛村落般古朴的地方,如今已变成一座现代化的新型城市,马路宽、楼房高、杨柳青,老将军开心地笑了。可是,当他又一次站在将军楼前时,还是不由自主地热泪盈眶,默默地站了足有10分钟。离开将军楼时,慕生忠说:"这可能是我一生中最后一次来青藏线了,如果有一天马克思要见我,我一定要回到青藏线!"

这就是老将军留给格尔木最后的声音。

1994年10月19日,慕生忠将军在兰州逝世。

临终前,他留下遗言,把他的骨灰撒在昆仑山上、沱沱河畔。

儿女们遵嘱把他送到了昆仑山口。

漫天飞舞的雪花让大地变得银白。南来北往的车辆全部停下来,摁响喇叭向将军致敬,壮观的场面至今让人记忆犹新。

儿女们对着莽莽昆仑，对着无边无际的苍天轻声倾诉，默默祭奠。

亲爱的爸爸：

按照您的心愿，我们送您回格尔木了。您没有给我们留下什么，而您对事业的奉献精神，早已融化在我们的血液里，体现在我们的工作上，这是您留给我们的无价之宝。您总教育我们要老老实实做人，认认真真做事。您常对我们说："工作中应该比别人多吃苦受累，因为你们是我老慕的孩子！"这些，我们一直都会记得，也会一直坚持下去。

您说："青藏公路是我和2200多名精兵强将一起干出来的，我就是浑身是铁，也打不了几颗钉，个人的力量毕竟是有限的。"

1982年后，您重返格尔木，战友们为您写了这样一副对联：

赤胆忠心，为党为国，为高原人民，在世界屋脊开辟青藏公路；

勇担风险，任劳任怨，任艰难困苦，于戈壁荒滩建造美丽花园。

在他们看来，这副对联就是对您一生的真实写照。

我们没有给您立碑，因为阅尽人间春色的昆仑山就是您的碑；因为躺着的青藏公路立起来就是您的碑；因为您在人们的心目中早已立下了一座不朽的丰碑。

爸爸，您看到了吗？刚才还是晴空万里的青藏高原，此刻大雪纷飞，汽笛齐鸣！爸爸，昆仑山接纳了您，青藏高原接纳了您，您可以在这里长眠了！

慕生忠将军走了，当年的筑路大军也走了。2014年，习近平总书记在川藏、青藏公路建成通车60周年之际作出指示：要发扬一不怕苦、二不怕死，顽强拼搏、甘当路石，军民一家、民族团结的"两路"精神。

1993年，慕生忠将军最后一次去他日思夜想的昆仑山。回来后，他生病住进了医院。出院后，为了让他安享晚年，儿女们给他找了张大型地图，挂在客厅里。慕生忠常常站在地图前，看着，想着，自豪地对来访的记者说："中国地图上，我画了一条线，沿路起的名字中，8个地名标在了地图上。我知足了。"

望柳庄、雪水河、不冻泉、西大滩、十二步山、五道梁、开心岭、风火山、韩滩、沱沱河，就连将军给自己孩子们起的名字，也被赋予了昆仑的巍峨与庄严。慕七一、慕雅峰、慕青峰、慕翠峰、慕瑞峰、慕晓峰，哪一个不倾注着他深沉的思想与情感，不寄托着他永远不灭的理想与信念。想当年，慕生忠将军驰过风火山，蹚过沱沱河，煮鱼而食。但见强风劲吹，霜露茫茫，万山丛中，野牦牛越步，藏羚飞驰，野驴打着趔趄，在金湖边徜徉，仿佛到了野生动物乐园，疲惫的身心顿觉神清气爽，慕生忠将军大手一挥，将这里起名为开心岭。毛泽东闻听，竟也连连叹声，好一个慕生忠，这个名字起得好，浪漫而乐观。

紧接着，山梁退后，白云悠悠。皑皑白雪在天光下闪耀，任由灰雁穿梭展翅，鸣叫声如歌，响彻天宇。

近30年过去了。慕生忠将军和老一代建设者前仆后继、艰苦奋斗、舍生忘死，他们的奉献精神早已在昆仑之巅，在西大滩、五道梁、唐古拉山的怀抱中，与高山融为一体，似江河奔流不息。永远照耀着柴达木人砥砺前行的路。

暖冬的红泥土在崖巅保留着圣火的意念。
　　涧泽为萎陷的秋水刻下退却的螺纹。
　　推土机佩一把铲刀向着进发的原野大肆声张。
　　像孤独的旗帜掉转身子而又渐渐远驰。
　　……
　　情感充溢的男子狂想起一个雪霁的夜分。
　　那年景多么年轻多么年轻真是多么的年轻。
　　他独自奔向雪野奔向情人的雪野。
　　他胸中火燎胸中火燎而迎向积雪扑倒有如猝死。

愿灵魂不朽，梦不朽。

本文定稿于2019年2月

勿忘金银滩

他们听从召唤,来到金银滩。

他们迎着猎风穿越时空攻克千难万险,走向荒芜,走向寂寥。

西部的天空注视着他们,祖国和人民期待着他们。当太阳再度升起,当地平线上响起嘹亮的牧歌,那胜利的消息,那探索者执着的目光,犹如早春带露珠的花瓣,总能让祖国母亲的身影更加秀美,更加伟岸坚强。这就是金银滩和金银滩的故事。

重大决策

初夏的一天，我来到中国第一个核武器研制基地旧址——金银滩，拜谒那些我曾不止一次探访过、追寻过、被感动过的，为推进我国科学技术发展，改变中国落后面貌作出卓越贡献的英雄们。

正午已过，草原宁静，空阔辽远。无风的草地间，一丛丛马兰草刚刚泛出绿意。牧羊犬在远处徘徊，金露梅还未绽放，我的眼前浮现出一幕幕撼动心弦、震动心扉的画面。那是新中国诞生后的青春之姿；是1956年冬天北京的一场大雪；是落满白雪的中南海丰泽园、西花厅；是世界著名空气动力学家钱学森在为毛泽东、周恩来、陈毅等党和国家领导人以及各军高级将领激动而自信地讲述"导弹概述"时，露出的一丝"钱氏微笑"；是著名地质学家李四光与物理学家钱三强手捧苦苦寻觅到的铀矿展示其非凡威力时，毛泽东脸上不轻易见到的喜悦之色。

1953年7月27日，中、朝、美三国在板门店签订停战协议。从朝鲜战场上凯旋的彭德怀元帅，没有沉浸于胜利的喜悦，反而对抗美援朝战争作出了冷峻的反思。他在给毛泽东的信中说：抗美援朝取得了伟大胜利，但也吃了大亏。胜在志愿军将士的英勇顽强与牺牲精神，亏在武器不如人，器逊一筹，战士们伤亡太多，我们付出的代价太大了啊……

当年任志愿军65军司令部训练处处长，后担任中国战略导弹部队司令的李旭阁将军，在提及志愿军总司令彭德怀的那封信时，感叹不已。面对世界上最强大的军队，我们真的器不如人，多数部队只能打一周之战，没有空中掩护，没有后方支援补给线，常常被美军飞机轰炸，战况惨烈啊。我们是凭着牺牲精神、血性、志气赢得胜利与尊严的。

而早在1946年8月6日，美国记者安娜·路易斯·斯特朗女士在延安采访时，毛泽东便对她说出了流传于世的一句话："原子弹是美国反动派用来吓人的一只纸老虎，看样子可怕，实际上并不可怕。"

1951年下半年，世界著名科学家、诺贝尔奖获得者、法国科学院院长约里奥·居里先生让人传话："请转告毛泽东同志，你们要反对核武器，自己就应该先拥有核武器。"

1955年，中国人民志愿军陆续撤离朝鲜战场，新中国百废待兴，亟需休养生息。可原子弹对国防安全的威胁依旧挥之不去。十年前，原子弹就已经在美国横空出世，朝鲜战场上，已经在人类头顶上扔过两枚原子弹的杜鲁门和麦克阿瑟扬言必须要用原子弹对付中国。然而，历经血雨腥风的中华民族，如何能够再次承受残酷的灭顶之灾。

1955年，中央指定陈云、聂荣臻、薄一波负责筹建核工业。

1956年，毛泽东在最高国务会议上宣布："我们还是要有原子弹。在今天的世界上，我们要不受人欺负，就不能没有这个东西。"

1956年10月15日，中苏两国关于引进导弹、原子弹技术的协议在莫斯科签署。1957年12月20日，一列载着苏联导弹和102名导弹官兵的专列，从满洲里入关，拉开了组建中国战略导弹部队的序幕。

1958年，毛泽东正式表态："那么好吧，搞一点原子弹、氢弹，我看有十年工夫完全可能。"美国人逼得我们不得不破釜沉舟，举一国之力，发展火箭、导弹事业，启动"两弹一星"工程。

1959年6月，苏联单方面撕毁了帮助中国研制原子弹的合同，撤走了专家。中苏新技术协定确定的援助项目被搁置，苏联1.2万名援华专家和军事顾问彻底撤出中国本土的时候还丢下这样一句傲慢的话："不是我们张狂，我可以非常坦率地告诉你，离开了苏联的帮助，中国导弹永远上不了天……"

时光来到了21世纪，当年的决策者们意气风发，毫不畏惧的坚定面容仿佛就在眼前。2018年6月，金银滩上空的天湛蓝明净，清澈无云。早已退役的原子弹总装厂门口，那枚镶嵌在红砖上的五角红星依然彤红鲜亮。我慢慢地走进基地旧址的一条小路，走进组装车间低矮简陋的平房，轻轻抚摸着藏于地下，无一丝光亮的掩蔽体内冰凉、残破、坚硬的墙体。这就是中国人在苏联撤出全部技术人员，于三年经济困难期间，勒紧腰带研制第一枚原子弹、氢弹的地方；这就是我们不畏艰难困苦无私无畏、奋力拼搏的中华儿女，在这片深沉又寂寞的草原上挺起脊梁，夜以继日攀登世界科技高峰的西部草原。

1963年的早春，中国人终于走出三年经济困难的魔影，渐渐恢复了生机。中国人的"争气弹"——1059，由中国人自己造了出来。10月25日上午7时，随着发射连长刘宗舜的一声点火口令，中国第一枚导弹犹如巨龙，在酒泉基地腾空而起，扶摇直上、命中靶区。这标志着我们的作战部队已经掌握了导弹发射的技能，年轻而富有朝气的中国战略导弹部队踏上了漫漫征程。

紧接着，1964年10月16日15时，深邃凝重的戈壁荒漠，新疆罗布泊上空，突然掠过一道白光，传来震天巨响。遥远的天边，巨大的火球缓缓裂变，红云般的蘑菇云冲天而起，漫漶翻卷。在青海金银滩核武器研制基地研制成功的第一颗原子弹爆炸成功！接过电话的周恩来总理，在听取汇报后，焦急地问张爱萍将军："是不是真的核爆炸？"张爱萍将军虽难以抑制心头的兴奋之情，可还是扭过头问身边的物理学家王淦昌："这是不是真的核爆炸？"

"是核爆炸！"王淦昌肯定地答复。

几天之后，张爱萍将军穿着防护服，与刘西尧、张蕴玉、九院院长李觉、副院长吴际霖和教授王淦昌、郭永怀、彭恒武、程开甲、朱光亚，理论部邓稼先、周光召、赵忠尧向核爆过的圆心步行而去，将一代中国人的勇气、胆识、魄力留在了西部天空。

很快，消息传到了北京，周恩来即刻告诉当时正在人民大会堂宴会厅排练《东方红》的几千名文艺工作者："大家可以尽情地欢庆，但可要小心别把地板蹦塌了。"这个消息还引起了世界的震惊，因为这颗2万TNT当量的原子弹采用了向心聚爆技术，这种技术在当时还没有几个国家能够掌握。

1967年6月17日，时隔2年8个月后，中国的第一颗氢弹在金银滩研制成功，再一次在罗布泊上空爆炸，标志着中国核武器的发展进入了一个新的阶段。

艰难创举

1958年，草原的沉寂空旷被悄然打破，数万名心怀畅想的年轻工程师、技术人员以及解放军干部、战士相继来到青海湖北岸的金银滩。绵延起伏的山峦、沉默无语的碎花、无边无际的草海静静地注视着他们。

他们中的大部分人只知自己是青海国营221厂的建设者，只有极少数人才真正清楚自己担负的重要使命。厂区是由北京核武器研究所，代号"九院"院长李觉，带着同事和苏联专家跑遍中国大西北选定的，因工作保密，西北核武器研究设计院，对外称"221厂"。

"221厂"厂区位于金银滩草原中心地带，占地约570平方公里，保密区域遍及整个草原。当年，青海远离北京上海，对许多生活在内地的人来说是偏僻、遥远和陌生的。金银滩草地平缓，群山环绕。北侧、东侧达坂山绵延逶迤；西侧、南侧日月山渐趋隆起；西面不远处是闪烁着波光的青海湖。同时，金银滩远离任何一条中外边界，不像新疆、西藏那样与邻国接壤，通向外界的唯一出口，距省会西宁100多公里，物资供应便利。外人难以进入，内部通讯自由，易严密控制，非常适合核武器的研制工作。

"两弹一星"的研制是中国人勇攀科技高峰的空前壮举，也是一个庞大的系统工程。在整个攻关研制过程中，全国先后有20个省、市、自治区，26个部、院和解放军有关单位，900多家工厂、科研机构、大专院校，全力协同，参加攻关会战。

第一批奔赴金银滩的人，上山割红柳树条子，就地土法上马，用麦秸加黏土干打垒，盖起一排排土房子，建起了简易的生产厂房，解决了住处问题，很快投入到厂房的基本建设中。因天气寒冷，无霜期短，为了缩短工期，建设者们只能在严寒、风沙、缺氧的艰苦条件下，拼命抢时间、争速度，完成7个不同功用的分厂建设和基础设施建设，使各个分厂逐渐投入有序而周密的研制工作。当时，基地建设不仅要考虑质量，还要考虑保密要求，地下掩体距离地表9.3米，完全用钢筋和混凝土浇筑而成，可以保证地面设施在受到攻击的时候，地下指挥中心不会受到破损。整个地下指挥中心由载波室、配线室、通风室、指挥室、发电机房、配电室、人工交换室和电报室8个部分组成。指挥室没有任何信号，只有一根"红线"接打重要电话，但通风设施完善，空气流通顺畅，还有许多供逃生的通道，其中一条可以直通海北州宾馆。

地面上，爆轰试验场看上去只是一座座小小的堡垒形半掩埋式平房，上面覆盖着泥土，长着青草。据说，美国得知中国在这里进行核爆炸试验后，曾打算通过空袭予以破坏中国，所以试验场的建筑非常隐蔽。同样出于保密和安全考虑，二分厂以南0.5公里处的"上星站"，设计也十分简单，30米长的站台上除了几条用于吊装的拱梁外没有任何建筑。可就是这样一个普通的不够三级标准的站台，却承载了共和国发展核工业的伟大梦想，由二分厂组装完毕的第一颗原子弹就是通过这个简陋、朴素的"上星站"站台，由零次专列运往新疆罗布泊的。

短短四年时间，参与大会战的建设者，克服重重困难，硬是凭着一副硬骨头以及超凡的勇气和创造力，在金银滩建起了研制中国第一颗原子弹、第一颗氢弹的重要基地。新房建成之后，大批科研人员、技术干部进入。全面负责基地生产建设的李觉将军下了一道命令："把新建的房子让给科技人员，干部一律住帐篷。"那时，参加基地建设的人并不知道基地的真正用途，但大家没有丝毫怨言。

为了尽快造出中国的第一颗原子弹，科研技术人员不分昼夜，加速研制进程。在设计室工作过的王钰德说："那时除了吃饭、睡觉就是上班，没有八小时工作制概念，也没有星期天，方案想了又想，图纸审了又审，试验数据算了又算，每个人都清楚，绝不能因为自己的一个小小失误影响整个事业的成败。晚上，整个办公大楼灯火通明。接送上下班的班车来了，无论司机怎样按喇叭，谁都不愿先放下工作，领导强行熄了灯，大家才依依不舍地离开。为了测得一个准确的数据，大家连续做试验，顾不上吃饭，炊事员只好把饭菜送到车间外，饭菜中吹进的尘沙，成了大家碗中常见的作料。"

特别是三年经济困难时期，别说建设物资无法供应，就连建设者正常的生活都难以保障，时任外交部部长的陈毅元帅亲自前往各大军区化缘，对军区首长们说："各路诸侯，我陈毅给大家作揖了，请军队支援我们的科学家，他们正在挨饿啊。只有原子弹响了，我这个外交部部长的嗓门才能响！就是当了裤子也要把原子弹搞出来！"

参加过当年大会战的人都深有体会，最艰难的时候，实验室的灯光最亮；最饥饿的年月，创业者的歌声最嘹亮。在那个决定国家命运的时刻，他们从祖国的四面八方会集到金银滩草原，开始了一生中难以忘怀、艰苦卓绝的创业生涯。人们不止一次地问他们："你们后悔吗？"他们总是莞尔一笑，轻轻地回答："即使我们把最美好的青春年华都留在了青海高原，即使我们把有限的生命都献给了那片土地，能够亲自参与当年的草原大会战，也是我们无上的光荣。"

海外恋歌

新中国成立后，许多身居海外、远离祖国的科学家，怀着对祖国的满腔热爱、深厚感情，怀着以身报国的责任感与豪情壮志，不畏艰难险阻，回到了祖国的怀抱。据统计，新中国成立伊始，从世界各地先后归来的科学家、学者、留学生共计3000余人。他们大多数人在国外有着很高的待遇和大好的前途，可是当新中国向他们发出召唤，这些莘莘学子便带着以身许国的拳拳之心，踏上了回家的路。

著名核科学家彭桓武，在英国留学十年，获得两个博士学位，是第一个在英国取得教授职称的中国人，有人问他为什么回国，他说："回国不需要理由，不回国才需要理由。"

从英国爱丁堡大学归来的程开甲教授，在西北核基地干打垒平房中，默默无闻地生活了近20年。他说："如果我不回来，生活得不可能像现在这么幸福，因为我现在所做的一切，都和我的祖国紧紧相连。"

1950年8月29日，停靠在洛杉矶码头的"威尔逊总统号"即将启航。当时，已在美国卓有成就的三位科学家赵忠尧、罗时钧和沈善炯正与送行的同学依依告别。同窗之情难以离舍，但即将回到祖国母亲怀抱的激动之情，让他们忘记了离别的忧伤。赵忠尧、罗时钧和沈善炯是理工科的高材生。早在1930年，赵忠尧就取得了博士学位，研究成果也得到了国际物理学界的高度评价，他的行李中还带着靠省吃俭用购买的重要资料和零件，他打算回国后为祖国的原子能事业尽自己的一份力量。罗时钧和沈善炯也分别在加利福尼亚理工学院取得了航空数学哲学博士学位和生物系博士学位，他们都是当时百废待兴的新中国最需要的尖端人才。

当时，美国正在泛滥"麦卡锡主义"，尽力阻止在美国的学者、科技人员回到共产主义国家，尤其是对学理工科的专家更加严格。就在"威尔逊总统号"开船前，美国联邦调查局对赵忠尧、罗时钧和沈善炯的行李和衣物进行了彻底搜查。

与此同时，船上另一位世界知名的科学家竟然被直接带下了船。他就是大家非常熟悉的我国"导弹之父"钱学森。

亲眼见到钱学森被强行带下船，赵忠尧、罗时钧、沈善炯怀着惴惴不安的心情驶向了茫茫大海。当船行驶了14天，于9月12日抵达日本横滨时，船刚刚停稳，他们三人就被驻日美军强行带走，连夜押送至一个叫巢鸭的监狱，那是二战后曾经关押日本战犯的地方。赵忠尧、罗时钧、沈善炯三位卓有成就的科学家被剃光头发，戴上手铐，穿上了日本战犯曾经穿过的囚服。

侵华战争时，沈善炯的伯父惨死在日本人手中。沈善炯亲身经历了国破家亡的仇恨，才踏上求学救国之路。如今，家仇未报，自己又深陷囹圄。困境中，沈善炯的回国之心更切，怎么可能因重重阻碍放弃？当所谓的国民党驻日代表团前来游说，让他们回美国或去台湾时，他们态度更加坚决：我们要回国！我们要为建设祖国出力！此时此刻，还有什么比让新中国强大起来更重要的事呢！就是死，也要把我们的尸体送回中国去！

赵忠尧他们三人的遭遇传到国内，周恩来总理马上代表政务院和外交部发表声明，抗议美国无理扣押中国留学生。在党中央的亲切关怀下，赵忠尧、罗时钧、沈善炯在被关押了54天后，终于获得自由，回到了祖国母亲的怀抱。

再说说与赵忠尧、罗时钧、沈善炯一起上船，却被强行带下"威尔逊总统号"的科学家钱学森。其实，美国人根本不想让钱学森回国，因为他是科学天才，更何况他还参与了绝密的美国导弹核武器的研发，在美国航天技术方面担任过非常重要的职务。时任美国航空部部长的阿诺德说："我们放回去一个钱学森就等于损失了三个师。"

下船后，钱学森和夫人被关押在一个小岛上。几天后，在朋友们的保释下，他只能回到加州理工学院继续工作，但从此，钱学森一家失去了自由。联邦调查局的车每天都在他们家门口徘徊、监视，并要求钱学森每个礼拜都去移民局报到，还劝导他说，留在美国有车有房有地位，回到中国连饭都吃不饱。

钱学森气愤地说："我们的国家现在是穷，可在不久的将来一定能走向富强。"归心似箭的钱学森，家里随时放着几个手提箱，里面装着衣物和随身用品，只要一放行，站起来就可以走。

1954年日内瓦会议前后，周总理率领的中国代表团与美方召开大使级的会议，要求美方同意华人学者回国。在我国政府的严正交涉和世界科学界的声援下，包括钱学森在内的一批中国科学家终于在1955年9月踏上了回国的旅程。为了等待这一天，钱学森一家被软禁长达5年之久。但是，任何阻挠和诱惑都无法阻止他对祖国母亲的思念和回到祖国母亲身边的渴望。

与钱学森同批回国的还有一位世界级的科学家，他就是钱学森的同门师弟、空气动力学大师郭永怀。郭永怀这个名字，早在20世纪三四十年代已名扬海内外。当时，国际航空领域有一项世界级难题：声障。人们认为飞机的速度是无法逾越声速的，这一错误论断曾像一道障碍，阻挡了航空事业的发展，而这项世界难题，被中国科学家郭永怀攻克，他也因此跻身于世界知名科学家行列。美国人说，郭永怀不仅是可以改变世界的人，也是可以征服宇宙的人。当时，郭永怀已经是康奈尔大学的终身教授，处于学术研究的黄金时期。

20世纪50年代，郭永怀每月的薪酬已达800美金，这还不包括他的稿酬、科研成果所得。郭永怀还是一位极富浪漫情怀的性情中人，他爱好古典音乐，喜欢集邮、摄影。他有一个女儿，他喜欢给妻女拍照，一家三口过着富足、安逸的生活。

可郭永怀认为，国贫家穷是当儿子的无能。他多么想让自己的同胞也能享受这样的生活，他时时刻刻都在为回国做着充分准备。为了表明回国的坚定态度,在一次公开活动中,他毫不痛惜地一把火烧掉了自己多年来的科研手稿。他说,中国是我的祖国,我想走的时候就要走。1956年8月,郭永怀携夫人李佩、5岁的女儿郭芹回国。回国之时,他和妻子卖掉汽车、洋房,将变卖所得的48460美元,全部捐献给国家,用于支援社会主义建设。回国后,郭永怀把全部身心投入到祖国建设中,全程参与了原子弹、氢弹、导弹和卫星的研制工作,为我国的国防事业和经济建设作出了特别重大的贡献。但极为遗憾的是,郭永怀在一次飞机失事中永远离开了我们。1999年,党中央、国务院、中央军委在人民大会堂隆重表彰为"两弹一星"事业作出突出贡献的23位"两弹元勋"时,郭永怀是以烈士的身份接受这份殊荣的。

那是1968年12月。和往常一样,郭永怀率领他的攻关队伍在青海高原核基地夜以继日地工作着,经过大量计算和反复推敲,一组非常重要的技术数据终于被他们准确地测算出来。由于这组数据直接关系到第二代导弹核武器的成功与否,郭永怀需迅速赴北京向上级领导汇报。他整理好绝密资料,经层层包裹后装入随身携带的公文包,急匆匆地连夜赶回北京。

郭永怀最喜欢夜航,因为夜航打个盹儿就到了,不会耽误第二天的工作,可是万万想不到,这次夜航竟成了永别,郭永怀再也无法投入到他日思夜想的工作当中,再也无法回到爱人与女儿身边。1968年12月5日凌晨,郭永怀乘坐的飞机抵达北京机场时突然出现故障,飞机坠毁!救援过后,工作人员找到了郭永怀的遗体,发现他和警卫员小牟的身体紧紧抱在一起。人们好不容易将两具烧焦的遗体分开,才发现那个装有绝密文件的公文包就夹在两人中间,完好无损……在生命将尽的最后一瞬,郭永怀竟然如此平静,想到的只是用血肉之躯保护对国家有重要价值的科研资料。

郭永怀曾说:"中国是我的祖国,我想走的时候就要走!"可是,祖国母亲,又是怎样在痛惜儿子的早逝!

那一年,郭永怀唯一的女儿郭芹还在寒冷的内蒙古呼伦贝尔盟插队。也是在那一年的冬天,远在科尔沁草原的郭芹给父亲写了封信,想要一双过冬的布鞋。郭永怀回信道:"布鞋暂没有,你是否画个脚样寄来,待有了货,一定买。"可谁知,寥寥数语,居然成了郭永怀留给女儿的最后一句话,让人痛彻心扉的一句话。作为一位誉满全球的大科学家,郭永怀一生攻克了不知多少科学难关,却没有为自己的女儿解决一双过冬的布鞋。而女儿郭芹年轻的生命岁月里,却因为父亲郭永怀的牺牲,过早经历了生离死别。

郭永怀的爱人李佩,著名语言学家,毕业于美国康奈尔大学,曾在康奈尔大学语言学系教授中文。随丈夫回国后,她在中国科学技术大学和中国科学院大学教授英语。郭永怀每天去上班的时候,李佩都会在他的公文包里塞进去一个苹果。出事前,郭永怀已经很久没有回过家,他们的最后一次见面是追悼会。李佩不敢走近看,不敢看那具烧焦的遗体,不敢看她面目全非的丈夫,只看到一面鲜红的党旗覆盖在他的身上。

李佩很少在人们面前提到郭永怀的死,没有人知道她到底承受着多么巨大的痛苦。在中国科学院,美丽优雅端庄的李佩,被称作"中科院最美的玫瑰""中关村的明灯""年轻的老年人""中国应用语言学之母"。李佩独自生活了几十年,将所有的精力都投注于教育事业,她觉得那是她的丈夫郭永怀生命的延续。有时候,她会呆呆地站在阳台,一站就是几个小时,独自怀想与丈夫在一起的时光。到了晚年,她把自己的全部积蓄都捐了出去,早年从美国带回的手摇计算机,郭永怀的写字台、书籍、遗物,重达515克的纯金制"两弹一星"功勋奖章捐了,自己的私人存款也捐了。每一次捐赠,大家都想为她举办一个体面的捐赠仪式,可李佩却说:"捐就是捐,要什么仪式?"

2017年1月12日,享年99岁的李佩,终于和丈夫郭永怀团聚。去世前,她一直生活在60年前跟丈夫刚回国时居住的那间老房子里。屋子里的内部陈设几乎没有任何变化,家中的那些老家具已经用了60年。唯一的变化,是李佩晚上睡觉的时候,把枕头从床头挪到了床尾。这样,每天早晨一睁开眼睛,她就能看见挂在床头的丈夫的照片了。她一生乐观,认为丈夫的生命没有遗憾,因为她替他看到了祖国的强大,看到了今天的中国正在为人类的幸福和世界的和平作出贡献。

几十年过去了,那些曾经选择归来的游子,有的还在继续工作,有的记忆力衰退遗忘了很多事情,有的卧病在床,连走路都很困难。但是,只要跟他们提起金银滩,提起当初为什么选择归来,誓死与祖国母亲生死相依,他们的眼睛里,总会闪现出异样的光芒。

舍生忘死

1958年8月的一天,二机部副部长兼原子能研究所所长钱三强教授把邓稼先找了去。他说:"稼先同志,国家要放一个大炮仗,调你去工作,怎么样?"邓稼先心里咯噔了一下,这是要搞原子弹啊!他自言自语地说:"我能行吗?"钱三强紧紧盯着他的一双眼睛:"怎么不行?"

那天,邓稼先比平时回家晚一些。夜里,躺在床上的他翻来覆去睡不着。妻子许鹿希问他:"稼先,是不是有什么事?"他想了好半天才对妻子说:

"我要调动工作了。"

"调到哪里?"

"不知道,也不能说。"

"那么到了新的地方,给我来一封信?"

"大概这些也不行吧,我今后恐怕照顾不了这个家了,老人和孩子以后全靠你了。我的生命就只能献给我未来的工作了,做好了这件事儿,我的一生就过得很有意义,就是为它死了也值得。"

听了邓稼先这番话,妻子许鹿希心里一沉,仿佛掉进了冰窖。邓稼先的爱人许鹿希,毕业于北京医学院,专攻神经解剖学。1953年他们结了婚。中华人民共和国成立前,邓稼先在北大任助教的时候,是许鹿希的老师,给她上过物理课。那时候的邓稼先身材高大、一表人才,两眼炯炯有神。结婚后他们的家庭生活幸福美满,1954年10月,他们有了一个女孩儿典典。1956年11月,他们又有了一个男孩儿平平。两个小宝宝的到来,给这对搞科研的夫妇增添了许多欢乐。

可是,随着邓稼先工作的调动,他们一家的生活却发生了变化。那一年,邓稼先34岁,正当青春年华。那一年,许鹿希刚满30岁,要带两个孩子,照顾两位年迈的老人。同时许鹿希自己也有事业上的追求,她真的不知道将来自己会面临什么。但是,从邓稼先坚定而自信的口吻中,许鹿希感到,他要做的定是一番伟大的事业。

最终,许鹿希轻轻地对他说:"放心吧,我是支持你的。"从此,邓稼先一心扑在了工作上。

勿忘金银滩

在一次核试验倒数后，天空没有出现蘑菇云。核弹哪里去了？大家都非常揪心，邓稼先决定亲自去查看现场，在场的很多同志都极力反对，后任国防科工委主任的陈彬同志甚至说道："老邓你不能去，要去也是我去，你的命比我值钱！"邓稼先听后非常感动，但他还是上了吉普车，冲向事故发生的地区。他弯着腰一步一步地走，目光四处扫视，边走边找。终于，核弹被他找到了！高度的责任感使他在这一瞬间突然变成了一个无知的人，他竟然用双手捧起了碎片，那是一个含有剧毒的放射物。

回来之后，他住院接受了检查，许鹿希感到了从未有过的恐惧。可邓稼先却对妻子坦言，核武器研制工作本来就是一项非常危险的工作，难免会出现事故，他从一开始就做好了思想准备。可伤心的许鹿希却在心里埋怨："当时，你想到我，想到孩子了吗？"记得有一天，国外的朋友来看望邓稼先，问他："老邓，你为中国核武器事业做了这么大贡献，中国政府给了你多少奖金？"邓稼先笑而不答。当时颁发原子弹特等奖的奖金是一万元，单位里平均分配，人人有份儿，但九院人多还得垫上十几万，才按照十元、五元、三元，三个等级发了下去，邓稼先分到的是最高等级的十元钱。

由于涉及保密，很多人都问过邓稼先他的工作跟我国的原子弹有没有关系，有没有外国人也参与了我国核事业的研制工作，对于这些疑问他一直没有回答过。周恩来总理知道此事后明确指示邓稼先，要让他告诉大家实情，中国的原子弹、氢弹全部都是我们中国人自己研制的，没有一个外国人参加。

1985年8月10日，邓稼先做第一次大手术。75岁高龄的张爱萍将军，在手术室外守了5个小时，直到手术做完。第二天国家领导人万里又来医院看望他。邓稼先感动地说："核武器事业是要成千上万人的努力才能成功，我只不过做了一小部分应该做的工作，只能作为一个代表而已，但党和国家却给了我这样高的荣誉，这么关心我，这足以证明党和国家对国防事业的重视。"他期望自己能尽快恢复健康，早日做些力所能及的科研工作，不辜负党对自己的期望与信任。

由于病情恶化，邓稼先的口鼻不断出血，脸上却依然带着笑容。他能感觉到，留给他的日子不多了，他心里非常着急。美苏两国的核技术发展水平已经达到了制高点，我国还处于半山腰、向上爬的阶段，他感到自己的工作还没做完，他要把现阶段的发展情况，即将要开展的工作和未来10年发展的计划、步骤总结出来。于是，病房完全变成了办公室。邓稼先每天一边做着痛苦的化疗，一边躺着或靠坐在病床上，一连几个小时写作、总结、梳理。妻子许鹿希劝说无效，只能眼睁睁看着丈夫一天比一天衰弱。

1986年4月2日，由邓稼先和于敏联合署名的关于我国核武器发展的建议书最终完成。完稿时，邓稼先让妻子许鹿希把稿件送回单位。出门前，他嘱咐许鹿希："希希，你手里的东西，比你的命还重要。"许鹿希眼中的泪水夺眶而出，她当然知道这份建议书的重要性，她当然知道，这其中凝结着丈夫最后的心血与生命。

这一天，刚刚做过直肠癌手术的邓稼先，躺在301医院的病床上。他突然产生了到天安门看五星红旗的冲动。想到这里，他马上起身悄悄地对警卫员说："咱们去天安门广场看看吧。"警卫员连连摇头。可邓稼先决心已定，他带着警卫员，瞒着医生、护士，悄悄地从医院溜了出来，坐上公共汽车，来到天安门广场。他凝望着当年召唤他回到祖国的五星红旗，思绪万千，对警卫员说:"到新中国成立一百周年时,你就已经84岁了,那时候,我们国家肯定已经富强了,你可要来看看我呀……"警卫员闻听后不住点头,两行热泪夺眶而出。

1986年7月29日,邓稼先去世,离开了他热爱的工作,他热爱的这片土地。

无名英雄

原子城,也就是"221厂"基地在这里,无论是将军还是士兵,无论是专家还是普通工人,都在用自己的青春和生命谱写着一部值得赞颂的创业史。

那时,正是我们国家经济最困难的时候,由于营养不良,"221厂"的一部分人出现了浮肿。聂荣臻元帅得知这一消息后,以个人名义向各大军区募捐了一批黄豆运往"221厂",并且派陈赓大将亲自检查黄豆的分发情况。当时,"221厂"的负责人汇报,黄豆全部分配给了科研工作者,如果检查出行政人员吃了一粒黄豆,我们甘愿受任何处罚。

确保隔绝和保密是当时"221厂"研制核武器的最基本条件,这样严格的规定,保障了研制工作的顺利进行。同时,也让"221厂"的建设者饱受了寂寞相思之苦,他们不能带家属来"221厂",也不能告诉任何人自己在哪儿,做什么工作。一进厂,每个人首先领到的是一本保密手册,各个分厂之间也是绝对保密。因为每个人都严格遵守了保密制度,所以,当第一颗原子弹爆炸成功的消息传到金银滩草原上时,一些投身原子弹研制工作,在"221厂"坚守多年的人,还在互相询问这威力如此巨大的武器是在哪里制造的。

1963年,在基地建设期间,集中于北京攻克原子弹理论及设计的科研人员,先期抵达金银滩草原。一对新婚不久的夫妇分别接受任务,从北京先后来到这里。因为保密,两人都没有告诉对方去了哪里,只能通过写信的方式来传达彼此的思念之情。那个时候,写信不能写单位地址,只有一个信箱号码,信件还要从北京转一大圈后才能到达对方手中。多年来,两人备受离别之苦。终于有一天,原子弹爆炸成功的庆祝晚会,在热烈的气氛中举行。在欢庆的人群中,突然,他们发现了对方,两人惊讶万分,原来,他们工作的地方只有一墙之隔……

还有一位年轻的技术员,在去西宁出差办事时认识了一位姑娘,他非常喜欢这位姑娘,姑娘也钟情于他,经过几次接触后,他已经深深地爱上了她。可是,因为不能把自己所从事的工作告诉她,引起了她的误会,姑娘最终还是离开了他。当我见到这位年轻的技术员时,他已年过花甲,仍独自一人生活。

1962年,小梅调到"221厂"工作,她想让男朋友一起来。由于小梅的男朋友有海外关系,组织没有同意。还因为严格的保密制度,组织要求小梅和男朋友断绝关系。小梅和男朋友青梅竹马,感情很深,两家父母也把他们当成了自己的儿女。但是,为了国家利益,小梅必须作出选择。她给男朋友写了封信,中断了两人的恋爱关系,把全部的精力放在了工作上,而她的男朋友为了等她也一直未娶。1978年,这对38岁的人终于喜结良缘,生活在了一起。

"221厂"的保密工作一直坚守到1987年正式宣布退役的那一年。1974年,"221厂"职工韩乐发得了重病,医生想了解他的病因,以便治疗。当问及他从事过什么工作,受过什么伤时,韩乐发坚持不说，以致没有得到有效治疗，离开了人世。

　　厂里有四位来自不同地方的姑娘，在尚不知严格保密规定的情况下，在自己住的帐篷前照了一张合影，准备寄给家人。当被告知军事禁区不容许私自拍照后，这张用来向家人报平安的照片，被她们小心翼翼地藏了起来，一藏就是30多年。现在，这张泛黄的老照片就陈列在青海原子城纪念馆中。2009年7月8日，讲解员像往常一样给游客们讲述着先辈们在核基地艰苦奋斗的故事，突然看到一位老人站在这张照片前，情绪激动，嘴唇颤抖，脸上挂满了泪珠。讲解员赶紧上前询问，老人慢慢摘下眼镜，擦拭着泪水动情地说："孩子，这就是我多年来寻找的记忆呀，你看照片中右起第二个就是我！"

　　老人叫罗蕙英，当时是上海某大学的学生。1963年，学校抽调了100多名家庭成分好、各方面表现突出的学生参加国家保密工作，四个姑娘即其中的成员。为了民族利益、国家需要，她们告别了繁华的南京路、迷人的外滩，告别亲人，义无反顾地踏上了西行的列车。几天几夜的火车把她们带到了青藏高原，十几个小时的大卡车又把她们载到了金银滩。六月的金银滩，绿草如茵、繁花似锦，让大家兴奋不已。然而金银滩海拔3000多米，气候干燥、寒冷，几乎每天都刮风，即便是在最热的季节都要穿毛衣毛裤，虽然住的是棉帐篷，却不保温。帐篷的边边角角，四处漏风。睡觉时穿着棉袄，裹着大衣，盖着棉被。在这种环境下，很多人都得了急性心肌炎。即便这样，也丝毫没有动摇她们工作的热情。每天，她们都快乐地唱着歌在草原上生产、建设。有一次她们去草原采蘑菇，发现了一只小狗，大家把小狗带了回去。晚上睡觉，大家就把小狗留在帐篷里。睡到半夜，突然狼群包围了帐篷，大家都紧张得不知怎么办才好。眼看着狼群就要攻击了，就在这千钧一发之际，不知谁大声喊道，快把小狗从帐篷底下塞出去，大家赶紧将小狗从帐篷里塞了出去，这才转危为安。原来，她们抱来的小狗是一只小狼崽。

1995年，基地退役，整体移交青海省，"221厂"便成为世界上唯一主动退役的核武器研制基地。四个要好的姐妹服从国家安排，先后离开了"221厂"，走上了不同的工作岗位。那个时候她们互相帮助，团结友爱，感情很深，遗憾的是，四位姑娘离开金银滩后，再也没有见面。而今她们都已是年过古稀的老人了，再次相聚成了一件更不容易的事……

为了帮助老人实现这个愿望，2014年，原子城纪念馆特意邀请她们在中国第一颗原子弹爆炸50周年纪念日这个特殊的日子，来到金银滩草原。那一天，在家人的陪同下，她们如约而至。当车子刚刚驶入原子城时，泪水已模糊了她们的双眼，她们按捺不住激动的心情，大声喊道："我终于又回来了！"在会客厅相见的场面，更是让在场的人潸然泪下。那一刻，她们像小女孩那样，激动地叫着彼此的名字，紧紧相拥在一起泪流满面。"没想到，有生之年我们还可以相聚在金银滩草原。"时光无情，蹉跎岁月让她们失去了青春的红晕，但是，她们对金银滩的深情，对彼此的牵挂，对当年大会战的怀念，对自己能够参与"两弹一星"研制工作的自豪感深深触动了大家的心。她们是科技人员中最普通的一员，用自己的青春、热血为共和国的核事业作出了不可磨灭的贡献，留给我们的是基地人用"两弹一星"精神谱写的岁月赞歌，是中国核武器发展史上珍贵的记忆。

当年的研制工作，因严格遵守保密制度，忽略了一个严重的问题。大多数人不知道，也没有防护意识。还有很多人，舍不得使用配发的手套、口罩、衣服，省下来寄给家人，遭辐射、烧伤是常有的事,许多人因此落下了病根。从事原子弹外壳加工的一分厂主任裴玉成,在检查某原子弹部件是否合格时,需要一个一个拿到眼前仔细查看。为了干活方便,更为了节约时间,他连手套都不愿意戴,遇到不合格的产品就随手往身后的废品堆上扔,因此严重影响了身体健康,直到现在,他的身上还有一个无法愈合的伤口。

中国第一颗原子弹和第一颗氢弹诞生前,所有模拟爆炸和冷试验,都是在靶场上完成的。现在,还可以看见靶场上经过数十次试验的隐蔽体在厚度近10厘米的钢板上留下的弹痕。无数不知名的研究设计人员,为此付出了沉重的代价。被称为袁三刀的技术工人,为了练就精湛的切割技术,几年如一日地练习,练到了蒙住双眼丝毫不差的水平。即使这样,在切割原子弹时,巨大的压力,让他在进行完三次完美的切割后,颅内出血,昏倒在现场。

这样的故事太多太多,而且许多人年事已高,已经不能告诉我过去的岁月中那些令人难忘的事,这是最让我觉得遗憾的。金银滩绿色的海洋在阳光下轻轻滚动,一股清凉之气扑面而来。当年的工作现场内,设备和桌子还摆在原来的位置,为工作人员制作的蜡像作品,像真人一样忙碌,打电话、检查仪器、讨论问题、计算数据。我忍不住,用手轻轻握了握一位技术人员的手,似乎触摸到了他的温暖,百感交集。

背井离乡

1959年秋天,宁静的草原忽然被一个意外的消息震惊:世代居住在金银滩的当地牧人，必须在最短时间内，举家搬迁，离开养育他们的家乡金银滩。

听到这个消息，人们惊慌失措，谁愿意背井离乡？谁愿意到更偏远、更艰苦的牧场重新开创生活？

就在这个时候，海北藏族自治州第一任州长、德高望重的活佛夏茸尕布，接到搬迁任务后，动员自己的母亲和姐姐率先搬迁，并走访每一户牧民，讲述国家建设的重要性。淳朴的牧民群众心里明白，是共产党让他们拥有了自己的草场和牛羊，虽然他们说不出什么大道理，但知恩图报是草原儿女固有的品德。于是，金银滩上的1279户牧民，6000余人，在没有提出任何条件的情况下，赶着15万多头牲畜，离开了祖祖辈辈繁衍生息的家乡。

这是一场浩浩荡荡、历经磨难的迁移。新的安置点，最远的有500多公里，最近的也有100多公里，其间还要翻越海拔4100多米的高山。当时，正值青海高原的初冬季节，气温零下20多摄氏度，到处是厚厚的积雪。拾不到牛粪，牧民们只能烧掉自己的帐篷杆子和马鞍来取暖，露宿在雪地里的多数人都冻坏了手脚。不仅如此，长途跋涉中，许多体力不支的人患了疾病，倒在迁徙的路上，就连牛羊都因为饥饿和乏力在途中大量死亡。两个月后，到达新牧场的很多牧民几乎一无所有，能够活下来已经是万幸，有些妇女甚至在迁徙途中生下了孩子。其中一位年仅18岁的妈妈，在雪地里生下了自己的第一个孩子，当时，由于丈夫去寻找生产队丢失的牛羊，身边没人，等她从昏迷中清醒过来，发现她的孩子已经和冰雪粘黏在一起，无法分开。风雪弥漫，天色阴沉，这新生的婴儿还没来得及睁开眼睛，还没有来得及被亲爱的妈妈拥入怀中，就这样与酷寒的冰雪凝固在一起，悄无声息地离开了。

一位叫加布藏索南的藏族老人，亲历了这次史诗般的迁移。他说，令人心碎的故事，在搬迁的路上还有很多很多。现在，大家都不愿提及，他们没有任何怨言，觉得这一切都是应该做的。响应党的号召是牧人的责任，只有国家好牧人才能好，大家懂这个道理。

三年困难时期，为了保证研制和试验计划按时完成，青海省为基地调拨牛羊40000只，使基地度过了最艰难的时期。这40000只牛羊，对当时偏远、贫穷的青海来讲，是青海人救命的物资！但是，所有人的心中只有一个信念、一个梦想，让自己的祖国强大起来，让自己的人民不再遭受欺辱。为此，善良、朴实、敦厚的青海人在所不惜。

民族脊梁

1995年，中国的第一个核武器研制基地完成了历史使命，正式退役。在党中央的亲切关怀下，很多牧民迁回了阔别30余载的故土。基地移交之后，青海省加大了对原子城的建设力度，昔日的"221厂"基地、原子城，已成为青海省海北藏族自治州政治经济文化中心，金银滩草原荡漾着清脆的牧歌，飘着奶茶、酥油茶的浓香。

有人说，不知道自己是英雄而做着英雄事业的人是真正的英雄。美丽的金银滩因为研制"两弹一星"立下汗马功劳，让我们的祖国成为继美国、苏联、英国、法国之后世界第五个拥有核武器的国家。研制"两弹一星"的伟业是新中国创业史上的黄金时代，体现出的是中国人不计名利、刻苦钻研、独立创新，特别能吃苦的奋斗精神。不仅铸造了被誉为"卫国长剑""和平之盾"的"两弹",也孕育了中华民族宝贵的精神财富——"两弹一星"精神。

  作为一个负责任的核大国,中国人民坚守着和平的信念,信守着自己的承诺。任何时候,任何情况下,中国都不会首先使用核武器。但是,这并不妨碍我国对"两弹一星"精神的宣传,因为,"两弹一星"精神是爱国主义、集体主义、社会主义精神和科学精神活生生的体现,是中国人民在20世纪为中华民族创造的新的宝贵精神财富。我们有责任、有义务将这种精神发扬光大。2006年,在党中央的亲切关怀下,在中国第一个核武器研制基地旧址,占地12.2公顷的原子城纪念馆拔地而起,巍然耸立。这是中华民族的脊梁,是中国人民祈愿世界永久和平的象征。

  在原子城纪念馆,一幅旧日的老照片吸引着无数参观的人,可是又有多少人知道,这幅照片上激动人心的场面,竟然是补拍的。因为,当第一颗原子弹爆炸成功,现场沸腾,所有照相、摄像设备,都在对准渐渐升起的蘑菇云,忘记了拍摄身后欢呼雀跃的人们。虽然事后才组织人补拍,但人们激动的心情、兴奋的场面依旧和现场一样,依旧动人心魄。

  1949年10月1日,毛泽东主席在天安门城楼上,望着徐徐升起的五星红旗,向全世界庄严宣告:中华民族再也不是一个受欺辱的民族,我们站起来了!1964年10月16日15时,原子弹的一声巨响,再一次让世界重新认识了中国,让所有中华儿女扬眉吐气,挺起了民族的脊梁,用现代科学的惊人雷霆,证明了中华儿女强大的生命力和创造力。

  当我国成为有核国家后,国际地位发生了重大转变。展览馆内还有一张醒目的照片,惹人注目。1972年,美国总统尼克松第一次访华,谦逊地握住了周总理的手。在下飞机舷梯前,尼克松

勿忘金银滩 59

就对随行人员说:"为了弥补以前外交上的过失,我会第一个向周伸出我的手。"尼克松之所以有这样的态度,是因为1954年周恩来总理率领中国代表团参加日内瓦会议时,美国代表团团长、国务卿杜勒斯公开发表声明拒绝和周总理握手,禁止美国代表团成员和中国代表团接触,可当我国成为有核国家后,美国又开启了与我国的友好外交。这张珍贵的、见证中国外交史上重要时刻的照片就在原子城纪念馆内展出。正如尼克松所说:"当我们手相握时,一个时代结束了,另一个时代开始了。"周总理也回应道:"总统先生,你的手跨越过了世界上最辽阔的海洋,我们有25年没有交往了啊!"

让国人振奋的是:1971年10月25日联合国大会2758号决议恢复了中华人民共和国在联合国的合法权利。1974年邓小平出席联大第六届特别会议,新中国的领导人第一次名正言顺地站在联合国的讲坛上,邓小平说:"如果60年代以来中国没有原子弹、氢弹,没有发射卫星,中国就不能叫有重要影响的大国,就没有现在这样的国际地位,这些东西反映一个民族的能力,也是一个民族、一个国家兴旺发达的标志。"

跨入21世纪,今天的中国,无论是在政治、经济,还是国防、科技等方面均取得了巨大成就,我国是联合国5个常任理事国之一,是5个拥有洲际导弹的国家之一,是3个能独立自主将航天员送入太空的国家之一,是少数几个拥有航空母舰的国家之一,这一切无不证明着伟大的中国人民永远不可战胜的力量,一个更强大的中国必将屹立在世界东方。

黄昏临近,金银滩的清风吹拂着草原,吹动着我的心。夕阳下,遥望核武器研制基地旧址与这片土地同样沉静、孤寂、庄严的身影,我的心仿佛经历了一场血与火的洗礼,无限感慨。我们要记住那些叱咤风云、推动历史向前发展的一代伟人，也应该铭记那些默默无闻的奉献者。

本文定稿于2017年12月

在柴达木等你

移步瀚海沙洲,青海油田人的声音幻化如歌,渐行渐远。

他们的感情深藏在内心,他们庄严的誓言已落地生根。

悬挂的花朵上有晶莹的泪珠,有甜蜜的幸福。

不长花的花土沟最美最艳。

敦煌、玉门、英东、昆北、格尔木,海石油人就像一只殒命的留鸟,在柴达木盆地,在荒芜的沙漠,承受着寂寞与伤痛。

远方,雪花飘扬,石油人的呐喊声如壮士雷鸣。

感受这一切的,应该是那些欣赏美、为美而神伤之人。

记住这一切的,应该是那些仰慕壮士、为情而落泪之人。

月牙湖的清风又一次在呼唤。

我在柴达木等你，在青海油田等你。

走过安西、玉门，敦煌就在眼前。

离开苍凉雄浑的嘉峪关，一路向西，戈壁荒沙寸草不生。唯有蓝天上的云朵，将我慢慢引向一片又一片青翠的绿洲。

敦煌

重镇敦煌是丝绸之路的必经要道，留下了魏晋以来人类文明史上辉煌灿烂的文化遗产，留下了人们无尽的思念。过去，走出嘉峪关，眼泪流不断。走出敦煌，便真正进入了人人畏惧的大荒漠。辽远、苍莽，无依无靠。但此刻，我坐在窗明几净的办公室，与中国石油青海油田公司总经理付锁堂倾心交谈时，他充满自信的目光中流露出的，并不是西部戈壁黄沙、大漠孤烟印在他身上的萧瑟与冷酷，而是崛起的中国西部、浩瀚的柴达木盆地赐予人类的无限恩泽，是中国油田开发事业向前蓬勃迈进的光辉远景，是奋战在柴达木盆地的青海石油人不屈不挠的豪迈气魄。

付锁堂，1962年出生，在石油战线上工作了近30年。从告别甘肃天水老家的那一天起，他就再也没有离开过他所熟悉和心爱的地质专业，没有离开过他为之努力奋斗的石油开发研究工作。更重要的是，从中专毕业，到大学，到硕士、博士、博士后，到现任中国石油青海油田公司总地质师，付锁堂始终在深造、实践、探索地质学科的过程中，在油田勘探开发研究的岗位上，坚守、钻研、探索石油天然气的分布与勘探工作。他先后主持完成科研项目20余项，获得国家科学技术进步一等奖2项，省部级一等奖9项，在国内外期刊发表论文40多篇。

2007年，付锁堂服从组织安排，从鄂尔多斯盆地油气勘探战场，来到自然条件十分艰苦的柴达木盆地。他攻坚啃硬、勤奋学习、勇挑重担、知难而进，特别是因为他能够解放思想、创新思维，积极应用新技术、新方法，使昆北、英东、东坪等地区的油气勘探出现了大突破，一举打破了柴达木盆地30年来勘探过于沉闷封闭的局面，在高原油气地质理论和实践中取得了一系列辉煌成就，为青海石油工业的发展作出了积极贡献。

来之前，我的头脑里盘旋着许多疑惑。对我来说，不管是青海油田公司的管理工作、开采石油的具体工作，还是有关石油的诸多专业问题，都是一头雾水。除此之外，我更想知道究竟是一种什么样的精神力量支撑着青海石油人实现千万吨级高原油气田的目标。

作为从事石油天然气勘探、开发、生产、炼油、销售、管道运营，包括井下作业、建筑安装、油田建设、机械制造修理、运输等工程技术服务业务为一体的大型综合性油田公司，探明石油天然气储量的勘探工作占据着首要位置。一谈到油田的勘探开发业务，付总的眉宇便舒展开来，他不仅用生动的比喻和浅显易懂的道理，帮助我解开了有关石油、地质原理以及如何通过科技手段对盆地基本地质条件进行研究、分析，从而找到石油天然气存在目标的专业问题，还让我对青海油田公司实现千万吨油气产量的目标和意义有了新的认识。

由于一直从事地质研究和油气勘探工作，说起地下地壳里面的事情，付总就像是在聊自己家人一样熟络自如。原来，深藏地下的石油不是我想象中的像小河一样四处流淌，石油渗透在岩层里，最浅处几百米，最深处可达五六千米。经专家考察论证后，采用重力、电力、磁力等地球物理勘探技术，用人工地震、钻井、试油等方法探明地下油层分布的位置，接下来才可以进入开发部署阶段。

付总遥望着窗外绿树成荫的厂区，略显沉重地说："中国石油的起步阶段异常艰难。那时候，我们国家的石油勘探技术落后，只能通过地表形态判断地质构造，只能用双脚、肉眼和简单的仪器设备丈量有可能发现石油的每一个沟沟坎坎。柴达木油田工作的区域自然条件恶劣，平均海拔2700—3000米，气候干燥、高寒缺氧，是中国境内工作环境最为艰苦的油田。可尽管这样，作为新中国成立后开发的最早油田之一，青海油田在经历了创业的艰难过程后，硬是打开了勘探、开发、建设的一片新天地，在三项工程、二次创业中奠定基础，使青海油田成为甘青藏三省区重要的能源化工基地。"

石油被称为现代工业的黑色血液，是世界诸国争夺不休的目标。西方发达国家过去100年的历史，实际上就是攫取和控制世界石油储备的历史。凡是有石油的地区和国家，就一定会有你死我活的战争。直到今天，这场战争不仅没有停止，还愈演愈烈。

中国对石油的认识源于2000年前，但最早的开采始于八国联军侵占北京后。清末时期，出过洋留过学，时任陕西矿务局委员、主张实业救国的新一代政治家、企业家洪寅在陕西延长发现了石油。但是，当地买办却与德国领事及德商世昌洋行私签合同，密谋掠夺延长石油的开采权。在此关键时刻，陕西巡抚曹鸿勋向朝廷陈述了列强在中国开采石油，旨在夺我中华之命脉的道理。在全国人民护路保矿爱国以及陕西人民的抗议声中，清政府将开采权收为国有，抵住了帝国主义掠夺延长石油的阴谋。光绪三十年（1904年），陕西巡抚曹鸿勋启奏朝廷，由慈禧太后亲自下令拨银8100两为资，开办延长油厂。光绪三十一年（1905年）创建延长石油官矿局，并派军队分段修筑西安至延长道路。光绪三十三年（1907年）4月25日正式开钻，终于在延长县城西门外打出了中国陆地上第一口油井，初日产量1.5吨，史称老一井。

新中国成立以后，中国石油、天然气开发得以迅速发展，成为中国现代能源生产的重要工业支柱。而位于柴达木盆地，世界上海拔最高油田之一的青海油田，在经过50多年的勘探开发后，已成为中国重要的油气生产基地，为中国石油的开发建设作出了重大贡献。

1954年，青海油田的第一支勘探队进入荒无人烟的柴达木盆地，开启了石油、天然气筚路蓝缕的开发历程。在此之后，青海油田、玉门油田、新疆油田、四川油田相继开发，为我国大规模油田开发产业的形成奠定了基础。

柴达木盆地，面积25万平方公里，沉积岩面积约12万平方公里，盆地内矿藏资源丰富，油气资源量为46.5亿吨当量，其中石油资源量为21.5亿吨，天然气资源量25000亿立方米，是全国陆上油气勘探的重要地区。

目前，青海油田在柴达木开发的主力油田有尕斯库勒、跃进二号、花土沟等油田；主力气田有涩北一号、涩北二号、台南等气田；已建成原油年生产能力225万吨，天然气年生产能力76亿立方米；建成花—格输油管道、涩—宁—兰线、涩—格线、涩—格复线、仙—敦线、仙—花线等五条输气管道，年输气能力73亿立方米；建成年原油加工能力100万吨和年产40万吨甲醇的格尔木炼油厂，建成装机容量10.55万千瓦的电厂，发电3.2亿千瓦时；井下施工作业队伍40支，年施工作业能力4000井次。

2014年6月底，青海油田再一次发现地面构造140多个，找到不同圈闭、多种储集类型油气田22个，其中油田16个，气田6个。累计探明石油地质储量56870万吨，以资源量21.5亿吨计，探明率26.45%，探明天然气3845亿立方米；以资源量2.5万亿计，探明率15.38%。青海油田石油、天然气储量的潜力巨大，前景十分广阔。

惊人的成绩，令世界瞩目，也让我们的第一代、第二代石油人付出了沉重的代价。如今，随着油田持续快速的发展，我们国家现在掌握的勘探、开发技术已经与世界其他国家的先进技术同步，完全能够采用先进的科学技术判断和掌握油气的目标和储量。所以，有了这样坚实的基础，千万吨油气产量的宏图大略怎么能不在青海油田人不懈的努力、奋进，先进科技力量的支撑下实现呢！

我们的谈话变得极为轻松活跃。我深深地体会到付总此时如窗外正午烈焰般明艳的心情。犹如医生看病，以前通过望、闻、问、切观察病人病情的方法，早已被CT、B超等先进仪器观察内脏的方式代替，地底下是否有油气，储量多少，也可以通过物理、光学、电子手段分析、辨别。

付总笑了，他说，你这个比喻不错嘛，看样子你是真听懂了。那么，我理解，突破千万吨级高原油气产量目标，是多年来青海石油人艰苦努力、无私奉献、奋力拼搏精神的再一次体现，是我们国家、我们青海油田开发事业科技进步、事业有成的充分体现。

付总的眼里闪烁着坚毅、乐观的光芒。他动情地说，已经实现的千万吨油气产量的目标，不仅对中国能源的开发起到了积极的推动作用，同时也对青海经济的发展起到了带头作用。不仅仅因为，青海省20%的GDP来自青海油田，更重要的是，这一重大工程的实现，包含着青海几代油田人的殷切期望，也是我们大西北对中国石油开发事业的重大贡献。

如今，青海油田人已经拥有了驾驭世界先进技术和设备的能力，其中地震仪技术、数字测井技术、海洋测井技术等勘探技术已居世界领先地位。各种技术设备的制造能力和水平与国际水平相差无几，青海油田将进入一个崭新的历史发展阶段。

说到这里，付总兴奋地站了起来。

科技进步了，设备先进了。但是，柴达木盆地高海拔、重缺氧的自然环境无法改变。油田生产建设中，工区边远、条件艰苦的状况依然存在。

我不无忧虑地望着付总。

付总沉静了片刻，抬起头来，"是啊，这就是为什么我们这个企业之所以逐渐强大，之所以没有被各种艰难险阻压垮，屹立在中国西部沙漠之上的重要原因。"

20世纪50年代始，当青海石油人走向这片洪荒、寂寞、没有人烟的大漠盆地，走向这片令人畏惧，连野生动物也不敢轻易冒犯的大地时，深藏于每一位青海油田人内心的无私忘我的力量就一直鞭策、鼓励着油田人。这就是顾全大局的爱国主义精神，艰苦奋斗的创业精神，为油而战的奉献精神。一句话，也就是柴达木石油精神。没有这种精神，柴达木盆地不可能成为油气生产的沃土；没有这种精神，青海油田的开发事业不可能得到如此迅猛的发展；没有这种精神，我们也没有勇气和胆量，敢在4年内完成油气产量超过千万吨的跨越式发展。

此时此刻，我对青海油田人的工作和生活，产生了更为强烈的渴望。我深信，在我的目光投向深邃的柴达木盆地，在我的心走向青海油田人的那一刻，我定会对这种精神实质的内涵有进一步的了解和认识。

付总和蔼地笑着对我说:"看你还有什么需要我回答的问题吗?"

我定定地望着他,面对这位在我心中性格日渐分明、形象越加饱满生动的领导者,我不知道还能够再说什么。我说:"我只想走进你的内心,因为你的心中,装着中国石油建设千秋万代的豪情,你的心中,还有我想探知的作为石油人的许多酸甜苦辣。"

听到这话,付总笑了笑,指着挂在对面墙上似书画长卷般粘贴成的石油勘探部署图对我说:"这就是多年来陪伴着我度过许许多多不眠之夜,让我深感艰辛却又深感喜悦的蓝图。"

我走过去,激动地捧起长卷,抚摸着我看不懂、摸不透的心电图般高低起伏、参差回落的图案,一种被电波击中的感觉流遍了全身。

虽然,我无法深知这幅图具体的意义,但让我感喟的是,我们中国的油田开发,终于发展到可以用电波、地震仪这样的高科技手段来探明油气储量了。那沉淀在我们心中的艰苦岁月,那历经风雨蹉跎、披星戴月的艰难开创,已成为遥远的过去。而留下的,则是值得永远传承和珍存的柴达木精神放射出的永恒光华,这种光华必将一直照耀着青海油田人前进的步伐。

作为一位农民的后代,付总深知生活的不易。中专毕业后,他被分配到长庆油田,自从事钻井工作开始,他从地质技术员,到专门从事技术攻关的研究员,再到勘探事业部,再到长庆研究院担任院长一职,一干就是26年。这26年里他没有离开过岗位,也从未舍弃过地质研究这一行。也许是因为在农村长大,深知生活的寒苦,也许是因为五六十年代出生的这一代人把不怕吃苦、埋头工作看作是一件平常的事,还因为不服输、不示弱,干什么事情都要干好的顽强性格,以及豁达从容的做人姿态,他从一个中专生成长为一个技术熟练、专业过硬，有理想、有抱负的新型领导。

不仅如此，在长庆油田工作的26年间，他专心学习、刻苦钻研，在探索国外先进的勘探技术，并与之交流的过程中掌握了最前沿的科学技术手段。经他亲自勘探、探明储量的油井，成功率极高，且不计其数。来到青海油田后，由他亲自在昆北油田发现的"切六井"，至今还以每天产油16吨的高产量，伫立在茫茫戈壁。

他动情地说："那一天，我正在北京汇报工作，晚上吃饭时，油田打来电话，'切六井'打出了油。我心里万分激动，实在控制不住自己的情绪，悄悄跑到卫生间，流下了眼泪。"

由于工作繁忙，付总原打算只给我一小时的采访时间，但这时已经过了一个多钟头。同付总一样，我的心情也难以平静，我为我们青海油田所取得的成绩骄傲，为青海油田能有这样一位品格优秀、综合素质全面的领导者感到由衷的自豪。

一个人的人格魅力，一个男人的人格魅力，一个领导者的创造能力，在这样一位勤学认真、久经考验、尽职尽责的实干家身上尽显光泽。付总说，他最大的幸福就是打出一口新井，最大的快乐就是看到这口油井能喷出油气。

敦煌的黄昏，在晚霞辉映中灿烂迷人，我的心跳因这番交谈变得更加有力。

沉积在柴达木盆地的宝藏有待继续开发，开采油气的先进技术日新月异，青海石油人艰苦创业、无私奉献、不屈不挠的精神在传承发扬。有德才兼备、胸怀壮志的带头人，有青海石油人的努力奋斗，青海油田的前景不可估量。

明天，我将翻越当金山踏上漫漫长路，走向盆地，走向奋战在井区第一线的青海石油人。他们的生活、他们的情感、他们的工作，他们在重点工程开发创造中经历的一切，是天上的星、雨后的虹，光彩照人。

激动不安中，我度过了此行的第一个不眠之夜。

翻越当金山

离开敦煌，清晨的阳光强烈。敦煌的夏天，干燥少雨，越往前走，绿树愈渐稀少。这原本是预料中的事，但仍有一种莫名的惆怅萦绕心头。途经县城阿克赛，路边尚有绿荫环绕，此后便是一望无际的戈壁沙丘。从小生活在西部高原，对荒凉的沙漠已没有太多的抱怨，更何况沙漠也是地球上生物多样性的体现。如果仔细观察，便会发现，沙漠里依然有生命存在，即使处于高山寒冷地带的柴达木盆地，照样生活着盘羊、岩羊、狐狸、骆驼、蜥蜴。这些野生动物为了能够在特殊的自然环境下生活，会利用自身具备的所有能力，适应沙漠。

我们常常感叹恶劣环境下的生命，其实，它们的生存充满智慧、充满力量，从不会因艰难就失去活下去的勇气、信心、欢乐。

窗外的景色越来越单调，蓝天下的公路一直伸向远方。当青海油田公司面对25万平方公里的柴达木盆地蕴藏着21.5亿吨的石油、2.5万亿立方米的天然气、10亿吨以上的致密油和8万亿立方非常规天然气的盆地资源量时，实现千万吨油气产量的宏伟目标对他们来说没有什么困难。但决定成败的关键，除先进的科学技术和为勘探开发提供巨大的发展空间外，最重要的还是人，是执着坚强、战斗在柴达木盆地的石油人，以及石油人身上令人奋进的柴达木精神。

第一次来敦煌,在机械厂见到了厂长王增斋。王厂长毕业于西南石油学院,1984年被分配到花土沟从事井下作业,现任机械厂厂长。王厂长参与了油田开发建设中所有重点项目的建设。至今,他还清晰地记得,1986年成立三项建设油田指挥部的情景;记得勘探局正式成为青海石油管理局,建成花格输油管道,让勘探成果变为产能的过程;也记得20世纪70年代到90年代初,完成花土沟—格尔木输油管道、格尔木百万吨炼油厂、尕斯油田100万产能建设三项重点工程建设时难忘而深刻的经历。如今,在油田下决心攻克千万吨油气产量大关,实现青海油田第三次重大跨越的关键时刻,他一如既往,满怀激情,率领团队拼搏着。

青海油田公司机械厂,伴随油田一同成长,是一个为油田生产建设提供机械加工、成套设备制造和工程安装服务的二级单位,主要承担油田钻、采、炼,水电,地面建设等配套加工和常用工机具的加工制造。

机械厂担负的加工制造和油田地面工程建设工作,危险程度高、工作强度大,所以安全生产、责任意识必须放在第一位。王厂长并不强调高压式的管理,而是注重人性化管理,尊重全厂职工的集体荣誉感、凝聚力和归属感,尊重和理解每一位职工的生活、情感,有意识地让职工在工作中锻炼,在工作中成长。

由于人性化的管理方式,王厂长在机械厂任职期间,和厂里的职工建立了深厚的感情,厂里各项工作也取得了长足进步。

他说,这么多年来,厂里让他感动的事迹和人物有很多。大家都很辛苦,特别尽职尽责,这是青海石油人的优良传统。厂里有许多吃苦耐劳的一线工人。他们在含氧量只有内地的70%的恶劣环境下,一干就是大半年。一年中没有多少时间与家人团聚,有的人回到家后，自己的孩子居然叫自己叔叔。

女职工宋玉娥是其中的代表，她从事焊工整整24年，把自己最美好的青春献给了机械厂工程建设事业。2010年以后，由于机械厂推行工厂化预制[1]，她和她的姐妹们终于不用再到野外现场焊接管线，可以留在敦煌厂区工作，从事撬装设备的加工制造。尽管在三伏天要穿着厚重的工衣，在温度达到48℃的容器内施焊，但是比起野外洗澡难、吃饭难、风沙多等困难，还是好多了。我在机械厂见到了宋玉娥和她的姐妹们需要钻进去才能焊接的容器，无法想象当温度达到48℃时，她们在里面的感受，但是，我知道对于女人来说，这已经远远超越了她们所能承受的极限。只是无缘与她相见，面对面交谈。

2011年11月，机械厂承担了涩格双线旧管回收工程。这个工程在国内没有相关施工经验。实施回收工程，目的是为了节约油田生产成本，使油田物资物尽其用。

打捞工作正值寒冷的冬季，有些管线在水下四五米深的地方，有些管线被埋在泥沼段里，工人普遍缺乏水下施工的经验。但是为了彻底消除安全隐患，为了让油田的材料能够物尽其用，打捞任务必须完成。当时，王厂长担任项目经理，前往现场进行实地踏勘，充分识别冬季施工以及溶洞常规风险、动态隐形风险，调查研究大型机具能否进入、饱和盐水的冰点等现场施工条件，对水淹段、泥沼段、旱地段等不同地段的施工方案进行实地验证、优化。

柴达木的冬天天气严寒，气温零下三十几度，衣服沾上水后，冻得像个盔甲。在场的机械厂所有管理人员、施工人员冒着

---

[1] 工艺管道、钢结构等焊接工程量较大的装备，基本上都在专业加工厂房内完成制作，施工现场只进行少量对接组焊的一种施工工法。

刺骨寒风，硬是克服了冬季施工带来的重重困难，甚至连元旦、春节都坚守在施工现场，严把打捞上来的管线质量，认真做好管段清理、打坡口、补口等工序。工程一共打捞上来3862根直径为559毫米的合格管材，4027根直径为377毫米的合格管材，在保证施工安全、质量的基础上，还加快了回收进度，达到了工程的预期目标，在春季洪汛到来之前顺利完成了涩格双线所有旧管的打捞、拉运工作。

2012年3月20日，涩格双线旧管回收工程施工现场，最后10车整齐完好的合格管材被吊装、拉运至指定地点；3月25日，所有管子坡口全部打完，机械厂承担的涩格双线旧管回收工程全面完工。

由这个工程的施工想到职工不顾个人安危，在野外一线日日夜夜苦战，王厂长难过得说不下去了。

也就是在那一天，我知道了机械厂有个踏踏实实工作，谁提起来都喜欢的年轻人陈洪鑫。

最美青工陈洪鑫

陈洪鑫，辽宁石油化工大学毕业，2008年参加工作。虽然工作时间不长，却已经参与了青海油田台南气田36亿立方米、涩北气田32亿立方米、盐湖气田8.5亿立方米试采等多项重点产能的建设工程。在实践中率先提出了标准化井口施工方法、集气站施工优化方案，设计了大批量阀门试压装置，大大降低了现场施工的劳动强度，提高了施工工效。

2013年1月，机械厂重点工程项目经理公开竞聘，陈洪鑫成了南八仙气田2.5亿立方米天然气产能建设地面配套工程的项目经理。

南八仙气田所在地，陈洪鑫即将奔赴的施工现场，正是表面荒芜、内含宝藏的柴达木盆地北缘。

柴达木盆地是一个被昆仑山、阿尔金山、祁连山等山脉环抱的封闭型高原盆地，位于青海省西北部。海拔近4000米、高原大陆性气候，使柴达木盆地终年干旱，降水量稀少，年平均气温在5℃以下，而且气温变化剧烈，绝对年温差可达60℃以上，日温差也常在30℃左右。即使夏季，夜间气温也可降至0℃以下。柴达木盆地终年有风，风力强劲，一年中8级以上的大风可达25到75天，西部甚至可出现40米/秒的强风，风力蚀积严重。

2月份的南八仙，寒风刺骨、冰雪漫天，就在这样的日子里，陈洪鑫奔赴生产建设一线，开始了工程项目的前期筹备工作。

面积达一千余平方公里的南八仙地表荒凉，鲜有人迹，地势奇特怪诞，呈现出一列列断断续续延伸的长条形土墩与凹地沟槽。同时，这里也是世界最大最典型的雅丹地貌之一。因为奇特的地形，有风时，南八仙这个地方会发出诡秘的声音，再加上当地岩石富含铁质，地磁强大，常常使罗盘失灵，导致人无法辨别方向，所以这里又被世人称作"魔鬼城"。

1955年，八位女地质员第一次来到这片亘古荒凉、风蚀残丘的土地上寻找石油。返回途中，黄沙铺天盖地笼罩了荒漠。迷宫般的魔鬼城，让她们迷了路，仅有的地标也被掩埋。第三天，当队员们找到她们时，八位女地质队员已经永远地长眠在了这里。

为纪念这八位光荣的女地质队员，这里被称作"南八仙"。

陈洪鑫的老家在辽宁，东北的冬天已然很冷。可是，像南八仙这样干燥、缺氧、多风、寒冷的恶劣环境，仍叫他望而生畏。

项目的前期筹备工作是在异常艰难的情况下展开的。陈洪鑫和工友们睡着地窝子，吃着方便面，嘴里含着沙子，被褥上铺着的还是沙子。

刚当上项目经理的陈洪鑫明白自己肩上的重任。

他不顾疲劳，在寒风凛冽的施工现场日夜奔波。

他研究施工图纸、查找资料，揣摩施工方案、进度计划，精心安排施工工序、进度控制、协调关系等具体事项。此外，每天，他必须在短时间内完成工程所需的材料计划，保证材料准备工作数据的准确性，使施工材料及时进场，确保每一天工程施工顺利进行。

同时，陈洪鑫清醒地意识到了施工安全的重要性。项目开工前，他把安全施工保障措施写进施工方案，制定《项目安全策划》，采取一系列安全防范措施，加大安全投入杜绝各类安全事故隐患，力保现场安全生产。

为保证工程质量，陈洪鑫一次又一次就工程质量技术问题征求设计和建设单位意见。坚持技术创新，持续工艺改进，明确质量关键控制点，制定质量保障措施。他要求每个人都必须明确质量目标，在现场施工的每一个人都必须严格按规范进行操作。在施工中大到钢材构件，小到螺丝配件，都要严格遵照标准化工地建设的要求进行检验，发现问题立即整改。因为他深知，每一项重点工程的顺利推进，都意味着离青海油田千万吨级高原油气田宏伟目标的实现又更近一步。

由于工期紧、任务重、施工难度大，陈洪鑫以身作则，和项目部全体人员一起白天夜里轮流干，晴天雨天一样干。施工遇到难题时，他能坚持十几个小时在现场跟踪，确定施工方案，解决实际问题，为工程的整体控制掌舵保航。

每天清晨,他第一个到工程现场。

检查前一天的工作,安排当天的工作、施工计划。然后,落实站内动土、动火、高空作业、临时用电等安全监管是否到位。此后,给现场施工人员做好安全和技术交底工作。从现场回来后,又马上组织现场管理人员开碰头会,共同研究、优化、调整工作计划,检查资料员、质检员、安全员的资料是否与施工同步,审查图纸是否与现场有冲突,并根据实际情况考虑第二天的工作,一直忙到深夜,才最后一个回到简陋的生活营地。最忙碌的时候,他一天的手机通话记录达156个。

参加工作以来,特别是担任项目经理后,陈洪鑫养成了一个好习惯。每天睡觉前,都要排查一遍当天在施工中出现的各种问题。什么地方有疏漏?什么问题有可能影响第二天的正常施工、投运?在对施工材料、设备吊装方案、吹扫试压可操作性和可行性逐一梳理过后才安心睡觉。多年来,陈洪鑫参与建设的重点工程项目,大多在没有成熟生活基地的南八仙、涩北这些荒无人烟、生活条件最艰苦的地方。但是在野外工作的5年中,他一直坚持这种工作习惯,从未放弃。

整整5个月,在南八仙气田2.5亿立方米天然气产能建设的初期阶段,他的脑子里除了各种数据和需要解决的问题,其他什么都不想,什么也不顾。2013年9月,工程投产的时候,陈洪鑫瘦了十几斤。

受陈洪鑫的感染,南八仙施工一线所有工作人员,和陈洪鑫一样怀着精益求精的工作态度和攻坚克难的决心,风吹日晒、奋力拼搏,终于把南八仙2.5亿立方天然气产能建设的地面配套工程,建设成了一流的工程项目,为千万吨级油气田建设贡献出了自己的力量,同时也为机械厂创造了良好的社会信誉和经济效益。

陈洪鑫的刻苦勤奋、爱岗敬业，陈洪鑫的任劳任怨、踏实肯干，都被机械厂的干部职工看在眼里，也得到了青海油田公司领导的肯定。几年来，他从一名普通的资料员、技术员迅速成长为一名优秀的项目经理。2013年9月23日，陈洪鑫被共青团中央评为全国"最美青工"。

回忆中，车已驶出当金山，雨一会儿大，一会儿小。青海油田党委宣传部陪我上盆地的小李说："好奇怪，这条路上很少下雨，可是，今年的雨多。就连敦煌也要比往年湿润。"这让我又想起昨天在敦煌见到的恰好轮休的陈洪鑫。这次来敦煌，我是第二次见到他，第一次和他见面是2014年的夏天。

那天晚上，下着大雨，我跑了两家宾馆才找到他。他和几个年轻的小伙子在屋里等着我。年轻人个个长得英气勃勃。他们不言不语，微笑着看我。有一位像是忽然想起了什么，跑出去拿来一瓶矿泉水放在桌子上，接着还是一声不响地看着我。我问他们："谁是陈洪鑫呢？"大家就把头扭向一个年轻人。

陈洪鑫个头不高，眉目周正，腼腆而羞涩。他请我坐下，自己却和其他几个人一起站着。这让我有些难为情，有些不知所措。面对这样几位憨厚而质朴的青年，我也不知该说些什么了。

仓促中，我说："这一次我只是来看看你们，认识一下陈洪鑫，以后我们熟悉了再聊。"你们说，哪有一见到陌生人就往外掏心窝子话的。大家听我这么一说，都仿佛如释重负，轻松地笑了。但是我心里很清楚，我的采访是失败的。如果没有长时间的了解和接触，我永远也无法从他本人这里了解到他如此拼命工作、不怕苦、不怕累的原因。从这位不善言辞的青年和他的同伴身上，我看到了一个离喧嚣浮躁较远的群体，这个群体中每个人身上都有着与生俱来的美德，这是一种最能持久的品质，同时，也看到了这个群体带给这个国家的希望。

临走时,我给他留下了我的一本散文集,大多是有关青海的内容,想让他在野外工地枯燥寂寞的夜晚,有一个打发时间的东西。而他和他的同伴们给我留下的则是一个永远的记忆,一份美好的念想。那是一种印在他们身上,不同于社会其他行业的,青海油田人独具魅力的记忆,朴实真切、干干净净。

雨停了。车外,当金山上流着小河,海拔5000米的高山上,黄颜色的虎耳草、红颜色的马先蒿,正无忧无虑地怒放。

在一篇油田公司职工写的文字中,终于觅到了陈洪鑫说过的一句话:

> 拼命工作是自己的职责,最亏欠的是爱人,最大的愿望是工作一天后能和家人吃一顿晚饭。

我还听说,油田公司马上就要给他分一套房子,他可以当爸爸了……

第二次来敦煌见到他,他也只是说:"今年下了好几场雨,敦煌简直快变成小江南了。"

可我知道,雨很小,毛毛细雨不可能让敦煌变成小江南。但,这个青年的心底,是多么善良、美好。

他很简单,很容易满足。他的话让我心疼。

离开敦煌时,我一直在想,在希望。

油田公司像他这样的年轻人有很多。但愿,他们能幸福一辈子、快乐一辈子,这是他们应该得到的。我真心地为他们祝福。

没有花的花土沟

大面积的阴影迅速移动。雨中，七月的草木、远山、野花不动声色。伟岸的当金山将城市的嘈杂、舒适挡在身后。

走出山口，有两条路，一条通向格尔木，一条通向花土沟，清晰可辨。青海油田人一年四季奔波在这两条路上。

对青海油田的职工来说，高海拔、风沙、寂寞之苦尚能忍耐，两口子见不着，孩子没人照顾问题最大。为了照顾孩子，油田的双职工得错开轮休时间，结果夫妻之间很长时间见不了面。这就使我眼前的当金山，这座绵长而深邃山脉的出口，成了一对对小夫妻遥遥相望的地方。

去油田工地的车和去生活基地敦煌的车，相遇在此，小两口可以扒在车窗上看对方一眼，不管是风中、雨中还是雪中。这一眼不过是一闪而过的事，可这瞬间的对视，常常让年轻的妻子泪流满面，让高大粗壮的丈夫黯然神伤。有时，两辆车擦肩而过，遥遥相对，连停下来打个招呼的机会都没有，只恨当金山无情，挡住了视线。每当那个时刻，车里每个人的心都沉甸甸的，谁也不敢开口，如果有一个人哭出声，全车的人就会忍不住，一路哭到敦煌。

也有受不了这种折磨的夫妻，很快就分了手。

越过当金山，很快到了冷湖。冷湖是青海油田开发最早的一个油田，我想想去作业区看看。

1958年，冷湖油田地中四井创下了日喷原油800吨的高产纪录，这个30万吨产能的产油基地，使青海油田成为全国四大油田之一，为新中国的经济恢复和国防建设提供了亟须的石油资源。当时，中国只有甘肃玉门、陕西延长几个小油田，年产量12万吨，远远不能满足正蓬勃发展的新中国的能源需求，而冷湖油田的开发则给了中国人巨大的希望。

突然之间，下起了雨，吃过中饭，我们只能离开。李启香说，如今的冷湖，除了星星点点的几个钻井，只有让人铭记的四号公墓，那是400多位石油先烈长眠的地方。

小雨一直在下，我的心情有些沉重。公路两边的戈壁滩在茫茫细雨中萧瑟寂寥。有些地方偶尔会出现几丛红柳和骆驼刺，仔细看时，近处波光灵动，那是戈壁滩地下水形成的小湖泊。戈壁滩的水有多么金贵，植物就有多贵重。但眼前更多的是沙丘，还有缺少植被的大山连绵不绝，那是阿尔金山。

傍晚时，终于见到了几排红色的井架，这让我有些激动。这些井架，每天24小时不间断地汲取着地下几千米深处的石油，创造着价值。同时，也构建了人性中的善与爱、悲与情。

从车窗望去，尕斯湖影影绰绰，一座座井架仿佛矗立在银色天陲的巨人，在一呼一吸、在仰天长叹之间伸展着健壮的肢体。这里是建于2003年的青海油田花土沟联合站，是一座油、气、水处理站。它的任务是对花土沟、狮子沟、七个泉等油田采集的原油进行油、气、水分离，并将处理过的合格原油外输至管道首站，将天然气回输供联合站加热炉使用，最后还要把分离出来的污水送至注水站。花土沟联合站原属采油一厂，2008年初连同花土沟油田被一起划分到采油三厂管理，在建成千万吨油气产量的进程中发挥着重要的作用。

让我浮想联翩的联合站匆匆而过，不一会儿就到了花土沟。

花土沟，没有花。原来也没有人，只有一条雪水融化汇成的小河穿过，只有茫茫戈壁与无边无际的大漠黄沙。花土沟在柴达木西端，油砂山脚下，地质构造层截面五颜六色。第一批闯进这里的勘探队员，便给这个连芨芨草也不能长的地方取了一个诱人的名字：花土沟。

从此，青海石油人就住在了这里。从此，花土沟成了一个小镇。层峦叠嶂的阿尔金山雄峙其北，白雪皑皑的阿喀祁漫塔格山高耸于西南，形成山盆相间的地形格局。盆地绝大多数海拔2689—3800米，大多为荒漠戈壁、流动沙丘。

为了石油人的期望与梦想，来自天南地北的一代又一代人，集聚在这里，奉献着青春和智慧，用生命把戈壁黄沙的花土沟变成了一个有厂房、烟囱、街道、市场、酒吧，有生气，有灵魂，有人情味的集勘探开发、原油生产为一体的第一线现代化石油基地。

李启香的爱人也在花土沟工作。晚上，他爱人叫了两位负责井下业务的朋友和我们一起吃晚饭。其中一位叫陶春，是修井队的指导员。陶春性格直爽，谈吐幽默，25年前，从参加工作那天起就没离开过花土沟。也从没离开过这个井下修井大队。他是他们那批参加工作的人当中第一个当班长的，从学徒到场地工、井口工、柴油机司机、大班、副队长、队长一直到现在的大队指导员。

看样子要在花土沟退休了。

陶春开朗地大笑。刚上班的时候，他有一个理想，当一名采油工，可直到现在愣是没当上。

为什么愿意当采油工呢？我好奇地问。

采油工快乐啊，还轻松。

陶春说，油田公司都知道：狼不吃的是采油工，累不死的是修井工,打不死的是钻井工。

为什么打不死啊?

钻井工力气最大。

狼又为什么不吃采油工呢?

大家都笑了起来,似乎没人打算告诉我这个秘密。

陶春是四川人,父亲是青海油田的第一批职工。母亲没有正式工作,随父亲来到花土沟。那时候,这里的环境真艰苦啊,一望无际的戈壁荒漠,只有高高矗立的井架和挖在地底下的地窨子,石油人就住在里面。当时,父亲的工资只有102元,负担不了一家六口人的生活。母亲就在油田干临时工,在山上挖石头、修路、烧窑,比男人干的活还苦还累。挣了钱还要往四川老家寄。可再困难,每年春节一家六口都要回四川老家过年,看望老人。

陶春清楚地记得,过去回老家,早晨6点从花土沟出发,晚上7点到冷湖,第二天下午5点左右到敦煌,住一晚上后再坐火车到甘肃柳园,然后才能转战到去四川的火车上,一路奔波劳累不说,时间都耗在路上了,哪像现在这么方便啊。

"比起我们的父辈,我们的条件好多了,基地什么都有,油田的领导又很关心我们,还专门给我们设置了440(事事灵)电话,家里有什么困难,油田公司都会组织管理人员去解决。我们还有什么可抱怨的,既然干了石油这一行,就得干好了,就不能给自己的父辈脸上抹黑。当然,除了自己的父亲,"陶春说,"还得对得起自己的师父。刚上班时,师父对待我像对亲儿子一样,虽然严厉,有时候还要挨揍,可那是真对我好啊,学了一身本事不说,还培养了我认真负责的态度、踏踏实实的工作作风、真诚待人的做人原则。遇到停电、下雨或者特殊情况,不用领导安排,自己先放心不下,主动跑到作业区检查工作。"

说实在的，现在和以前真是没法子比。陶春的家现在已经搬到了条件更好的敦煌基地，妻子也是青海油田的职工，前几年辞了工作，专门在家照顾孩子，陶春轮休时可以回家。但是，这几年，为实现油田千万吨产量的宏伟目标，任务重、活急，有一阵子没回去了。

我问他，想不想家呀？

他大大咧咧地一乐，想什么想，老夫老妻了，早习惯了。不像小李，人家小两口正是恩恩爱爱的时候呢。

李启香的爱人红着脸说，我们算什么，花土沟有一句话，"远学邓志刚，深院宅男；近学郭学良，视频聊天"。意思是，邓志刚只要轮休回到家里，就大门不出、二门不迈，一心在家伺候孩子媳妇，谁叫都不出去玩；而郭学良和媳妇视频时的聊天记录，让很多年轻人惊讶，少说也得三四个小时。

"哪来那么多话呀，我们说多了还吵架！"陶春一副不以为然、假装轻松的样子。其实，我知道，更多的时候，青海油田人过的是"与风沙为伍，与石油做伴""离天三尺三，望断南飞雁"的漫长日子。

晚上，听李启香的朋友说，有夜间巡井的工作。我听后精神大振，睡意全无，嚷着叫她联系，要和巡井的班组一道去作业区，体验一下石油人的夜间工作。结果，因为下雨，井区停工，暂停巡井，我的愿望没能实现。好在陶春和他的朋友又带我去了井下作业大队，让我看到了在陶指导员的指导下作业大队井然有序的工作场景，也看到了他们在处理漏油、井喷时，壮观、惊人的录像。不过，我让陶春在我回到西宁后把他们大队的资料，包括最近几年为实现千万吨目标所做的努力和具体工作的成绩传给我，他却一直没有兑现，可能是工作太忙，也可能是不愿意过多

在柴达木等你 85

地表现自己。不论是井上还是井下，石油人都在为自己的承诺尽职尽责。他们最懂得实现千万吨产量目标对青海油田意味着什么，也深知他们为此努力的意义。他们与外界交流不多，和社会上其他行业的人接触甚少。他们的思想相对单纯，举止言谈实实在在，身上没有那么多虚虚套套的东西。

英雄岭

穿上石油工人的工作制服，蹬上棉皮鞋，再戴上安全帽，俨然一位生气勃勃的石油女工。多年前去山东东营，在白花花的棉花地头，红灿灿的柳林旁见过一大片整齐的井架。可柴达木盆地英雄岭上的井架，却在山上，随地势的增高依次出现。

作业区副经理王可朝热情地接待了我，并让我坐上了他亲自驾驶的皮卡车。我兴奋地坐在他身边，一个劲地问这问那，王可朝始终保持耐心向我一一解释。皮卡车有些破旧，在山上却灵活耐用，实用性很强。前方终于出现了一座高高大大的井架，颜色红黄相间，非常醒目地屹立在一个高坡上。井架周围有护栏，不能太往前靠。一位20岁出头的年轻人独自在井边守着，年轻人是刚分来的大学生，稚嫩的脸上有一双细长聪慧的眼睛。他的父母亲都是青海油田的职工，还没等他毕业呢，就已经替他做了主，让他到油田工作。我觉得这个年轻人年纪也太小了，还应该在母亲身边撒娇吧，结果却来到英雄岭上当起了石油人，而且头一年不许回家，要在作业区忍受寂寞。这让我这个过分疼爱孩子的母亲，有些受不了，有些心酸，替他的父母亲操心。于是搂着他，留了影。可这有什么用，反倒让年轻人难过、想家。

王可朝告诉我，2010年开发的英东油田，是青海油田继昆北之后发现的第二个亿吨级油田。这个油田的发现使青海油田的油气储量实现了持续快速增长。更重要的是英东油田、昆北油田的开发为青海油田建成千万吨级高原油气田奠定了最坚实的基础。

长得高高大大的王可朝1981年出生，山东菏泽人。2005年，中国华东石油大学工程管理系毕业，主动来到青海油田工作。选择来青海油田的初衷，是因为青海油田的工作区虽然条件艰苦，环境恶劣，却有轮休制度。这在当时对王可朝很有吸引力，他觉得可以用一个月的轮休时间做一些自己喜欢做的事。但是，事情并非如他想的那么简单。毕业后的王可朝，先被分配到采油一厂，在采油队实习了半年后当了技术员。2011年底被抽调到开发英东油田的重点工程建设中。一开始，英东油田托管在一厂，后来逐渐壮大，成为独立的单位。刚到这片作业区时，近4000米海拔的英雄岭真的让人恐惧，走路快一点儿都得喘粗气。可是在山上勘探、放线的人还得满山跑。为了保障一线的安全生产，不管是厂长还是总工程师都必须住在现场。马书记53岁了，每天晚上都睡不着觉，依然坚守在现场。孙工在重点工程项目上马时，体重180斤，连续工作18个月后，变成了130多斤。工程最紧张的时候，每个人要干完一天一夜后才能休息半天。一个班组7个采油工，如果采油工有事，班长就得顶上去。连续几年，很多职工包括负责人都是在山上过的春节。

王可朝渴望的按照正常作业制度轮休的愿望，成了奢望。

我问王可朝，后悔不后悔？

王可朝说，没什么后悔的，这里的条件虽然艰苦，但是，油田公司的领导在尽最大的力量改善我们的工作环境。而且，在重点工程的建设中,我们这些年轻人还在边学边干中得到了锻炼,成长迅速。可也有人,一到这里就被柴达木严酷的环境吓跑了。

英东油田位于终年风沙肆虐的英雄岭上。柴达木,寸草不生,生命罕至,原本是一个既无人又无名的生命禁区。不知什么人在什么时候说过,谁能翻过这座岭谁就是英雄。从此,这座岭有了自己的名字——英雄岭。

英雄岭位于柴达木西南狮子沟——英东构造带西段,地面以风蚀山地为主,地表海拔近4000米。英东一号构造带属于英雄岭南缘狮子沟——油砂山构造带东段,受构造样式的影响,分浅、中、深三套构造层。浅层构造为油砂山断层上盘冲起构造,构造主要发育于上第三系,断层发育,构造破碎,细节复杂;中层构造为受油砂山断层牵引在其下盘发育的上第三系构造,这两套构造均为英东一号地区现今发现的主要含油气构造。油砂山断层上盘浅层构造形态总体为油砂山构造向东的延伸部分,受应力差异的影响,在局部形成背斜、断背斜及断鼻等构造圈闭。柴达木盆地是世界上公认的最复杂的含油气盆地。几十年的勘探实践证实,英东油田有广阔的勘探潜力,同时也伴随着复杂的地质难题。但是,按照深化成藏研究,优选有利目标;突破关键技术,开拓接替领域的系列思路,青海油田在英东采用的勘探开发一体化模式,也就是边勘探、边开发、边试采的方法,取得了明显的成果,两年后便探明三级储量5000万吨,建设产能20万吨。

王可朝的皮卡车使着劲往山上爬,山上出现了一排排红色的井架。英东油田位于高海拔的山上,徒步前往不但费劲,还需要用去大量时间,效率太低,所以英东油田的管理者每天去现场工作时,都得自己驾驶皮卡车。于是,满山跑的皮卡车成了一道风景。

王可朝告诉我，比起其他作业区，英东原油生产和现场管理的难度很大。从2013年第四季度开始，英东采油作业区尝试着将油水井按平台承包到班组和人头，以"大包干"的形式对每口油水井的安全环保、设备管理、资料录取、油井维护、现场管理、油井产量、班组建设等实施属地管理。这样，大家的责任心就更强了。但是，英东油田的工作强度非常大，开发初期，有很多人在海拔4000米的英雄岭上，一待就是几个月。没有路，自己用推土机铲出一条山路；没有人给做饭送饭，就自带干粮和水；每天在岭上放线、巡线、打井……足迹踏遍了英雄岭上的每个角落。野外作业睡帐篷，白天热得让人晕眩，夜晚冷得让人无法入眠。这里环境恶劣，气候多变，沙尘、狂风、暴雪屡见不鲜，强烈的暴风雨雪可以使气温从零上10℃一下降到零下20℃，霎时间就能把人推向死亡的边缘。

然而，英东油田是青海油田建设千万吨油田重要的上产区块，是"中石油六大提速提效区块"之一。超亿吨级的勘探成果，成为中国石油近10年来发现的物性较好、丰度较高、单井日产较高的区块。

对于青海油田的石油人来说，无论环境多么恶劣，条件多么艰苦，都得干下去。况且坚守，从来就是石油人对恶劣环境的不屈服，是当代石油工人继承老一代石油人传统，对自己职业责任的忠诚，无论是在让人惊惧、海拔4000米以上的狮子岭，还是荒凉沉寂、风沙弥漫的柴达木。

说起英东油田的开发，我又想起在敦煌见到的青海油田公司总地质师、总经理付锁堂。2007年，付锁堂服从组织安排，从鄂尔多斯盆地油气勘探战场，来到自然条件十分艰苦的柴达木盆地。主持油气勘探工作中，付总在自己刻苦学习国内外先进经验的基础上，创新思维、解放思想，组织石油地质和工程专家进行探讨，集思广益，认真分析前人工作的得与失，变不利为有利，从普遍中找特殊。他组织专家优选钻探目标，2010年优选出的英东一号构造钻探砂37井获高产工业油气流，使柴达木油气勘探又一次获得重大突破，打破了柴达木盆地30年来勘探沉闷的局面。

为尽快实现油田开发，他组织地质、采油、物探人员和国外技术服务公司等专家学者进行多次研讨，形成了一套具有国际先进水平的综合遥感、物探、测井、计算机等多种技术为一体的油藏描述评价技术，有效地刻画了英东油田的细节，为该区增储上产提供了有力的技术支持。勘探成果被评为中石油"2011年度石油勘探重大发现一等奖"。

在北京勘探工作年会议上，付总说：英东的成功，是我们解放思想，重新认识地下，积极推广先进实用的勘探技术，加强管理、统一组织、统一部署、统一协调、加快勘探节奏、提高勘探效果的结果。

2011年，英东一号提交了油气控制地质储量1.2亿吨，通过进一步山地地震攻关落实圈闭。在狮子沟油砂山构造带发现了一批新的勘探目标，可望达到2亿—3亿吨的油气储量规模，形成百万吨油气生产能力。这是一个鼓舞人心的发现。

英东油田的诞生，极大地促进了青海省能源工业的快速发展，有力地支持了青海地方经济建设。同时，青海石油人凭借齐心合力挑战英雄岭的气概和勇气，解决了多年来的勘探难题。

这是石油物探人挑战高原复杂山地勘探禁区所获得的重大突破。

王可朝没有太多的时间陪我说话，他要开着皮卡车，漫山遍野地跑。有一个油井在漏电，电光四射，异常耀眼。他一个急刹车，没头没脑地冲下陡峭的大土坎，去查看详情，接着打电话、急救。和我同来的李启香也一骨碌跳下土坎，结果，脚在一个大石头上崴了。

卡子上值班的巢成志师傅接待了我。巢师傅五十岁出头，是老石油人开发英东油田时，报名来这里驻守大门。每天负责管理的事项繁杂，来回车辆调度、监督安全、巡井、装抽油机、环境检查这些事情，没有哪一项可以片刻离开人。晚上12点睡觉，一大早五六点钟起床，长时间的高海拔工作，让他落下一身病，和同龄人比起来，看上去显得疲惫、苍老。

"一辈子就这么过来了，"巢师傅笑了笑，"吃过的苦说也说不完，但是也值，中国油田的发展，离不了我们青海石油人的努力。"

送我出门后，我发现值班室后面，有一小片平整过的地，开着红色的花朵。巢师傅走过去，笑眯眯地说："明年，我准备再多种一点，让来到英雄岭的人，一眼就能看到花。"

花朵点点滴滴，不甚丰饶，但我知道，这是巢师傅精心培育的花，倾注了他的幽思与情怀。我就像摘下了一根草茎，放到嘴里细细地咀嚼，有山野的味儿，也清香，也苦涩，仿佛悬挂在戈壁，一直牵引着我，不断地回想，回想它在荒漠里盛开的模样。

昆仑山下的英雄

2007年，青海油田在昆仑山北坡，即昆北区块的"切六井"喜获高产油流，标志着柴达木盆地昆北油田的正式诞生。

随之，厂区建设、场站建设、产能建设纷纷上马，快速建成。昆北，这片几代柴达木石油人奉献了智慧和汗水的土地，焕发出勃勃生机。

昆北油田在连绵不断的昆仑山下，海拔3100米，昼夜温差大，夏季夜间温度也在零摄氏度以下，冬季夜里温度更是零下三四十摄氏度，呼吸一口空气肺都冰得疼，吐一口唾沫落地就成冰。

挑起建设和开发昆北油田这副千钧重担的是青海油田采油二厂，而二厂"跃进二号"采油作业区的采油班长是富有经验的李亚夫。

1996年，不满20岁的李亚夫从青海石油技校采油专业毕业，到采油二厂当了一名采油工人。因为技能过硬，半年后便担任了采油二厂"跃进二号"采油作业区采油班长。也就是说，他工作16个年头，几乎当了16年班长，所以，人们都叫他"老班长"。

2010年10月，李亚夫从"跃进二号"油田转战到昆北油田。由于昆北油田属于新开发的油田，人员少，任务重，运用的都是新的采油工艺，前期投产困难重重。李亚夫这个老采油班长也必须从学习、熟悉新工艺入手，从零开始，从细处着眼，超常规作业。

昆北油田是一个给青海油田发展带来希望的油田，李亚夫带领班员一头扎进井场，没日没夜地奋发大干，有时甚至通宵连轴转。

昆北第一采油作业区有油井105口，李亚夫班管控其中46口油井。由于原油黏度较高，油井在生产过程中经常发生管线冰冻堵塞、井口刺漏等情况。管线冰冻堵塞后，必须立即用洗井车将热水强力注入管线，融化冰冻的原油，使管线通畅，不然管线会冻裂，将严重影响油田的正常生产，于是，"顶管"抢险成了家常便饭。2010年冬天,有时一夜要顶五次管线,每顶通一次管线需要两三个小时,每个月都在一百多次,劳动强度非常大。

李亚夫班管理的46口油井分布在5平方公里的井场区,开着皮卡车巡视一遍就要两三个小时。好在李亚夫对每口油井的技术参数、运行状况和潜在的隐患都了如指掌,对重点管控的油井能够做到重点监控。

有一年大年三十夜里,室外滴水成冰,大家都盼着油井能够保持正常运行,班员们能在基地吃顿团圆饺子,看看春晚节目。但事与愿违,当天的除夕夜成了他们的抢险夜。一口油井堵管了,李亚夫和班员火速赶到现场,按照惯例快速抢险作业。

两个小时后完成"顶管",正准备回撤基地时,又接到报告,另外一口油井需要抢险。那一夜,他们连续抢险了三口油井。等披着一身风寒回到作业区基地时,春晚节目已经和观众"再见"了。

因为特殊的地域环境,青海油田对野外一线工人实行双月轮班制度,即在野外上两个月班,就可以回敦煌基地休整两个月时间。李亚夫班组加两个班长在内共有10人,轮休倒班就只有5个人。求产初期,这样的轮休政策是很难兑现的。李亚夫曾连续干过七八个月,其他班员也不能正常轮休,基本上都是四五个月才能休息一次。

在野外工作生活过的人都知道,如果连续在野外待上三个月,人的情感和理智就会达到忍耐的极限。可是,面对一片荒芜的茫茫沙滩,李亚夫和他的班组成员,还是自觉延迟轮休时间,保产上产,没有丝毫怨言。

又是一年的3月,因为老电网发生故障,作业区全部断电,油田全体人员紧急动员进行抢险,给所有管网内注入盐水,置换掉原油，不然原油冻结，所有井场管网都将会冻裂、报废，作业区油井将全部瘫痪。为此，他们挑灯夜战，拼命大干，五天五夜没有合眼，人的体能达到了极限，有个班员居然站着靠在油罐上就睡着了……

年轻的施军正穿着红色的工衣，在采油二厂的门前等着我们。坐到车上后，我们一起向井区奔去。因为是阴天，远处的昆仑山隐在淡淡的雾中。施军正是四川人，长得很秀气，他说，别看这荒凉，野生动物还不少呢，有黄羊，有兔子，有时候还能看见一大群野驴。更何况，轰鸣的钻机就在眼前，银色的集油罐群闪着亮光，采油树在忙碌，油流在地下的管网里奔腾。

我被施军正的情绪感染，快乐起来。我们停在一架红色的抽油机前，原来这就是为昆北油田立下战功，让青海油田公司总经理付锁堂付出心血，流下过泪水的"切六井"采油作业区。

认识到昆北地区具备源外成藏条件，打破了传统勘探禁区的青海油田，把烃源岩作为一个宏观的成藏条件进行综合性的研究，重视对沉积环境和沉积相的研究，加深了对地层岩性油气藏的认识，促使局部发现成为规模，突破了柴达木盆地多年的传统思想束缚。

在这个过程中，青海油田开启了一扇思想的天窗，重新认识了柴达木盆地资源潜力，重新认识了勘探领域、勘探区带、地震资料，重新分析了有利油气聚集区，不但从思想上取得解放，在战略部署上取得主动，而且坚定了勘探信心，激发了勘探热情，勘探突破接踵而来，先后厘定出了昆北断阶带、狮子沟—油砂山构造带、马北隆起区为近期油气勘探的重点区带。特别值得一提是，昆北油田的发现一举扭转了青海油田石油勘探长期低迷、无规模储量发现的被动局面。

昆北断阶带整装优质储量的发现，是青海油田近30年来最大的发现，其储量规模达亿吨级，在青海油田的油气发现史上具有里程碑的意义。

建成千万吨级高原油气田是每个青海石油人的美好愿望，也是所有石油勘探人员执着追求的结果。为了这份责任和追求，青海油田的员工历经拼搏，接受了挑战。

中午时分，巡井的皮卡车开进作业区的院子里，跳下几位满身风尘的工人，他们摘下手套，拍打掉身上的风沙，有说有笑向食堂走去。其中一位个子不高、身材敦实、低声细语、沉稳平静的年轻人就是李亚夫。

李亚夫的血脉里流淌着老一辈石油人的热血。在担任班长的日子里，他以身作则，不仅管好了班组，发挥了班组的战斗力、创造力，让班组成为企业发展的核心潜力，还带领班组成员凝心聚力，全力打造出了青海油田的"明星班组"。

他和同班的另一个班长何湘一起精心提炼总结了一套适合采油班组管理需要的班组管理方法，给"李亚夫班"提供了理论支撑。通过对"五型"班组创建以来关于学习、安全、清洁、节约、和谐等五个方面各要素的综合和提炼，提出了"六清工作法"。

所谓"六清工作法"的具体内容就是：工作目标要清楚、工作思路要清晰、安全管理要清醒、工作方法要清简、工作环境要清新、做事为人要清白。

同时，李亚夫班组，依靠科学技术，利用最少的人力、物力、财力投入，获得了最好的效果、最高的效率。他们配合其他班组共同完成生产原油16.6万吨、注水40万吨的全年生产任务，创造了可观的经济效益。

近几年来，李亚夫针对油井在生产中出现的问题，大胆改革，其中的《防砂式油嘴设计及应用》项目获得青海油田合理化建议二等奖，节约了检泵费用60万元，每年增产原油180多吨，和班员们一起自行设计加工电热带温度控制装置、采油井井口求产装置、蒸汽清洗装置，解决了生产中的大问题。

李亚夫带领的班组成员，个个热爱班组，把班组当作了自己的家。厂里要将班组里一位女员工调进机关工作，那位女员工却拒绝了。理由很简单，她说在这个班组里感觉很温暖，不想离开。2014年刚从北京石油大学分到李亚夫班组的大学生小孙说，虽然这里是戈壁沙漠，自然条件恶劣得让生命敬畏，但是，我喜欢李亚夫班组，在这里我不仅能感受到家庭的温暖，这里也将会是我展示大学生价值、实现人生理想的最好起点。

李亚夫的妻子何燕妮，跟李亚夫一样在昆北作业区工作，7岁的孩子，跟着爷爷奶奶长大，现在上小学了。可是夫妻两人平时各忙各的，顾不上孩子。偶尔，晚饭过后，夕阳西下，李亚夫和妻子，能在沙滩上散散步，说说工作上的事，说说远在千里之外让他们日夜思念的孩子……

继昆北、英东石油勘探取得重大成果后，青海油田通过分析柴达木天然气的富集规律，经区带优选，再一次将目标锁定在阿尔金山前东坪地区，明确了东坪古隆起具有源外岩性油藏形成的有利地质条件。2011年以东坪构造为切入点，部署钻探的东坪1井压裂试油获得高产天然气流，日产气11.3万方，打破了柴达木盆地天然气勘探20多年的沉寂局面，揭开了柴达木盆地天然气勘探开发的又一轮序幕。

半个多世纪前，一群拓荒者在平均海拔3000米以上的浩瀚沙海柴达木盆地，靠人拉肩扛，住地窝子，喝凉水，建起了世界海拔最高的油田——青海油田。

50多年后，青海石油人继续在这片神奇的土地上，攻坚克难，艰苦奋斗，无私奉献，建成了高原千万吨级大型油气田，为国防安全和地区经济建设作出了更大贡献。

甘森站

离开花土沟回格尔木，一路上，有雨有风有太阳。最后一站是甘森站。

甘森是蒙古语，苦水的意思。甘森站是继花土沟、大乌斯输油站后的第三个输油站，要把经花土沟联合站处理后的油输往格尔木炼油厂。甘森站前不着村后不着店，四周荒芜寂寥，冬天冻死人，夏天的蚊子大得能咬死人。

站上基本是年轻人，工作任务繁重。为了顺利安全地把石油输往炼油厂，要做到24小时值班，通过远程观测参数。每过一个小时沿线巡查一次，解决漏油、偷油事故。每2个小时要向上级部门汇报一次，保障输油管道正常运行。巡线时，一走就是100多公里，有时开皮卡车，有时得徒步。输油管道埋在地下，每个职工都得具备根据地貌判断地下管道是否发生异常的本事。

甘森站附近有一条河叫娜林格勒河，娜林格勒河经过的地方依旧是空旷的荒野、冷漠的远山、干燥的盐碱地。分配到站上的一位年轻女职工告诉我，刚来的时候，心里苦闷，想家想父母，站长李超就带着她去逛夜市。沿着站前的这条路走了很久，还是这条路。到了一个三岔路口，站长停下，指着像是在半空中掉下来的一线亮光说，这就是我们的夜市，心烦了，你可以到这儿来逛逛。年轻的姑娘睁大眼睛仔细一看，灯光闪烁的地方只是荒野戈壁中一个很小很小的加油站。

姑娘无言，悄悄抹去了眼角的泪水。

从此以后，三岔路口的加油站，成了这个姑娘晚饭后经常去散步的夜市，在心灵与天地广阔的空间里，消除寂寞、化解忧愁。

甘森站有漂亮的活动室，干净整洁，也能吃到可口的饭菜，但长达45天与家人的离别带来的寂寞之感却让人难以忍受。

宣传栏上贴着站上每一位职工的全家福，照片下是妻子、孩子写给在甘森站工作的亲人的一段段话。

你要好好工作，我和孩子在家等你。

我们支持你，你要加油哦……

在苍凉冷酷的大漠上，每一句话都那么动人，那么温馨，那么甜蜜。是亲人的爱，是对幸福生活的渴望，才让青海石油人能够在这样艰苦的环境中安心工作。

这个世界上，还有什么比爱更强大的力量呢。

本文定稿于2015年5月

尕布龙的高地

在当下，尕布龙无疑是一个奇迹。

他一生对党忠诚，对人民忠诚，用行动践行着"为人民服务"的全部含义；他一生勇于担当，乐于奉献，用实干阐释着"为人民服务"的价值追求。

他在省级领导岗位上任职22年，上千次深入农村牧区调研，为发展青海的畜牧业经济作出了不可磨灭的贡献；他30年如一日，把基层的贫困农牧民请进家门，为他们免费提供食宿，解决生活困难；他从政50年，清正廉洁，公正无私，退休后，又带领大家在西宁南北山植树16年，为后代留下了一座座青山。

他为草原而生，为青海大地而生，为青海人民而生。

他是人民的公仆、道德的典范、时代的楷模，为我们树立了一座精神丰碑、一处精神高地。

知道尕布龙的时候，他已经离开人世。

按常理，一位从政50年，在省级领导岗位上任职22年，担任过青海省副省长的高级领导干部，和我之间的距离是遥远的。但由于他在青海人心中留下的无尽思念，在青海人心目中耸立起的精神丰碑，像苍莽高原一道道起伏的山梁上迎风摇曳的绿荫，像人们心底里久久不能熄灭的火焰，竟让我对他有了亲人般的情感和崇敬，有了书写他、记录他、赞美他的愿望。

可是，叙述他的故事，写下他一生不同于寻常人的付出、幸福与美好，需要时光倒流60年……

我不能确定，人们会有耐心阅读，会真的相信，这个世界上，还会有这样的领导干部、这样的共产党员。同样也不信任自己，是否有笔力能够把这样一位生活在青海大地上，将自己的一腔热血抛洒干净，为老百姓的疾苦呕心沥血，因自己笃信的事业勤勉一生、刚正廉明的领导干部，真实而鲜活地呈现给大家。

一

尕布龙是蒙古族，1926年出生。他的家乡在青海省海北州海晏县哈勒景乡永丰村，那里有一条发源于肯特大板山南麓的河，夏天的时候，湿润的河岸开着鲜艳的金露梅、银露梅，一对对百灵在草丛间耳鬓厮磨。

那是1979年8月，尕布龙担任青海省委常委、副省长，应该搬入省政府院内的省长住宅楼，可他一直拖着不搬，仍住在畜牧厅家属院80平方米的平房里。

办公厅的人去看望他，不禁大吃一惊。四间潮湿、阴冷的房子被他用土坯隔成了五间半，除了留给自己半间，其余五间搭了10张木板床，全都住着来自农牧区求医、办事的人，很像一个简易的招待所。

他是担心，搬到有警卫的省政府住宅区，找他投宿的农牧民进门不方便，不会说汉语的乡亲们，再也不找他了。

四年前，他遇到了从黄南州河南县来西宁看病的一位牧民，因为打听不到医院，牧民满面愁容地在马路边徘徊，问清缘由后，他马上把他带到自己家，随后联系医院，送医院治疗。之后，家乡永丰村的人来了，玉树草原上的人来了，都住在他家里。再后来，他的小家就变成了现在这个样子的大家，变成了一个让农牧民免费吃住的"牧人之家"。

1982年，省政府的住宅区和办公区分开管理，住宅区不再设岗哨，他这才搬进省政府，住上了省长楼。

可是他住的省长楼，还是很特别，一楼的大客厅宽敞明亮，却没有沙发、茶几，没有字画、装饰。只有两张油漆已经脱落的旧方桌拼就的大餐桌，六七把旧靠背椅子。窗台上有一部电话机，两盆花草，对面墙上拉着深色的布帘子。

掀开帘子的人很好奇，靠窗户的一头，是张简易的单人床，床下到另一头，沿墙根儿铺着一长溜红色的腈纶地毯，地毯上，卷着十几块草垫子，草垫子里露着不同颜色的花被褥。

走上楼梯，角落的一间是尕布龙的卧室兼工作室，其余4间，每间支着4张简易的单人床。

每天，都有从海北、海南、黄南，从果洛、玉树来的藏族、蒙古族、回族人投奔他，有看病的、办事的，甚至旅游的，有住两三天的，也有住一年半载的。

几年后，知道"牧人之家"的人越来越多，家里常常住满了人。这么多人要吃要喝，用的都是尕布龙自己的工资，一年至少得买6吨煤、300斤面粉，以及不少的蔬菜、油料、茶叶。为了省钱，为了让来治病的农牧民熬中药，他不敢用电灶，一年四季生着煤炉子，冬天还要腌几大缸酸菜；为了节省电，洗被褥、床单时他不让家里帮忙的人用洗衣机；为了让重病的牧民喝上新鲜的牛奶，更为了省钱，他还雇人在省政府院子里养过羊、养过牛。

除了工作、开会、下乡，他和住在家里的牧人吃一样的饭，从不另外开灶，也不去省委干部食堂吃饭，最多打几个馒头拿回来让大家吃。吃饭的时候，他悄悄观察着，看到每个人都端着碗吃了，饭量大的盛了第二碗，他才端上一碗，独自到小屋子里静静地吃。同村的小卓玛在省卫校上学，周末常来家里，见他每次都要到小屋子里吃，就跑过去问他："爷爷，爷爷，你为什么要自己一个人在这里吃，多没意思啊！"尕布龙说："碗太烫了，爷爷端不住，爷爷一个人吃饭习惯了。"卓玛哪里知道，尕布龙是考虑自己和农牧民坐在一起，他们会拘束、吃不饱，也怕饭不够吃。

海西州天峻县天棚乡藏族牧民丹增夫妇俩患了严重的肺病，生活很困难，在他家里住了8个月，他不仅为他们联系医院、找医生，还替他们付了药费。小卓玛的奶奶得了严重的肝包虫病，需要立即手术，一筹莫展的一家人找到了他，他一刻不敢耽误地把她接到医院，一边安慰着卓玛的奶奶，一边对医生说："大夫，他们从牧区来，手头不宽裕，手术费我想办法，请你们一定不要耽误治病。"又央求医生："他们不会说汉话，麻烦你们多费心。"

手术后，他天天去医院看望小卓玛的奶奶，有时工作忙，连饭都吃不上就先来到医院，让他不要再来了，他却说下班没事。他是担心乡亲在西宁无亲无故，遇到困难没法解决。小卓玛的奶奶在医院住了一个多星期，出院后，他又把她接到自己家里休养了三个多月，完全康复后，才让她回去。

风风雨雨多少年，他家里来的人太多了，他自己都搞不清住过多少人，也叫不上大多数人的名字。身边的有心人说，2001年之前的30年间，由他带到青海大学附属医院就诊的贫困农牧民患者，就有7000多人。有很多患重病的人，他还亲自在病床前守护过。为了获得更加准确的数字，我和尕布龙的侄子肖俄力认真算了一下，1975至1981年，尕布龙在畜牧局家属院居住7年，每天按一个人，共是2555人次；1982至2001年搬到省政府院子后20年，一天按三人，共是21900人次；2002年至2005年在人大居住4年，每天按一人，共是1460人次；总共25915人次。就是说，31年来，尕布龙在自己家，共免费接待来自基层看病办事的农牧民至少达25000人次。

这样的生活，30余年，一万多个日夜，从未间断。

这样的坚守，这样的重复，看似平凡、简单、琐碎，很多人却难以做到。

可他却说："到我这里来的大部分人，都是农村牧区的贫困群众，城里没有可以投靠的人，又不会讲汉话，没人管怎么行！"

对他来说，百姓的悲苦是自己的，百姓的快乐也是自己的，他不觉得这是一件拖累他、烦扰他的事，他的心里一片明朗，在帮助别人中，本能地快乐着，人性中纯粹、本真而又绝无矫饰伪装的平静和善意是与生俱来的，是饱满而充实的。

海晏解放那年，尕布龙已经是一位23岁的青年，固始汗后裔健壮的体魄、执拗的性格，让他有了勇士般顽强、坚定的意志。他热爱草原生活，像父亲索南木一样生性豁达豪爽，像母亲加合洛一样乐善好施。他从小放羊牧牛，生活清苦，父母亲从小就教育他，要有一颗慈悲怜悯之心，要爱护草原上的一草一木，尽可能帮助身边的每一户乡民。

解放军的到来,让他欣喜,又让他不安。他不明白,眼前身穿军衣、头戴红五星的解放军战士,为什么会义无反顾地把自己交给了祖国的解放事业?为什么会在改变草原人生活的历程中,不惜牺牲自己的生命?这对于一个从没离开过草原的年轻人,是多么大的触动。他喜欢上了解放军,穿着军装,留下了平生第一张相片。

1952年6月,他加入了中国共产党,投身到海晏县新牧区建设中。

两年后,他被派往黄南藏族自治州河南县,任县委第一副书记。

深秋,肥沃的哈勒景草原,泛着琥珀色的金光。他和自己的三妹夫存排骑着马,恋恋不舍地离开了家乡。

走了整整五天,到了河南县。

第二天一早,他就带着县上的干部下了乡。

极目天地,羊群如云,蒙古人的大帐像朵朵白莲,由远及近层层绽放。

正是牧人准备转场的时候。各家的蒙古包从东面依次撤帐,驮运东西。按规矩,蒙古部落以德高望重的长者为中心,坐北朝南,从右至左,围成大圈扎帐,撤帐时,又从右往左依次进行,留到最后的是长者的蒙古包。

他翻身下马,遥望苍穹。天空如洗,群山如鹰,火红的太阳照在蒙古包蓝色的流苏上,布帘卷起,走出一位面貌沉静、表情庄重的长者,双手捧着洁白的哈达。

他紧走几步,深深弯下腰,接受了老人的祝福。

奶茶的香气飘了过来,长者的蒙古包里,尚有未拆的灶台、红色的毡子，奶茶、酥油、炒面摆在长桌上。

往日，贵客来访，要到蒙古包入座，与长者促膝交谈。可他说："还没到吃午饭的时候，先让我们和大家一起搬东西。"

说着，挽起袖子，把蒙古袍的长襟撇在腰带上，大步流星地向前走，三妹夫存排紧随身后，心领神会。

来到一个蒙古包前，周围忙碌的众人放下手中的活，向他们聚拢。有人想看看热闹，有人想验证一下，县上的干部到底怎么样。

围观的人越来越多，他沉住气，双手一用力，搬起一个最大的"加木热"（牧区装酥油的羊皮袋子，最大的超过200斤）。几乎同时，存排也搬起同样大小的加木热，一起神色泰然地走到一头大牦牛前。

大家还没回过神的一刹那，他和妹夫存排一左一右，把两个沉重的加木热，稳稳地架在了牛鞍上，同时，飞快地扯过牛毛绳，结结实实地绑在鞍子上。

在场的人，尖叫起来。如果不是亲眼所见，怎能相信，县里的干部会有这么大的力气、这么麻利的身手。

"哦呀呀，这是哪里来的大力士，牦牛一样壮。"

老人们捻着胡须，赞许地望着他。

年轻人踮起脚尖，抢着跟他打招呼。

没有战争的和平年代，力气大、能干活，会摔跤的男人就是草原上的英雄。

上任第一天，尕布龙的名字，就在河南大草原上传开了……

他意识到，只有艰难地生活和劳动过，才能体会到老百姓的甘苦；只有把老百姓的冷暖时时放在心坎上，才能全心全意为老百姓办事，成为共产党的好干部。

他赢得了农牧民群众的爱戴，赢得了组织上的信任。

1959年11月，尕布龙被任命为河南县委书记。1960年6月，组织上又任命他为黄南州委副书记、河南县委书记，一干就是十年。十年间，他很少回海晏老家，也很少去省城西宁，他和河南县的农牧民在一起工作、劳动，把河南大草原当成了自己日思夜想的哈勒景。在他的主持下，县上有了学校、新华书店，修通了全长137公里的路，130名青年被送往西北民族学院、青海民族学院学习。其中30多名农牧民的孩子，在他的资助下完成学业。后来，这些学生大多成了当地的有用之才。十年间，哪里有疫情、鼠害、雪灾，哪里的农牧民闹了饥荒，他就出现在哪里。三年生活困难时期，由于他采取紧急措施，成立狩猎队、挖菜队，河南县无一人因饥饿致死，还成立了电影放映队，定期给农牧民放电影，经常举办运动会。

当了副省长后，家里住满了人，他既要让来家住的人吃饱，又保证妻子华毛常年的用药，还要替生活困难的牧民交住院费。春节回家，村里人眼巴巴等着当副省长的他，他又不能空手回去，只好买一些粉条、茶叶、酱油、醋给村民拜年，最好的礼物是给每家分一小盆子大米、一小把韭黄。他从不送烟酒，也不收烟酒，即使给省政府领导、老朋友、同事拜年，拿的也是茶叶、醋和酱油这样实惠的东西。

作为一名省级干部，他的生活显得过于简单，除了工作、下乡、开会，晚饭后看看新闻，其余时间，就是和来家里投宿的农牧民聊天、拉家常，询问农牧区的情况，或者看报、学习文件，熟悉一下第二天开会的材料。

他睡的那张木板床，陪了他20多年，因为搬家多次，修了好几回。两三套洗得发白的中山装，领子、袖口磨烂了也舍不得扔,他让女儿换上领口、袖子接着穿,买件新的也不要,总说,衣服干净就行了,没必要浪费买新的,不该花的钱一分也不能花。他爱吃肉,可他却很少放开肚子吃,因为没有多余的钱买肉。只有女儿召格力、侄女华毛措,从海晏拿来自己家的牛羊肉,他才让厨子煮一大锅,或者包一顿饺子,和大家共享。有时候,侄子肖俄力和外孙女达什杰莉会到早餐摊上买几根油条,让他换换口味,即便是年夜饭,也只是增加一碗饺子、一盘手抓羊肉,蔬菜也仅限于白菜、洋芋、萝卜和大葱,不敢吃细菜,一盘炒鸡蛋、炒辣椒,都很难得。

一天傍晚,司机小崔拿来了几张葱花饼。

小崔拿到厨房,用刀切成小块装在盘子里,放到了饭桌上。葱花饼又黄又脆,散发着浓浓的香味,尕布龙拿起一小块吃了,连连说香。这时,小崔要走,他送小崔出了门。可等他回来时,盘子里的葱花饼一块也没了。当时,他定定地看着吃空的盘子,轻轻地笑了笑,眼里竟然流露出少有的遗憾。

他为官多年,从没有进过大饭店,更别说富丽堂皇的高级酒店,他要进去了,可能会把他吓坏的。

作为一个副省级干部,他连茶叶都舍不得喝,只喝山上的黑刺叶,还说能养生。

20世纪90年代末,省里在北山召开"林业工作会议",中午吃饭时,上了一盘草莓。尕布龙没吃过,以为是摆设,有人硬是让他吃了几颗,他慢慢吃着,细细品尝着,禁不住说:"这个小东西味道还不错!"

一桌人心酸得低下了头。

1996年房改,当过兵的小妹夫赵庆玺动员他参加。说了两三次,他都不吭气,最后问急了,他才说:"我手里没钱,拿啥房改!"

为了"牧人之家",他只能对自己苛刻。

二

尕布龙爱民如子,为改变穷困地区的落后面貌,改善人们的生活,他上千次深入农村牧区调研,走遍了青海的山山水水。来看病的人衣着单薄,他就马上把自己身上的衣服脱下来叫人穿上,个小穿不了他的,他就拿出钱让家里的人去商店买。需要住院治疗,他就把家里的脸盆、暖瓶、饭碗、茶杯和病人一起送到医院,拿完了再添置、再送,什么都舍得,可对自己的亲属却显得有些无情了,他没有为自己的家人开过一次方便之门。

那时候,尕布龙的家离村口不远,干打垒的土房子,干净整洁,同其他人家相比,多了一架缝纫机、一个小药箱。妻子华毛在山坡放牧、山下种地,闲来给乡亲们做衣服,贴补家用,不给当官的丈夫增加丝毫负担。有一天,正在挤牛奶的华毛被牛踢伤了腰,干不了重活,8岁的女儿召格力,只好辍学承担起繁重的家务,挣工分养家。女儿稍大点时,已经和村里的男人们一样干背灰、上肥的重体力活儿了。

17岁,召格力参加了赤脚医生学习班,学会了打针、换药,学会了接生孩子。她期望有一天能像学习班上其他同学一样去西宁上学,留在省城西宁,哪怕是去县上、乡上,穿上白大褂在医院工作。

夜晚,静谧的草原与夜空相连,有了心事的召格力凝望着星星难以入眠,她渴望着父亲帮她实现心愿。

终于盼到了春节。年三十晚上，风尘仆仆的父亲回到了家，那时父亲已经是青海省常委、省畜牧局局长。

晚上，大家在一起吃了一顿年夜饭。

第二天早上，召格力找不到父亲了。

"阿爸到哪儿去啦？"

母亲叹了口气："一大早就去放羊了，你忘了，每年春节，你阿爸都要替你，替村里的乡亲们放三天羊。"

召格力拽过一匹马，飞奔着去寻找父亲。

大年初一的早上，天冷得把嘴里呼出的哈气冻成了冰。

尕布龙疾步迎上来："又跑过来干啥，今天可以睡个懒觉嘛！"

召格力红着脸，鼓起勇气："阿爸，我现在是村里的赤脚医生了，能看病、会接生。"

"那好啊，我的女儿能干了！"

"可是，阿爸，学习班的同学都去西宁上学了，我能不能也到西宁上学，以后到大医院工作？"

召格力动情地拽着父亲的衣袖。

"阿爸，我喜欢到医院工作，我会成为好医生。"

尕布龙没有说话，心里一阵酸楚。

在此之前，他年仅13岁的儿子急病夭折。幸好，很早的时候，堂妹把自己的孩子留给了他，给了他和妻子华毛一个聪明、懂事、孝顺的女儿。

他抬起头，望着地平线上越来越宽阔的一抹霞光，面露忧郁。透过这双眼睛，女儿似乎看到父亲颤抖的心灵走过了一段漫长的沧桑路程。

召格力一眼不眨地望着阿爸。

父亲也低下头，专注地凝视着女儿那双黑黝黝的大眼睛：

"召格力，你是一个懂事的孩子，你阿妈身体不好，阿爸的工作又太忙，没办法照顾她，你就留在家里放牧，当赤脚医生，照顾你的阿妈，靠自己的能力生活吧！阿爸手中的权力是人民给的，只能用于人民啊。"

"阿爸！"召格力泣不成声。

那年，召格力18岁，是一个大姑娘了，她不会跟阿爸撒娇，不会跟阿爸发脾气。可是她不理解，阿爸为什么会对女儿这样冷酷，不肯让自己的女儿有份正式的工作。这件事召格力至今不愿回首。

白雪洋洋洒洒，覆盖住了大菊红口巍峨的山峰。沉默中，冰凉的雪片落在召格力的脸上，召格力擦干泪水，忍着心中的委屈，和父亲在风雪中收拢羊群。

没过几年，争强好胜的阿妈又从马上跌下来，摔坏了腰椎。之后，阿妈瘫在炕上，生活不能自理。

为了让父亲安心工作，照顾母亲，召格力在草原上结婚、生子，放牧牛羊，为村民看病、接生，为母亲端饭、倒水、洗身子。母亲躺了25年，她给母亲换了25年的尿布，没有让母亲生过一次褥疮、遭过一点罪。母亲性格开朗，笑声很好听，开心的时候，会请村子里的乡亲来家里打打纸牌。但是，到了难挨的晚上，痛苦、烦躁的心情让母亲无法入眠，召格力会不辞辛苦地一夜起来数次，给母亲翻身，陪母亲说话。

作为父亲，尕布龙对女儿的感情是复杂的。

他膝下无子，早已视召格力为亲生孩子，疼爱着她。每年春节回乡，都会对村子里的年轻人说："我的女儿很了不起，一辈子照顾老人，你们要向她学习，像她这样孝顺。"生第一个孩子时，怀孕9个月的召格力从马上摔了下来，给父亲打完电话后，立即往西宁赶。但因途中分娩,又返回了县医院。那时通讯不便,尕布龙在西宁左等右等等不到,以为女儿死了,发了疯似的连夜往回赶,从西宁到海晏110多公里,逢医院就进,终于见到女儿时,天已大亮,他疲惫、憔悴的脸上,挂着两道未干的泪痕。

尕布龙是一个沉默寡言的人,尽管内心把女儿召格力视若珍宝,但从来不表达出来。多年来,召格力也一直尽心照顾父母,不曾有过远离。

父亲去世后,召格力把家里的羊交给小儿子小两口,自己和朋友在县城开了一家馍馍铺,早上6点钟起床,发面、和面、做馍馍。可没开多久,严重的类风湿性关节炎常常发作,使她无力继续经营,生活全靠儿女照顾了。

召格力40岁那年,不舍得随便花钱的尕布龙,亲自给女儿买了块上海牌手表。那一天,当父亲把手表放在女儿手心里时,她一边笑着,一边用手背擦着不断流淌下来的眼泪。她心里有苦,可她终究是理解父亲、感激父亲的,父亲是她的骄傲,父亲留下的一世清白,是她聊以欣慰的财富。

1992年,召格力8岁的小女儿达什杰莉来到了外公身边。达什杰莉是尕布龙最喜欢的小外孙女,偶尔得了空,尕布龙还会等在解放路小学门口接外孙女回家。可是,在爷爷家,达什杰莉连一间单独的卧室都没有,一直和来看病的人住在同一间屋里,有时不够住,还得把床让出来,到外公卧室打地铺。高考前,达什杰莉需要晚上复习功课,但外公不容许,怕影响病人休息,她只好先假装睡觉,等大家都睡着了,才悄悄到客厅看书、写作业。

达什杰莉的大哥东珠仁青学习成绩很好,初中毕业后考上了重点中学,但尕布龙不让上,让大外孙读了卫校。毕业后,东珠被分配到海晏县基层砂场当修理工,召格力央求父亲,给儿子换个对口的工作，尕布龙没有答应。达什杰莉念完了初中，他还主张外孙女上中专，这一次，达什杰莉没听爷爷的话，偷偷报考了五中，尕布龙知道后，三天没和外孙女说话。不过，等孙女被录取后，他的心又软了，专门请了假，陪外孙女报到。

2006年，达什杰莉以优异的成绩从青海大学毕业。

国庆长假后的第一天早晨，草原上寂静无声，达什杰莉独自来到文化站报到。在没有围墙、没有大门的乡政府转了好几圈，才在一排破旧平房的最边上，找到了写着一行小字"哈勒景乡文化站"的房门。除此之外，只有无边寂静的草原和隐约传来的几声狗吠……

达什杰莉忍不住失声痛哭。她心中茫然，像沙漠一般荒凉，无法接受命运的安排，也不知该怎样开启人生的帷幕。

两年后，达什杰莉带着男朋友去看望外公，进了门，她说："外公，我给您做了一套衣服……"话音还没落，尕布龙的眼圈先就红了，嘴角颤抖着："好好好！"转身进了卧室。

达什杰莉心里明白，外公对她有多么疼爱，多么不舍。

如今，达什杰莉已经是海北州海晏县三角城镇的党委副书记，真诚热心地为当地农牧民服务，成了一名优秀的基层干部。

三

给尕布龙当秘书和驾驶员可不是一件容易的事，不但没有节假日，连一顿像样的饭都吃不上，还要苦得起、累得起，什么都会干。

20世纪80年代，物资供应紧张，买电视要用票，杨杰和秘书袁兆盛借尕布龙的名义给商业厅厅长打电话，要了三张票，可谁能想得到，第二天，票被直接送到了尕省长办公室。

下午，尕布龙叫来袁秘书，让杨杰开着车，一路飞驰，来到青海湖东岸离一个村子不远的野草滩上。

下乡是常有的事，杨杰没觉得有什么特别。可车停稳了，尕布龙没有像往常一样带他们进村，而是让他们俩就地扎好牛毛帐房后，拿着纤维袋，去捡牛粪。杨杰和袁秘书感到这次出行有点不同寻常。

天色已暗，茫茫草原空阔寂寥。他俩怕遇到狼，带上车上的摇把，袖着手，低头耷脑地去捡牛粪去了。

牛粪捡来了，茶烧好了，炒面吃过了。尕布龙对一脸惶惑的袁秘书和杨杰说，今晚就睡在这里吧，哪也不许去，杨杰和袁秘书傻眼了。

那时，已是深秋。草黄了，结了厚厚一层霜。夜里，刺骨的寒风把帐房吹得像一片抖动的树叶。尕布龙随时带着下乡用的行李、皮大衣，款款入睡了。杨杰和袁秘书，一会儿钻进车里，一会躺在帐房里，挨到天亮时，鼻涕、眼泪冻了满脸。

尕布龙醒来了。

看着冻得缩成一团的杨杰和袁秘书，尕布龙板起了面孔：

"怎么样，昨天晚上睡得好不好？带你们来，就是要让你们体验一下牧人的生活。你们想想，草原上的牧民，住在帐房里，没有电、没有水，能看上电视吗？你们住在有电有暖气的房子里，还不满足，还要千方百计走后门买电视、图享受，用手中的权力牟取私利，你们做得对吗？"

看着尕布龙前额上岩石般紧蹙的皱纹，他俩默默地低下了头。

为这样一件小事，用这样的方法教育人，在一般人眼里似乎有些过分，但，尕布龙就是这样严格要求身边工作人员、要求自己的。

担任青海省人大副主任的时候，崔生满给尕布龙当驾驶员。崔师傅生性活泼、直爽，喜欢唱歌，写一手好字，刚开始，他根本受不了，还闹过情绪，后来才慢慢习惯了。

1990年7月的一个周末，尕布龙带领有关厅局领导和东部贫困县领导到海西州进行实地考察。一大早，从都兰出发，准备夜宿格尔木，身边的人问他，要不要给格尔木打个招呼，他不让。登记住宿时，尕布龙说："咱这么多人，住便宜点好，一律住四人一间的房间。"

一些厅局领导不太高兴了，单位在格尔木有招待所的，私下给尕布龙做工作。

"到我们那儿住吧，条件比这里好，免费吃住。"

尕布龙坚决不去。

"如果嫌这里条件差，你们去吧，我就在这里，我住惯了这样的房间，条件太好了睡不着。"

一行人只好住下了。

省上在海南州贵德县召开全省州地市人大工作联系会，会议期间，尕布龙要求饭菜越简单越好，而且一律不准上烟酒饮料。会议结束时，按惯例有一场宴会，酒是少不了的，饭菜也得上点档次。

晚上，他走进餐厅，见所有的桌子上都摆满了盘子，还放了烟酒，脸色顿时变得铁青，气愤地说："同志们呐，就在此刻，因为发大水，南方一些地方，有上亿人正在遭受灾难，都是我们的骨肉同胞啊，我们还在这里大吃大喝，能吃得心安吗？马上撤下烟酒饮料，并请会务组的同志负责清点折算，把钱捐给南方灾区。"讲完话，他怒气冲冲地坐在那里，餐厅里安静得能听见他喘粗气的声音。

到刚察县开会那次，给崔师傅留下的印象更深。会议结束后，大家在饭堂坐好了，等他吃饭，可是等了好久不见他来。桌上摆了一桌子菜，大家也不敢动筷子，让人出去找了，才知他一开完会就径直到厨房要了一碗菜、两个馒头，这会儿早吃完去村子里转了，搞得一桌人颇为尴尬。

为吃饭，他不留情面，敢当面呵斥，甚至愤然离席，得罪了很多人。有些人不理解，觉得他这是在作秀；有些人觉得匪夷所思，哪还有这样的领导干部；可是在他身边工作过的人都知道，他就是这么个人。了解他了，谁也不敢请他吃饭，他也不愿意在外边吃。

那时候，大吃大喝的风气开始在社会上蔓延，越来越严重，他无力制止，只能约束自己，要求身边的人，他说："这不是一顿饭的问题。这样下去，会'吃'坏风气，风气坏了是大事。"

杨牧飞担任秘书以后，尕布龙和他谈了一次话："当我的秘书很辛苦，你一定要做好思想准备，不能打着我的旗号办事，一切事情都要按制度办。"其实，这一点，杨牧飞是有心理准备的，因为其他秘书都是这样做的。

几年后，杨牧飞不再担任尕布龙的秘书，但在人们印象中，杨牧飞、杨杰、崔生满似乎一直没离开过尕布龙，像家人一样亲。尕布龙对身边工作人员要求严格，同时也很尊重，凡事都商量，没有红过脸，没有过不愉快。司机开长途累了，他让司机休息，自己洗车、给司机做饭。他一辈子不轻易批评人，看到的大多是别人的长处。他对待所有的事，都从工作、从党性出发，一心为民、一心为公，没半点私心，也不搞小圈子。

在一起工作时间长了，难免会产生感情。秘书和驾驶员或者同事逢年过节给他送点吃的、用的，他坚决不收，要不就准备更多的东西让他们带回去。

曾经在省农办工作，担任过省建设厅厅长的简顺生和尕布龙共事多年，长年累月在一起下乡，对他有着很深的感情。简顺生知道，尕布龙生活艰苦，过年过节总想给他带点好吃的东西，可他每次都不要。有一年中秋，终于把简顺生给惹恼了，朝他吼道："咱们在一起这么长时间了，跟您简直连朋友都没法做！"

尕布龙不生气，也不解释，定定地望着他。简顺生气呼呼地拿着礼物回了家，想了想，终究于心不忍，又让爱人蒸了两个又松又软的大月饼给他拿过去，他这才勉强收下，可又拿出多一半价钱的东西，让他带了回去。

尕布龙老家的房子修好后，简顺生专门买了一个红色地毯，请人画了一幅画，兴冲冲地去海晏看望他。常年上山绿化，尕布龙的腿疼得走不了路，铺个地毯可以防潮。

可尕布龙居然当着大家的面，一点面子都不给地把地毯退给了简顺生。

这冷冰冰的举动，令简顺生很难过，也很尴尬。尕布龙退休多年，在简顺生心里，尕布龙是一个值得尊敬的老人、共事多年的老朋友，而不是什么领导干部。

好在他送去的那幅画上，画着一朵荷花，一朵出污泥而不染的荷花，尕布龙很喜欢，留下了，简顺生心里才稍稍好受一点。他很珍惜、怀念与尕布龙一起工作的日子，尽管很累、很辛苦，尽管没有高朋满座的席宴，没有迎来送往的场面。

四

青海有大片不可多得的良好牧场，发展畜牧经济、发展养殖业、发展生态农业前景广阔。尕布龙在草原上长大，又经常下乡，熟悉青海的每一片草场，知道怎样发展畜牧业才能提高和改善农牧民的生产和收入。青海的土种羊大多是藏细羊，藏细羊最大能长到30至40斤，产毛量也只有2斤左右，且夹杂着许多干细毛，不容易上色。

20世纪70年代初，担任青海省委常委、省畜牧局局长的尕布龙，首先考虑到的就是绵羊改良的问题。他想方设法从新疆、澳大利亚引进细毛羊，成功地把青海的本土藏细羊改良成了毛肉兼用的半细毛羊，并在全省范围内推广，进而研发深加工产品。改良后的半细毛羊肉质鲜美，产毛量提高，还使原本就具有一定弹性、密度的藏细羊毛，成为世界上公认的编织地毯的最佳原料，毛色也更加鲜亮，容易上色。

改良初期，由于人们认识不到新品种的优势，没有人愿意带头。尕布龙只好把30只远道而来的公羊，送到家乡永丰村，让大哥先行放养。大哥才布腾是村子里的劳模，坚决支持弟弟的工作，像照顾孩子一样伺候起了这几只负有特殊使命的羊。

每天清晨，才布腾一起来，就先到羊圈里，把那30只公羊，赶到草原上撒欢跑步，吃饭的时候，给每只羊喂两个鸡蛋，隔日在草料里拌上盐巴，并将以往秋配冬产的老传统，改为冬配春产，让小羊羔在春天逐渐变暖的季节长大，提高成活率。

两年后，改良的青海半细毛羊养殖数量扩大到200多只，永丰村成了草原上第一个育有新品种半细毛羊的配种站,源源不断向周边牧区输送。几年后,哈勒景草原上白云般浮动的羊群全都是改良后的新品种半细毛羊。之后,海北州的天峻县、祁连县,海南州的共和县等牧区都成为向全省牧区推广和输送半细毛羊的配种基地,同时,以半细毛羊研发的肉类加工和毛纺织业在青海逐渐兴起,生产出了当时享誉全国的双虎牌毛毯、毛哔叽、毛华达和质量上乘的毛线制品,推动了青海省的轻工业发展。

长期分管农牧业的尕布龙深知深入基层、调查研究的重要性。他每次下乡都不会去乡上、县上找当地的官员询问,而是径直去村里。快到时,和秘书、司机先在路边小饭馆吃一碗炒面片,喝两碗面汤,填饱肚子,尽量不给县乡政府添麻烦,有时盛情难却非吃不可,只让上一碗面,最多加一盘羊肉,吃完了饭,还要把自己和秘书、司机三个人的饭钱悄悄放在碗底下。

到了村口,他通常下车绕道步行,并叮咛驾驶员在他身后行驶。他不摆领导架子,也不容许陪同人员前簇后拥,每一次,都像一个走亲串户的老农,轻轻走进贫穷、朴素的院落,坐在散发着麦草气息的土炕上,和那些温饱无着的乡亲聊天;每一次,都要掀开乡亲们的面柜看口粮,过问家里有几口人,能不能吃饱,叮嘱乡亲,家里要养只猫,不要让老鼠把粮食吃了。

走进满坪乡河口村一座低矮的柴门时,他的心被刺痛了。当他握住陈老汉那双如干柴般皲裂的大手时,眼前的一切使他泪如泉涌。老人家的屋内空空荡荡,一贫如洗,土炕上的毛毡七零八落,卷在墙根儿里的那堆破被子,旧得辨不清是什么物件。他在屋子里站了很久、很久,哽咽在胸的悲悯之情在他心中如江海般翻腾。解放这么多年了,农民的日子怎么会过成这样,他流着泪走出了那个简陋的院落,他不忍目睹此情此景。

回到西宁,他躺在床上,怎么也睡不着,一闭上眼睛,陈老汉家土炕上的那一堆破被子就像一块石头压在他心上。第二天一醒来,他就对何巴说:"你把家里新一点的被子全装到车上,我今天要去满坪乡看望一位老人。"

照料他饮食起居的何巴,昨晚就听说了老人的事,心里也不好受,尤其看到尕布龙连吃饭的心思都没了时,更加不安。但他还是忍不住说:"你把家里的被子全拿走,家里来的这些人盖什么?"

尕布龙看了他一眼:"先凑合几天,我们的困难总比那老人好解决得多。"说着话,装好被褥,又拉了一些别的生活用品,向满坪乡驶去。

每次下乡回来,尕布龙总是对秘书说:"我这个人,最受不了的就是见老百姓受苦,见了,就难受!今晚上,你就辛苦一下加个班,赶紧写汇报材料,咱们得想办法给老百姓解决困难,不能袖手旁观啊!"

对尕布龙来说,这句话绝不是虚言。大通县桦林乡,是国务院评定的贫困乡,早上8点钟,尕布龙就和秘书杨牧飞、司机杨杰赶到了乡政府。

办公室里,酒气冲天,乡长和书记还醉着。

"昨天,你们都干什么了?"尕布龙问。

"我们活动了一下。"

"起来,我们一起到村子里走走。"

乡长给身后的人挤了挤眼。

"干什么呢,你这是?"尕布龙问。

"我让人给您宰一只羊。"

"你这样挤眼睛,一年要挤掉多少只羊?"尕布龙压着心头的

尕布龙的高地　119

火,"以后不许这样。"

醉眼蒙眬的书记和乡长摇摇晃晃地跟跄着走进村里。干旱的黄土随风漫卷,四处弥漫。一只黄色的小鸡被惊吓得跳了起来,乡长伸手去抓,鸡挣扎着跳着跑了。

尕布龙再也忍不住了,一把扯住乡长的胳膊,大声说:

"你看看你什么样子!"

糊里糊涂的乡长,借着酒劲扯开了嗓门:

"还是个当省长的呢,吃个羊也怕,抓个鸡也不敢。你到底是不是省长?"

尕布龙满脸通红,停住脚步,大吼一声:

"别再说了,到此为止!"

随后,便招呼杨牧飞和杨杰上车,飞速返回县上。

这个一心热爱群众、想方设法为群众做好事的人,怎么能容忍党的干部如此嚣张。

他眼里布满了血丝,愤怒地推开县委书记的门。

"你们是怎么选拔干部的!又是怎么任用干部的!桦林乡是国务院评定的贫困乡,你们让这样的人当书记、当乡长,我们的老百姓什么时候能脱贫致富,什么时候能过上好日子?"

第二天,西宁市市委书记、大通县党委书记、大通县县长,陪着尕布龙省长一起来到桦林乡,召开全乡群众大会,由大通县领导当场宣布,撤销桦林乡党委书记、乡长的职务。

会上,尕布龙向群众深深地鞠了一躬:"你们没有过上好日子,是我们没有把干部派好、教育好,我代表组织向你们道歉!"

五

春天的早晨，尕布龙端着一杯用山上的黑刺叶冲泡的热水，坐在地埂上俯瞰着苍山大地，这是年过六旬的他最感惬意的事。

远方是高原湛蓝的天空，白色的云与北山遥遥相望。身后则是曾经荒芜、寂寥，如今变得枝繁叶茂郁郁葱葱的层层绿林。

他深深地吸了一口清凉的空气，这熟悉的气息从山林里传来，林中有山鸡、野兔、绚丽的花朵，有他亲手插栽的一棵棵嫩苗颔首微笑。他每天都要抚摸着拳头粗细的幼苗，给它们起名字，跟它们唠家常，像看着自己的孙子孙女一样，希冀它们尽快雄壮起来，倚立在山洼，为他爱着的这片土地、枯涩的荒山撑起一片片绿荫。

他摘下草帽，任徐徐微风，吹拂他浸满汗水的额头。他有些累了，繁重的劳动、心力，使他高大的身体渐渐虚弱，只有周身流淌着的血，依然炽热。

他的瞳仁里，交替映现着南北山昔日的苍凉与现在的辉煌。他像守卫者一样，用坚韧而不乏柔情的目光，如期地镀亮了每一天的黄昏和黎明。

这个世界上，还有什么比眼前披上绿装的这座大山，更让他留恋，更让他动情的呢？

青海省是长江、黄河、澜沧江的发源地，有着特殊的生态地位，但干旱、脆弱的高原生态特征，也给当地的环境保护和建设带来极大困难。省会西宁坐落湟水谷地，可半干旱的高原大陆性气候、长期以来不合理的开发利用，使谷地两岸，绵延百里的大山和近30万亩原本树林茂密的北山和南山，变成了寸草不生的荒野。特别是北山，山高、坡陡、风大，年降雨量只有360毫米，蒸发量却达到了1763毫米。

春天，是西宁人难熬的季节。狂风吹过原野，吹过一座座山丘，缺乏钙质、毫无营养的尘沙随风而起，沿山奔突，横扫大街小巷，令西宁人饱受其苦、深受其害。省委省政府一年又一年组织单位、组织人力上山植树，试图用柠条的根茎、黑刺的锋芒覆盖大山。然而，囿于环境恶劣，财力、技术经验不足而收效甚微。刚刚种下的树，不几天便焦渴而死，刚刚挖好的树坑，很快又填满了黄土。

1989年，中国正值改革开放初期，拼命抓经济建设，忽略了生态环境的保护，青海省委、省政府却作出了"绿化西宁南北山、改善西宁生态环境"的重要决策，正式启动了令西宁人备感欣喜的西宁南北山绿化工程，而且在全年财政收入仅为6.69亿元的情况下，拿出1350万元，用于南北山绿化一期工程。

这在全国实属罕见。

同年3月，青海省委、省政府正式成立了西宁南北山绿化指挥部，由时任省委书记的尹克升同志亲自担任总指挥。

1993年2月25日，省委书记尹克升在西宁南北山绿化指挥部会议上做了重要讲话，他说："我们的目的就是要搞绿色高原，改变生态环境。青海荒凉、艰苦，这是客观存在，但并不可怕。尕布龙同志干劲大，省委决定由他任指挥部副总指挥，具体抓两山绿化工作。"

1993年，66岁的尕布龙，从青海省人大常委会副主任的位置上退了下来，他没有享受省级领导的各种待遇在家颐养天年，而是接受挑战，以更大的热情，挑起了西宁南北山绿化指挥部专职常务副总指挥的重任。

在南北两山上种树，可不是一件容易的事。多年前，我曾经被鄂尔多斯市家喻户晓的"治沙大王"殷玉珍感动，这位柔弱女子20年间，竟以一己之力，在毛乌素沙漠种下了6万亩沙柳、白杨、苹果、葡萄；也听说过，云南原宝山地委领导杨善洲扎根大凉山，义务种树，将5.6万亩价值超过3亿元的大凉山林场，无偿交给国家的感人事迹；那么家乡的尕布龙，又是怎样在两座气候恶劣的大山上种下一棵棵青苗呢？

指挥部建立初期，许多人，包括一些领导，对南北山绿化持怀疑态度。海拔接近2800米的荒山，山势起伏、沟岭相隔、地形破碎、岩石裸露、土壤贫瘠，平均气温6℃，无霜期只有140多天。吹起风来，黄土遮天蔽日混沌无光，尤其是北山的前坡面，林业专家认定，根本就属于非宜林地。

困难压在他的肩上。他没有过多的时间思虑，也不想展开漫无边际、虚无缥缈的幻想，既然接受了，就得面对，就得勇往直前。作为有血性的蒙古族人，愿意终生奉献人民的硬汉子，他的决心坚如磐石。

他毫不犹豫地选择了北山绿化难度最大的大寺沟，作为南北山绿化的突破口，带着指挥部办公室全体干部和从当地农村召来的民工上了山。

大寺沟山高坡陡，土质盐碱大，水土流失严重，全是没有一点营养的大白土。平时硬得像铁，雨后像失了筋骨的散沙流淌不止。挖坑要用钢钎打，挖好的坑里，还要把别处有营养的土拉过来填上，再把树苗种下去，这还不是最难的，最难的要算浇水。刚开始绿化的时候，谈不上有什么基础设施，没有水，没有路，只有山下村民使用的一个小泵站，他就把人大绿化区，亲自挑选

尕布龙的高地　123

来的小伙子段国禄调到大寺沟，嘱咐段国禄每天从山顶沿着管道线下到沟底开阀门，把水抽到三岔岭，然后再原路返回，一趟十几公里，一天跑三趟。

那几年，是尕布龙最难的时候，资金捉襟见肘，人力又少，对荒山的了解、认识，对绿化的科学分析，都有待于探讨。南北两山，总面积27.9万亩。南山东起杨沟湾，西至阴山堂，南接总寨镇；北山东起小峡口，西至巴浪沟，北与湟中县、大通县、互助县接壤。山势地形条件不同，种树的规模、品种、方法也不同。尕布龙虚心向林业行家、懂植树的农民工请教，带着专家奔波在一道道山梁上，认真考察、研究、摸索、总结失败的经验教训。绿化初期，他减少其他投入，把大部分资金用于保障水利建设，首先解决了水的问题。接着借助集体力量，让各部门、行业，甚至个人划片承包绿化责任区，将每年的绿化目标量，纳入省级各单位年终考核的内容，更重要的是成立专业队，动员懂行的庄稼人，长期上山驻点管护，防火、防灾，后又同专家一起，总结出以乡土树种为主，灌木覆盖、阔叶林为骨架，针叶阔叶林混交的南北山绿化格局，创造性地运用了雨季种灌、先易后难、分层次推进的新路子，为西宁南北山的长期绿化奠定了坚实的基础。

除了在总体思路上把握创新、谋篇布局，寻求适应青海荒山大面积绿化的一项项具体措施，与省委省政府、各单位协调，整体推进，甚至向国家林业部请求援助，他还要扛着铁锹亲自上山植树。

早上7点，戴着草帽，穿着蓝大褂、黄胶鞋的他就上山了，等民工们到齐时，他已经在山上四处勘察，拄着棍子跑了两个小时。春季植树最繁忙的时候，他吃住都在山上，和指挥部办公室的同事、民工一起平地、挖坑、栽树苗，到苗圃挑选树苗、运输苗木。晚上盯着民工给每一棵树苗浇足了水，才肯放他们走。扦插红柳时，他不让大家用铁锨，怕把苗子伤了，要求大家用手将红柳苗一点点往里按，就连深度都要一株一株地测量。按上一天，每个人的手掌都肿得出了血，疼得不敢碰。办公室的刘素梅瞧着自己的一双手："尕主任，你真是心疼苗子不心疼人啊！"尕布龙头都不抬，说道："没那么娇气，你还得好好干。"

一天干到晚，实在太累了，尕布龙竟靠在苗圃的地埂上睡着了。山上的风，又硬又冷，发现他时，已被大风裹卷而来的黄土掩住，身上、脸上、耳朵、鼻孔里全是土。

晚上，本来就有些感冒的他，病情更加严重。何巴劝他，明天别上山了，吃点药，在家休息一天。可他不愿意："那怎么行，我死了是一个人的事，山上的树死了是大家的事。"

早晨起来，他坚持上了山，到了傍晚时分，才直起腰，用沙哑的嗓子喊了声"大家收工，回家吧！"自己却扔下铁锨一屁股瘫坐在地上。歇了一会儿，他准备起身，可腰部一阵酸痛，已经无力撑起他高大的身躯，司机和几个民工只好把他抬到车上。车灯亮了，一束白色的光照亮了大山深处，他支起身子，望着一株株栽植整齐的树苗，心里充满了欢乐。

有两天，尕布龙的司机有事，省政府临时派了另外一位司机。

头天，送尕布龙到山上后，司机就要下山。尕布龙说："你这小伙子，年纪轻轻的不在山上干活，跑什么？"便塞给他一把铁锨。年轻的司机也是农村人出身，在地里干过农活的。可是，才干了一会，就累得浑身酸痛了，60多岁的尕布龙却一直不停地干着，年轻司机只好硬着头皮坚持着。中午12点过了，还不见他停下来，12点半了，尕布龙才直起身子："好，吃午饭！"司机愣了愣，难道，他不打算回家吃饭？尕布龙见他傻站着，对他说："去，到车上把我的布口袋、暖瓶拿来！"司机跑过去拿出布口袋，忍不住打开看了看。那时，正是清明时节，布口袋里放着一大块锅盔、一饭盒冬天没有吃完的腌酸菜。

尕布龙指着一块隆起的地埂："你也来，和我们大家一起吃。"

司机走过去坐下，见地上已摆好了吃的，大多是馍馍、茶水，最好的是几个比较松软的花卷，一两盒炒好的土豆丝、酸菜粉条，尕布龙和大家聊着，开心地吃着。

第二天，司机让妻子一早起来烙了几张油饼带着。中午，他见尕布龙带上来的依然是一大块锅盔、酸菜，看见坐在地上吃着干馍、喝着开水的农民工，突然没有勇气把炸得黄澄澄的油饼拿出来了，于是借口到山上转转，偷着把油饼吃了。

在北山种树，旁观者、不信任者，甚至看笑话的人大有人在。可谁也想不到，4年后，尕布龙带着20多个农民工，居然在寸草不生的大寺沟种下了1000亩树，成活了43万株。

终于，在这条披上绿装、深不见底的沟壑面前，人们沉默了，惭愧地低下了头。那一年，尕布龙已是70岁高龄。

2002年，尕布龙从专职副总指挥位置上退了下来。

他种了十年树，十年中，没拿过一分钱报酬，劳动日达3520天，每年大年初一至初三，他都要亲自上山值班，从不间断。

十年来，两座荒山一点点变绿，40多个绿化区初具规模。

无数棵他亲自栽植的小树苗葱郁成林，覆盖着层层荒丘。

可此时的他，已无力拿起铁锹，用双脚丈量每一寸土地。尕布龙的肺心病、高血压和糖尿病越来越重。即使这样，他还是放不下山上刚刚栽下的树苗，每天自带干粮，上山看护林木，在沟沟梁梁上奔波。天旱了监督浇水，下雨了督促防洪。秋天管护、冬天防火。大年三十，依然驻守大山，给住在绿化区的农民工放假，让他们回家过年。

担任不担任职务，对他来说一个样，他从不在乎这些。

就这样，又硬撑着干了6年。

2009年秋天，尕布龙最后一次上山。

坐在山顶上的他，喘着粗气，面容憔悴，手背上青筋、血管暴突，手掌上布满了老茧。他仰起头，任柳丝抚摸着他粗粝的脸膛。

喜鹊欢叫着，停在一枝纤细的树枝上，太阳的光线渐渐从高空倾泻而下，树影如一抹黛色的香墨，泼洒在大山的角落里。他的心一阵悸动，眼里噙满了泪水。再也没有力气、没有机会上山了，他感到有些怅然若失，自己真的老了，干不动了。

大山还是那座大山，树林在一片片扩大。

山风还是那阵阵山风，却温和轻柔了许多。

这个世界上，有多少人能够在怀抱温暖时心生感恩；有多少人在追逐名利、为金钱四处奔波；又有多少人知道，率先在这两座山上植树造林的尕布龙，是曾经担任了22年省级干部的领导，是获得首届"母亲河奖"的古稀老人、"两山老愚公"。他把2001年首届"母亲河奖"颁发的两万元奖金全部捐出来买了树苗，他一生勤俭节约，清点家产时，只有两套换洗外衣、内衣，一双皮鞋，一双布鞋，一双胶鞋，一件大袢，一顶草帽，一双雨靴，一张硬板床，一套被褥，一个枕头，一套洗漱用具……

更叫人心痛不已的是，那么多年，那么多个鞭炮齐鸣、礼花漫天的年三十晚上，家家户户围坐餐桌把酒言欢时，尕布龙，这位孤孤单单的老人，却嚼着干馍馍，喝着黑刺叶冲泡的水，为山下星星点点的万家灯火，勾画着古城西宁的蓝图。

我不敢想，又常在想……

谁说他是垂暮，谁又能将日之将尽的灵魂升华得这般绚烂夺目？

我的心、我手中的笔变得异常沉重，沉重得难以忍受、难以自拔。

人与人是平等的。在天地万物中，人是生存者、创造者、依赖者，和草木、花卉一样饱受大自然恩泽、享受空气和阳光，然而人与人之间为什么又是这样的不同？

2002年，完成了4.5万亩绿化一期工程任务后，青海省委、省政府又启动了南北山绿化二期工程、大南山绿色屏障建设工程。更多的人上山种树了，更多的单位和个人承包了绿化区。在尕布龙精神的感召下，南北两山生态工程，成了青海人集体劳动、集体创造的壮举。截至2014年，西宁市南北两山完成造林20.93万亩，栽植苗木2000余万株，造林成活率85%以上，工程规划完成率100%。

2015年11月24日，青海省西宁市成为西北地区唯一获得"国家园林城市"和"国家森林城市"双荣誉的省会城市。南山、北山、西山成了西宁人休闲、散步的好去处。春季柳丝鲜嫩，沙枣花香；夏季闫穗梅、蜀葵竞相吐艳；秋季火红的沙棘果挂满枝头；即使冬季，萧瑟漫长的日子里，也有那挺拔的绿松、圆柏在风中沙沙作响。不知多少次，我打着雨伞在细雨菲菲的山中漫步，水滴落在杨树叶上发出的滴答声，让我热泪盈眶。

风沙减弱，雨水增多，古城西宁美了。

真不知，绿化两座荒山的工程，还将继续多久，还会衍生出多少值得这片森林永远铭记的人和事……

六

离开大山后的最后两年，尕布龙在医院里度过。

他什么也吃不下、喝不下，心里念念不忘、让他牵肠挂肚、让他的眼睛发出光泽、让他的心为之震颤的，还是那座高山，那些树苗。

女儿、侄子、外孙女、秘书、司机来看他，他问的全是山上的事。

段国禄一走进病房，他就拔掉氧气挣扎着起身，问起红柳、油松的情况。每一次，他都要说："我死后，你千万不要离开北山，你要是走了，那些红柳苗就死了，那可是我们俩像带月娃儿一样带大的孩子啊！"

段国禄泣不成声。

除此之外，他没有别的话。他不说他富有传奇色彩的往事，也不炫耀身居高位时的权力与风光，更不愿谈及自己的家人以及压在心底里的痛。

最后的时刻，他神志不清，不能说话，可只要段国禄去了，他就一动不动，直勾勾地望着他，似有千言万语鲠在心头，万般嘱托需要交代。

妻子华毛去世后，尕布龙顿时衰老了许多。他一心扑在工作上，对妻子照顾得很少，可是有妻子的家毕竟是温暖的，有妻子的家才是真正的家。只要回到永丰村，他就会坐在炕沿上，陪妻子聊家常，即使没多少话，也会静静地坐一会儿。有时，妻子心中焦虑，向他抱怨，跟他发脾气，他也只是沉默着，或去院子外面走走，从不大声对妻子说话。20世纪50年代，导演凌子风曾经在金银滩拍过一部故事片，反映青海湖畔农牧民解放前后的不同生活，其中一对藏族年轻人的爱情故事，便取材于尕布龙和妻子华毛之间的趣事。妻子去世后，他的负疚之情越来越重，话更少了。

他很清楚自己的身体。多年来，他身患高血压、糖尿病，玉树发生重大雪灾那一年，连续15天在海拔近5000米的五道梁指挥抗雪救灾的经历，又使他落下了严重的肺心病。

2001年，他想回到海晏老家。他想念故土，想念女儿，想念他的外孙。一想起回家，就想起偶尔带给孙女、孙媳妇几枚彩色的小发卡时她们快乐的样子；想起过年时，给孩子们带去小炮仗，看见男孩们躲在一边抢来抢去，他猫着腰，朝大外孙招招手，示意聪明的东珠，爷爷给他悄悄藏了几只的情景。

他毫不犹豫地退掉了省政府分给他的那套楼房，希望回到草原上，做一个普普通通、实实在在的牧人。

他第一次为自己的事向组织上作了汇报。

因他执意要退回，省政府决定给他发40万元安家费，让他在老家盖几间平房。他知道后，像做错了事似的，在屋里踱来踱去，不知该如何是好！

"我一辈子没为党做几件事，可是党却给了我这么多钱，我惭愧啊！"

他回到家乡，请人盖了一个小院子、五间平房。

他要回家乡生活，那是他充满情思的草原，远离城市，坦坦荡荡，一如神灵的胸怀。

他还在心里制定了一个计划，用剩下的钱为哈勒景草原搞一个牛羊育肥的示范项目，修建畜棚、购买牛羊，还要在房前屋后、道路两旁栽满绿树……

在新房子里住了一段时间后，积劳成疾的肺心病再度复发，开始他还扛着，后来扛不住了，整宿整宿睡不成觉，才到西宁检查治疗。

医生诊断的结果，使他再也不能回老家，再也不能去草原。他只能在梦里、回忆中，骑骏马、挥羊鞭，奔跑在开满金露梅的哈勒景草原上。

可是，房子已经退了，他能住哪呢，省人大给他找了一小套普通住房让他借住。

2年后，尕布龙又把盖好的四合院送给了家乡人民，办起了"哈勒景金银滩农牧民合作医疗室"。

在海北州工作的作家原上草，曾陪我去过那个四合院，照壁上的一行红字"宅焕春光，恩泽铭记"是沉淀在他心里对党、对人民的一片感恩之情。

自此，两袖清风、廉洁奉公的尕布龙，什么也没有了。

2008年3月，青海省政府授予尕布龙同志"西宁南北山绿化工程突出贡献奖"，那是他最后一次在公开场合露面。

身着中山装、戴着大红花的尕布龙白发苍苍，有些虚弱、浮肿，但是，被高原风和紫外线镌刻过的面膛上，蒙古人特有的棱角分明的五官，依然不能抹去他无法改变的坚毅与执着。

这位一心为公、心系百姓的公仆，优秀的共产党员，从未忘记过自己是牧民的儿子，从未对党有过一丝一毫的怀疑，从未放弃过对事业对信念的追求。他心中没有民族界限，他的胸怀宽广无比，他是一个高尚的人、纯粹的人、有道德的人、脱离了低级趣味的人、有益于人民的人，他用生命报答了党对他的培养、爱护和信任。

在他面前，不是没有过金钱的诱惑。他主抓农牧业时，青海支农资金每年达上千万元，如何使用，他当然有权决定，找他"批条子"的人络绎不绝，但无论什么样的诱惑，他统统拒之门外……

对他来说，简朴和廉明不是刻意追求，而是自然而然的品质。不管时代潮流、风尚如何纷纭变化，他总是能够凭借神性的高洁，近乎宗教般的自律与操行严格要求自己，不被世俗诱惑。

一个人一辈子做一件好事并不难，难的是一辈子做好事，他天性里的那种纯洁、善良，始终被他无意地坚守着。那是他意识深处最顽强最坚固的核。他几十年如一日，坚持让农牧民住在家里，给他们求医看病创造条件，不是单纯为他们提供精神和物质关怀，而是通过这种紧接地气的方式，接触来自基层的群众，了解基层的信息，与农牧民保持亲密的关系。他每年春节带着村干部替村民放羊，是为了时刻提醒自己，不要失去牧民本色、不要脱离群众、不要忘记自己始终是一个劳动者。他长期深入农牧区调查研究、了解情况，采用调庄、办学校，解决水电、交通等办法让贫困地区脱贫致富，是因为这位朴实聪慧的蒙古族领导干部，在河南县任职时，就已悟出扶贫工作的真实含义：要想改变群众的生产生活面貌，就要从根子上帮助他们，改变他们根深蒂固的陈旧观念，让他们自力更生。每年召开两会期间，作为省人大副主任的他，亲自为参会人员送茶倒水，不是充当服务员的角色，而是让来自基层的人大代表，放松心情，掏出心里的话。他一生胸怀博大，忠诚耿直，用一颗仁慈、宽厚的心，紧贴着大地，秉承着中华民族的气度和风骨。这样的实践，这样的工作方法，我们无法体验、无法做到，但至少可以警醒广大的党员干部，至少可以让人们从中受到启发和教育。

他是一位对他人有同理心、对社会有责任心的人。他不苟言笑，不说大话，不讲虚套，朴实得像农民、牧人、民工。作为一名党的高级领导干部，他深入基层，亲近牧民，为实现大美青海的目标而奔波，为改善困难群众的生活而忙碌，他一辈子为农牧民的欢笑而欢笑，为没有言语的每一只羔羊、每一块农田、每一片草原、每一棵树倾注着心血。

尕布龙是不可复制的。

有人曾经问尕布龙："你为什么要这样做，难道仅仅为一个好名声？"

他说："我要那个好名声干吗？我什么都不需要！"

有人说，应该在北山上为他立一座纪念碑。而实际上，他本人就是一座大山、一座丰碑。

医院的202病房，可以透过窗户眺望大寺沟，大寺沟的清晨和黄昏，沉浸在阳光、雨雾、冬雪里的重重山梁，陪伴他、支撑了他两年。即使神志不清，即使说不出一句话，他也总是直勾勾地望着那山脊之上隐隐约约的树影，直到永远闭上那双曾经明亮、执着的眼睛。

2011年10月8日，曾经担任中共青海省委常委、青海省副省长、省第七届人大常委会副主任、西宁南北山绿化指挥部专职常务副总指挥、中共十二大代表、第八届全国政协委员、青海省第五届与第七届人大代表的尕布龙同志，扔下他的乡亲、他的树苗，和再也无法回望的哈勒景草原，离开了人世……

去世前一个星期，女儿召格力喂土豆给他吃。他用筷子夹起一片，手抖着，送到女儿嘴里，断断续续地说："你回家，明后天，我也回家去……"

弥留之际，他痴痴地望着虽不是亲生，却为他守护家园、付出了一生的女儿由于长期放牧关节变形、弯曲的腿，流下了眼泪。

尕布龙的故事讲完了。

不管你信不信，他都是青海高地上的一盏明灯！

他离开我们四年了。

以后，我们的生活当中，还会有这样的人吗？

本文定稿于2016年2月

再唱山歌给党听

　　灾难使人类变得更加坚强，灾难使人类变得更加成熟。

　　灾难以悲剧的方式教会了人类生存下去的智慧，灾难又以警醒的态度让人类不断成长。

　　2010年的玉树地震，让玉树人遭受了精神与肉体的双重苦难，而中国人在灾难面前团结一致，众志成城，充分彰显了人类大爱同心的高贵品质。这种可贵的精神是历经风雨磨砺后的收获，必将成为中国人宝贵的精神财富，让人们在感念中保持自信，在感怀中敬畏自然。

2010年，春雪如期而至，美丽安详的玉树草原却失去往日的宁静，沉浸在巨大的悲痛之中。4月14日7时49分，青海省玉树结古镇发生7.1级强烈地震，经历了大地剧烈震颤的藏族自治州结古镇，瞬间变得满目疮痍、支离破碎。一时，房屋农舍、学校倒塌崩裂，错落有致、依山而建的白塔、寺院顷刻间变成了不忍目睹的废墟……

这突然而至的天灾，让3000人罹难，12000多人受伤，近10万人痛失家园、无家可归，到处都是尖叫、哭喊的声音；到处都是压在水泥房檐下的车子；到处都是顾不得流血的胳膊、额头，拼命用手刨土、挖掘家人的身影；到处都是悲哀的母亲、凄厉呻吟的孩子。尘土飞扬，瓦砾抖颤，寒风四起，许多人头疼欲裂，胸闷气短，玉树人民的生命在凛凛寒风中危在旦夕……

大爱同心

震后10分钟，噩耗从玉树传到北京。

灾难就是命令，时间就是生命。

党中央、国务院迅速做出决策部署，应急响应全面启动。国务院抗震救灾总指挥部高效组织和协调全国34支救援队伍、1万多名抢险救援力量整装出发，全力以赴，展开了生命大救援。

几乎同时，青海省委、省政府立即成立抗震救灾领导小组、玉树抗震救灾指挥部，启动一级响应，抗震救灾一线指挥机构层层设立。

那一刻，苍天昂首，群山肃穆，万众一心，心向玉树。

那一刻，第一批救灾物资5万顶帐篷、5万件军大衣、5万套被褥同时起运。中国国际救援队组织的30人医疗队，携带流动医院及设备设施前往玉树。

那一刻，青海省军区独立团开始了16个小时的高原强行军。武警青海总队3200名官兵从西宁和格尔木两路并进，向灾区摩托化开进。武警青海玉树支队直属大队紧急出动，抢救生命。

那一刻，中国民航局抗震救灾指挥部在西宁成立，紧急调配3架飞机投入抗震救灾的同时，连夜进驻玉树，使原本没有夜航条件的玉树机场，具备了应对各种救灾空运航班起降的条件。

那一刻，铁道部24小时负责处理救灾物资装车、卸车和运输，要求对救灾物资做到随到随装随运，以最快速度运抵灾区。

那一刻，卫生部和交通运输部，调集抢通机械技术人员，组织200多人的抗灾突击队，奔赴震区中断道路，全力开展受损公路的抢通保通工作。14日14时，通往灾区的公路陆续恢复通车，位于西宁至玉树黄河沿线运送救灾物资的应急桥梁快速建成。

那一刻，香港、澳门各界自发捐款捐物，台湾红十字医疗队紧急赶往灾区……

几乎同时，中央领导亲临玉树灾区，看望慰问灾民。温暖、真挚、诚恳的话语，让在场群众流下了感动的热泪。

"乡亲们，你们受苦了！玉树地震发生后，党中央忧心忡忡。听到你们有的失去了亲人，有的失去了家园，我们和你们一样难过。我们向你们保证，党和政府一定会帮助灾区群众建好家园，一定会尽快让孩子复课。"

震后40分钟，兰州军区向所属部队发出驰援灾区的预先号令，驻河西走廊某摩步旅星夜奔赴灾区。四川省军区1200余名官兵、民兵预备役人员翻越川西高原和海拔3000多米的二郎山，援助玉树。新疆军区某陆航旅从1700公里外紧急起飞，赶赴灾区。

全国关注着玉树！

全球关注着玉树！

在党中央、国务院的坚强领导下，一场感天动地、众志成城的抗震救灾斗争在青藏高原腹地、三江源头打响。

顿时，空中、铁路、公路，搭建起生命的救援通道，救灾物资源源不断运往灾区。专业救援、医疗队伍从西藏、四川、甘肃，从北京、广东、云南出发。祖国各地、各行各业，一支支救援大军紧急出发，挺进灾区……

当晚，省委组织部抗震救灾工作组到达极重灾区结古镇。从凌晨2点至7点，仅用5个小时便搭建起191顶帐篷，成立了帐篷党支部。指导玉树州县在11个片区成立了帐篷党支部，将"共产党员"的胸牌挂在党员胸前。在每一顶帐篷、每一个片区巷口、院落门口插上了党旗。鲜艳的党旗迎风飘扬，惊慌失措、焦虑不安的受灾群众，看到了生的希望。

外地出差的所有党员干部职工，听到消息后迅速赶回了玉树，就连居住西宁退休休养的党员老干部，也纷纷回乡，参加抗震救灾。一名正在医院住院的党员干部听到玉树地震的噩耗，二话没说，拔掉针头就赶往灾区。

早上9时，结古镇的三岔路口、西杭社区、新建路、解放路、当代路等极重灾区第一阶段的救人行动全面开展。被废墟埋压在瓦砾下的260多名来玉树的打工人员，2000多名当地居民、学生摆脱了死神的威胁！

在三岔路口红卫路旅社偌大的废墟上，中央派来的专业搜救队顾不上喝一口水、吃一口饭，马上投入营救生命的战斗。搜救生命的各种仪器发出鸣响的信号，引导搜救人员挖出了瓦砾残砖深处奄奄一息的生命。

在宝贵的72小时黄金时段，灾区搜救工作覆盖重灾区的角角落落，从废墟中营救出被预制板、砖瓦、土块掩埋的群众6870人，近2000名危重伤员，并以最快速度转诊至西宁、西安、成都、兰州等地医院救治。

至19日11时，14家航空公司调集的几十架飞机投入抗震救灾行动，建立了一条稳固的"空中生命线"。青海境内玉树、西宁、格尔木三座机场累计起降飞机400余架次，运送各类人员13100人次，运送救灾物资997吨。

在党中央、国务院的正确领导下，救灾工作在科学、依法、有力、有效的理念下有序展开。"百倍努力，决不放弃！"是每一位救援者牢记在心头的话。这是我们国家在经历了唐山大地震、汶川地震后，总结出的一套行之有效的救灾经验。假如没有国家强大的综合国力，假如没有之前救援队伍鲜血与生命的磨砺，哪有如今玉树各项救灾工作紧张而有序进行的反应速度、应急措施。

四川消防战士余浩源和战友们，因高原反应和疲劳，嘴唇青紫，呼吸困难。可他们仍然带着搜救犬，在废墟中顽强地搜寻着生的希望。余浩源说："只要有一线希望，我们就要竭尽全力。就算累瘫、累死，也要把人救出来！"

匆忙出发的玉树军分区、武警支队官兵来不及向家人报一声平安，迅速出现在现场。倾斜的房屋在身边不断倒下，玉树军分区副政委丹增和战士们冒着余震危险，从民族师范学校垮塌的楼房里，连续挖出7名被困学生，双手被磨得鲜血淋漓。当天晚上，旦增才得知，家中房屋全部倒塌，8位亲人全部遇难。

为了群众的安危，每一位官兵都将生死置之度外……

玉树武警支队直属大队二中队的战士第一时间赶到玉树民族

综合职业学校，一片废墟中，孩子们的哭声撕碎了战士的心。1秒钟内，所有官兵分成10个小组扑向废墟，用双手不停地刨挖。

第一个孩子被救了出来，可是她已经停止了呼吸，战士们哭了，疯了似的再一次扑向废墟，一个又一个鲜嫩的生命被刨挖出来，战士们的双手也被血染红了。

一个女孩被压在楼板下，苦于没有任何设备，战士们十分焦急，被压的小女孩却安慰着他们。好多战士扭过头流下了眼泪，哭一会儿，又强行让自己镇定，安慰着女孩。没有办法的战士们只好冒险钻入废墟中。突然间，余震袭来，砖块砸了下来，站在上面的战士用自己的胳膊挡住了这块砖。

路边一栋倒塌的民居楼里，露出一位妇女的上半身，战士们立即冲了过去。但这位妇女的下半身被水泥柱子死死压住，营救非常困难。战士们奋力挖掘，整整3个小时后，柱子松动了，但是，这位妇女突然头一歪，停止了呼吸。战士们心头一紧，爆发出一股力量挪开了柱子，又突然沉默了。这位妇女应该是一早起来给家人做饭的，地震发生的一瞬，她正站在炉子边上，火烧着了她的下半身。

4月14日，恰好是玉树公安消防战士刘卿与未婚妻在西宁拍摄婚纱照的日子，他们原定"五一"结婚。刚进影楼，刘卿就听到了玉树地震的消息，他心神不安，一遍遍给部队打电话，可怎么也联系不上。任凭摄影师如何调动情绪，他也笑不出来。而他的父母也打来电话："玉树地震了，这个时候，你应该回部队，那里需要你。"未婚妻轻轻地说："婚礼往后推，你赶快回部队吧。"一听到未婚妻的这句话，刘卿立即冲出影楼，而他的父母亲则早已准备好去玉树的救援车，在家中等候。

"这里太危险，让我来！"

地震后8分钟，武警青海玉树支队直属大队，20岁的战士谢宇，和战友一道迅速投入到抢险救灾中。一处废墟下，一位藏族同胞的孩子被埋压。谢宇一把拉开哭喊着救孩子的母亲，在瓦砾坠落时钻进了废墟。就在他抱着三岁大小的孩子要冲出来时，余震袭来，一块带着铁钉的木板突然落下。千钧一发！谢宇本能地低头含胸，用自己的身体护住孩子，带钉的木板却重重地砸在他的后脑勺上……

人民的利益、国家的利益高于一切。

这样的故事，不知在震后的瓦砾中、废墟里，发生了多少。

这样的战士、这样的救援者，不知在震后的风雪中、尘土里出现了多少。

解放军第四医院抗震医疗队的野战医院里，被废墟掩埋了29个小时、已陷入昏迷的藏族小姑娘才让拉毛醒了过来。双眼蒙着纱布的她，一把抓住护士长宋海燕的手，哭喊着："妈妈，妈妈！"宋海燕红着眼圈连声答应："孩子，别哭，妈妈在呢！"小姑娘这才平静了下来。当宋海燕抱着脱离危险的才让拉毛，把她交给她的母亲时，女儿的母亲哭着说："你们真是共产党派来的'活菩萨'！"

14号当晚，抵达灾区的增援消防部队接近500人，第二天下午，全国接到命令增援玉树的1700多名消防官兵都到了现场。

让人感动的是，四川省除省人民医院、华西医院组成的首支23人医疗救护队紧急赶赴灾区外，四川绵阳市医务工作者踊跃报名，希望能亲赴抗震救灾第一线。他们说："因为我们经历过地震，我们知道现在灾区最需要什么。到达灾区后我们可以立即展开救援治疗。我们要用实际行动来感恩全社会，到达灾区后，绝不给当地增加负担。"

再唱山歌给党听

4月15日13时30分，济南军区野战方舱医院摩托化第一梯队，200多名医护人员，昼夜兼程，仅用了53个小时便安全抵达灾区。红色的旗帜飘扬在玉树自治州体育场上空，12个方舱依次展开，未等医护人员喘口气，23岁的代西巴毛已经被送了过来。他的右小腿在地震中被砸伤，形成皮肤脱套伤，里面积满了脓血，再不实施手术，很有可能就会扩散感染，危及生命。疲惫的医生顾不上休整，连忙为代西巴毛做了手术，抽出脓血200多毫升。

一位60多岁的藏族阿妈拉住军医张志伟的手痛哭，身边躺着不省人事的儿子才旦多杰。由于家人在救灾时用发电机烧水时间过长，才旦多杰和哥哥一氧化碳中毒，哥哥已被送到另外一家地方医院急救，没有来得及吃晚饭的张志伟和医生刘成跃、刘琰、王辉以及护士崔素娟立即投入抢救。因煤气中毒时间较久，才旦多杰的呼吸停止，瞳孔散大，几乎没有生命迹象。

"只要有一线希望，我们就要尽100%的努力！"抗休克、解毒、吸氧、强心……一项项急救举措全部用了上去，可才旦多杰的心跳、呼吸忽有忽无。"不能放弃，不能停止！"疲惫的医护人员互相鼓励、努力坚持，第二天凌晨1时，才旦多杰竟然苏醒了过来。

4月18日的一个傍晚，一位即将生产的藏族孕妇，在地震中被埋48个小时，战士们把她救出来后，紧急抢救，剖腹产下一个女婴。那天，原本不会说汉语的夫妇俩学会了第一个汉语词语——"谢谢"，于是见人就说"谢谢""谢谢"！

中国作家协会派往灾区采访的作家李春雷，被高原反应煎熬了7天，完成采访任务后，驱车返回西宁。

天上飘舞着白花花的雪片，把青藏高原的大山都染白了。路途遥远，曲曲弯弯，原本16个小时的行程，遇上这样的冰雪天气，不知要走多长时间。汽车小心翼翼、蹑手蹑脚地爬行着。刚刚走出几公里，突然发现，前面路边悄然站立着一位藏族小姑娘，双手捧着一个奖状大小的纸板，上面歪歪扭扭，却又清清楚楚地写着两个殷红似火的大字——"谢谢"。

四周是白茫茫的雪山，根本看不到村庄的影子，小姑娘是从哪儿来的呢？李春雷停下车，走过去，拉住她的小手，轻轻掸去她头上的一层雪花。这个在风雪中瑟瑟发抖的小姑娘，五六岁的样子，头发蓬乱，瘦瘦的小脸上泛着典型的高原红，额头上还凸起一道长长的已经结痂的伤痕。

"你是哪个村庄的？"

"谢谢！"

"上学了没有？"

"谢谢！"

"你叫什么名字？"

"谢谢！"

李春雷有些纳闷了，又问她家地震后的情况。她似乎没有听懂，圆睁着大大的眼睛，迷惑地看着他，嘴里仍在重复着那几个字。

他突然明白，小姑娘听不懂汉语。

这么冷的天，是谁让她来的呢？是父母，还是她自己？

李春雷不免揪心起来，劝她回去。可是，在风雪中举着纸板的小姑娘，却执拗地站在路边，不停地说着两个字："谢谢""谢谢"。

泪水浸湿了作家的脸，他一个劲地对小姑娘说："孩子，放心吧，有天大的困难，这个国家也会帮你承担起来……"

4月17日，经各级党委、政府和救援人员努力，在结古镇搭建了24顶帐篷，以供灾区学生复课之用。4月18日，玉树州第一民族中学复课。4月19日,青海省教育厅确定了玉树灾区学生异地接收方案,6200名玉树学生前往异地上学。

玉树清真寺教职人员组织来自西宁、宁夏及本地的穆斯林群众扛着铁锹、扫把上街清理垃圾,在街头支起锅灶,为过往群众免费提供食物;结古寺僧侣收集遇难信教群众尸体,选点集中火化,让逝者的魂灵随熊熊烈焰到达梦中的天堂,给予生者极大安慰。

还有一些普通人家,搬出糌粑匣子、酥油盘,用石头支上灶火,为过往的人们提供热茶、食物。

不论是中央领导,还是普通群众;不论是白发苍苍的长者,还是天真无邪的孩童;不论是拥有雄厚资产的企业家,还是收入微薄的普通百姓,都在以不同的方式表达着对受灾同胞深深的关切。

那一刻,满载食品和饮用水的一架架飞机腾空而起,飞向玉树;那一刻,一列列装满帐篷、棉衣和被褥的列车呼啸前行,向灾区疾驶。

谁也不知道他们来自何方,谁也不了解他们叫什么名字。但我们知道,他们是为玉树的兄弟姐妹而来,为同是华夏子孙的骨肉亲情而来。

为了挽救玉树人民的生命,给玉树人民带来重生的希望,救援人员们用坚强的毅力、顽强的精神,创造着生命的奇迹。

坚韧不拔

据资料显示,2010年玉树"4·14"地震,是玉树遭受的有史以来波及面积最大、损失最为惨烈的一次自然灾害。在夷为平地的废墟中，不知有多少救援队伍争分夺秒，用疲惫的身躯扒开房梁解救危难中的群众；不知有多少武警战士、公安民警用磨破的指尖挖出濒临死亡的群众；不知有多少医生昼夜不息，用精湛的医术挽救备受痛苦的群众。他们是才仁公保、吕耀忠、何春梅、王成元、昂嘎、韩慧英……

很多人为营救他人牺牲了自己宝贵的生命，香港义工黄福荣是玉树抗震救援中第一个遇难的志愿者。

2010年4月1日，怀揣1万元港币的黄福荣从香港出发，8日到达玉树县，希望能够为设立在结古镇的玉树慈行喜愿会的孤残孩子们添置一些生活、学习用品，最重要的是，他要为学校修建一座像样一点儿的卫生厕所。4月14日，黄福荣正在玉树一家孤儿院做慈善义工，地震发生后，他其实已及时逃离破坏严重的孤儿院，但当他发现还有3名孤儿和1名老师被压在倒塌的瓦砾堆中，便又奋不顾身地返回去救出了老师和孩子。此时，余震再一次袭来，年仅46岁的黄福荣不幸罹难。黄福荣对玉树人民的爱心与救助，感动了内地和香港两地无数善良的人。青海和香港两地纷纷以各种方式表达对英雄的怀念，中央政府驻香港联络办公室发出唁电，对黄福荣舍己救人的高尚品格表示敬意，对其不幸离世表示沉痛哀悼。香港特别行政区政务司司长唐英年也向黄福荣表达了崇高的敬意，称他代表了"香港精神"，香港特别行政区民政事务局局长曾德成表示，将向授勋委员会建议追授黄福荣英勇像勋章。

黄福荣在内地做义工多年，2002年，他用7个月时间，独自从香港徒步至北京，为中华骨髓库筹款。黄福荣一向省吃俭用，连打长途电话都很少，却为救治不相识的白血病患者捐出了自己全部的积蓄。

2008年,汶川地震,黄福荣执意赴灾区做了2个月的义工,协助搬运物资,清理瓦砾。他说:"我是货车司机,没有很多钱来捐助同胞,就来出份力。"黄福荣这次来青海玉树,他的姐姐黄月秀负责收拾文具书包,他的大姐负责缝制衣服,还特意赶制了40个书包带给玉树孤儿院的孩子。他们全家人都理解和支持黄福荣的行动,今后也会延续他的心志,把帮助内地孩子的善事继续下去。当黄福荣的灵柩抵达香港时,香港特区政府警察列队,接迎香港人民优秀的儿子!

地震发生后的那天凌晨,原玉树州公安局副局长、交警支队队长王成元带着20余名民警冲出办公楼,首先赶到单位对面玉树县第一完全小学,组织学校师生转移到空旷的操场。随后,又带领民警们火速赶到一处4层被挤压成2层的商铺楼下继续救人,先后救出48人,44人生还。其中一个伤员,被压在预制板下,别说几个人,千斤顶也撬不动沉重的预制板。他们眼睁睁看着压在下面同他们努力说话的人,渐渐垂下了头……

这一情景,让王成元和他的干警们痛苦万分。

地震发生后,大批救援车辆、救灾物资运送车辆、志愿者车辆陆续抵达玉树结古镇。结古镇的正常交通流量每天为3000辆左右,但当时,已达30000辆以上,道路严重受阻。

王成元和政委商量:"凭我们一己之力救不了几个人,我们最重要的任务,应该疏通道路,让专业救援队进来。而最快的救援队一定会坐飞机赶来,我们首先要做的是,拼死保证巴塘机场道路的畅通,这可是生命的通道!"王成元当即决定,由他和副支队长杨东凌带队去打通通向巴塘机场的路。

地震破坏了机场路边的西杭电站水渠,大水裹着泥沙、杂草漫过了道路，工程车、救护车、抢险车和各种大小机动车挤成一团动弹不得。王成元站在没过脚踝、寒冷刺骨的泥浆中疏导过往车辆。一遍遍大声喊着、指挥着："让工程车、抢险车和救护车优先通过，其他车辆避让！"

在他的全力疏导和指挥下，通往机场的唯一道路、一条救命的路打通了。就是这条路，迎来了第一批专业救援队，迎来了第一批救援物资，送走了第一批危重伤员。

随着全国各地救援人员、救援物资和救援设备源源不断涌向灾区，街面狭窄的结古镇面临着前所未有的交通压力，各种车辆将结古镇变成了一座大型停车场。王成元又亲自站在每一个交通路口，不停地变换着手势，疏导交通。从胜利路到三岔路口，从州藏医院到扎曲路口，他一个节点一个节点地疏导交通，固定不变的手势机械地变换，两只脚只有不停地轮换着站立。

"王局长又晕倒了！"现场传来队员们惊慌的喊声。可醒来后，王成元又冲到了最前线。和他一起并肩作战的战友们时刻关注着他，因为他们担心，他们敬爱的老兄，这次会真的倒下，再也站不起来……

地震初期，从凌晨至深夜，协调指挥灾区交通、安排支队交警执勤、上各值勤点和卡点查看检查、向上级报告最新情况、参加指挥部会议、接受上级公安机关最新命令……王成元每天一刻不停地工作着。一位有心的媒体记者跟在他身后，记录下了震后第四天王成元在晚上工作的五小时：

> 17日晚17时10分，回到营地，没有休息一刻，他就钻进帐篷，向公安部交通管理局协调组负责人汇报灾区最新道路交通状况。

17时51分，驱车从交警总队指挥部赶往抗震救灾总指挥部，在路上正好遇到运送救灾物资的车队。司机想打开警灯和警笛，行使一点"特权"，但被王成元阻止了，他回头对记者说："我们下车走过去吧。"说是"走过去"，实际上，王成元却一直在跑。

18时20分，抗震救灾总指挥部的会议正式开始，王成元准时到达。在离开总指挥部的路上，一位同志硬塞给王成元半包饼干，上车后，王成元就着矿泉水吃了几片当晚饭。

19时20分，王成元来到琼龙路，在玉树州委党校门口，一辆大型卡车停在那里，王成元走上去询问情况。当了解到该车载了民政部门提供的184顶帐篷，途经这里发生了侧擦事故时，王成元立即电话命令交警前来疏通。

19时42分，王成元来到新寨卡口检查站，这是陆路进入灾区的必经之路，每天车流量非常大，确保这里的交通畅通和安全，涉及整个抗震救灾工作的顺利进行。玉树县交警大队大队长桑丁，已经在这里连续执勤超过13小时。仔细询问情况并进行部署后，已经上车准备离开的王成元突然回过头，从衣袋里掏出半包草珊瑚含片，递给桑丁。

20时，王成元又驱车来到新寨村西，向副州长报告并商议在这里建立一个抗震救灾车辆集散地的可能性。记者问起这几天的工作情况，副州长胡巨正并没有说自己的辛苦，只是告诉记者："王支队长非常辛苦，我了解他。头两天他连个馒头也没顾上吃。""我们只想让灾区人民尽快吃上饭、喝上水、有地方住。"王成元却说。

20时27分，终于返回了公安厅交警总队抗震救灾指挥部。此时，天已完全变黑。连拖带拽把记者"请"进"帐篷厨房"吃饭后,王成元转身钻进了另一个帐篷。在那里,即将上岗的交警等着他通报最新情况,部署当晚任务。

21时,暂时消停了的王成元,回到了"帐篷厨房",从地上一个大塑料袋里捡起一个馒头,就着一碗汤三口两口吃完,随即又离开了厨房。

22时,记者离开营地。天上繁星闪烁。玉树州交警支队大院里,帐篷内仍然灯火通明,疲惫的交警们躺在地上睡着了,王成元和支队的领导们,仍在研究布置明天的交通疏导工作……

还有一位记者拍下了王成元的几张照片:他弓着腰的侧面看起来像一个邋遢的小老头。他的战友们在看这些照片时,都含着泪。他们说:"王支队长从地震的第二天起就累得没再直起过腰了。"

4月15日早上,支队民警田万宝走进大舅哥苗成发的家里:"家里有啥吃的?""只有几个鸡蛋了。""全都煮上,我们支队长已经一天一夜没吃东西了。"拿着煮熟的鸡蛋,田万宝赶紧回到执勤点,把两个鸡蛋送到王成元的手里。王成元把一个鸡蛋递给身边的同事,自己只吃了一个。"这可是从地震发生后,他第一次吃这样有营养的东西啊!"

而他,实际上是一个切除了三分之二的胃、忍受了8次痛苦化疗的癌症病人。高原恶劣的气候、环境,百般折磨的病痛,让他常常彻夜难眠。由于过度劳累,王成元几次晕倒在救援现场,苏醒后又继续工作。当赶往灾区,与他在格尔木工作过的战友们看到他时,都心痛得背过脸去,不忍再看。他已经没有了人的样子,曾经体重200多斤,高大、健壮、威武的王成元只剩下了一副又黑又瘦的骨架子。

战友们替他担忧,他心里也想着大家。有一次,帐篷食堂弄了几根胡萝卜,见大家嚼得比水果还香,王成元的眼里溢满了泪水。执行完任务回来,民警们惊讶地发现,面色蜡黄、嘴唇干裂的王成元正拖着疲惫的身子,在临时搭起的大锅里,为战友们做疙瘩汤。一会儿,他高声喊着:"开饭了。"大伙儿端起碗大口大口吃着,忍不住的泪水却滴滴答答掉进碗里……

怀揣一颗真心,换来的是金子一般的战友之情。战友更曲多杰知道王成元的胃药留在了四楼办公室,震后第三天,瞒着王成元爬上危楼给他取回药,偷偷放进帐篷里。王成元知道后,狠狠地训了更曲多杰:"你不要命了?"更曲多杰转过身子,边走边抹泪水:"谁不要命了,你不吃药、不吃饭、不喝水……你才不要命了呢。"

王成元的突出表现被人们看在眼里,记在心上。他先后被国务院、中央军委,青海省委、省政府评为抗震救灾模范个人,被公安部授予个人一等功,被玉树州委、州政府评为优秀共产党员;玉树州交警支队集体被全国总工会授予"工人先锋号",被州委、州政府评为抗震救灾先进集体。

面对荣誉,王成元淡淡地说:"这份荣誉不仅仅属于我个人,应该属于我们玉树的全体公安民警,更应该属于我们青海公安这个光荣的团体。"

抗震救灾工作结束后,青海省委领导关心他的身体,作出指示:将该同志调至省公安厅,安排好工作和生活。可王成元婉言谢绝,他说:"玉树需要重建,正是需要人的时候。我对玉树交通状况了如指掌,这个时候离开,将影响整个交通工作。等三年重建完成了，这辈子我也就没有遗憾了，也能给组织、给自己一个圆满的交代。"

就这样，王成元留了下来，靠着一大堆胃药，身着整齐警服，整日奔波在结古镇的主干道上。2015年7月18日，王成元终于挺不下去，离开了他钟爱的工作，离开了他的战友，终年52岁。

大地震颤的瞬间，公路被堵，情况万分紧急。正在修建结古镇与巴塘机场公路的青海省正平路桥集团有限公司立即组织工人前往救援。山体塌方，道路阻塞，公司立即组织人力抢修，李德业主动请缨要求去抢险一线。公司领导派他到保通组，负责清理机场到结古的公路。李德业在正平路桥公司干了5年，不怕吃苦，不怕困难，认真负责，踏实肯干。工友们常说他，干吗那么卖力？他说："我家世代务农，不知道什么是偷懒。就知道要对得起自己的良心。"

从地震那天开始，李德业就与工友们一起奋战在一线，每天连续工作18小时以上。4月18日，身体严重透支的李德业出现了感冒迹象。他悄悄向工友要了几片感冒药，服下后，拖着疲惫的身体，又回到工地清理塌方留下的土石。

4月20日，过往车辆格外密集，李德业在清理塌方土石的工地上，被一辆不听指挥的无牌照车辆撞倒。他爬起来，拍拍身上的土继续干。4月23日下午，李德业又来到工地上，工友看他脸色难看，问他是不是生病了，劝他不要硬撑着，去医务室看看。但是，他坚决不离开现场，一边干活，一边说，我们这是在救灾，人命关天，要赶快把路修好，让专家和救援物资进来。下午3点，李德业还没有来得及把铲起来的一锹土扬起来，就倒在了路边。经过医务室的抢救后，他醒了过来，可第二天，他又要坚持去一线，被领导硬是按住了。李德业躺在床上，内疚地告诉身边的工友:"现在这么需要人,你们都快回去干活,我躺一会就好了,下午再和你们一起去干,不能因为我的病耽误了灾区救援。"然而,李德业的情况很不好。很快,他被送到巴塘机场救援抢救室全力抢救,但终因病情严重,于24日12时20分停止了呼吸。

还是地震那一天,正在西宁住院治疗的原玉树州卫生局副局长,玉树州人民医院党委书记、院长、主任医师韩慧瑛,于8点30分启程赶赴玉树。途中,她便通过电话对医院抗震救灾工作进行布置和安排,全力开展抢救伤病员工作,要求全院职工付出百分百努力,抢救受难者。

当夜10点,韩慧瑛就出现在患者和职工身边。她忍受着疾病的痛苦,冒着余震危险,凭借着手电筒发出的微弱光亮,带领医务人员对全院所有患者会诊。凌晨2点,第一批救灾帐篷运抵医院,她立即带领全院职工冒着严寒搭建帐篷,搬运患者入住。天亮了,忙碌了一夜的她又投入到伤病员的转运工作当中,安排路途药品供应,向家属讲解注意事项,指导和协助搬运伤病员,确保伤病员安全到达目的地。

随后,她又投入到救援物资的搬运工作当中。

职工们心疼她的身体:"院长,你去休息,有我们呢!"可刚被劝走的她,一会儿又出现在了搬运现场。

为了避免集体财产损失,她拖着虚弱的身体,多次深入危楼内查看受损情况,对设备、器械、药品等物资转运工作进行了详细周密的安排部署,带领职工深入危楼内搬运物资。搬运过程中,沉重的设备、药品,使她没有康复的身体更加虚弱,职工们看在眼里急在心中,纷纷劝说她去休息,她回答道:"我没事,能搬一部分是一部分,大家早点搬完,早点离开危楼,就少一分危险。"职工们看不下去,强行将她带离危楼。

接着,她抽出时间到职工家中走访、安慰失去亲人的职工,要他们树立生活的信心。同时,在院内建立简易食堂,多方奔走,想方设法通过多渠道解决职工、住院患者及家属吃饭问题,将有限的帐篷、棉被等物资合理分发给患者、家属、职工,解决患者住院和职工住宿问题,而她自己在空间狭小、白天闷热、夜晚寒冷的救护车内工作和生活了60天。

在与方舱医院顺利对接,各项工作恢复正常,灾后重建工作开始后,她又开始落实重建项目,深入家属院安排部署项目用地,多方联系开展重建设计,为职工的生活保障等问题连日操劳、不停奔波……

无情的病魔在她体内不断蔓延,吞噬着她的生命,但她强忍病痛,将个人生死置之度外,撑着虚弱的身体与全院职工同呼吸、共命运,为伤病员的救治、物资抢运、灾后恢复职能、设备维修、职工生活保障等工作日夜操劳……

6月28日,她终于瘫倒在床上,爬不起来了。为了不影响工作,她仍拒绝前往省级医院治疗,后在众人的极力劝说下,被转往省人民医院,又转往北京进行治疗。因前期中断治疗且长期劳累过度,她的病情逐步恶化,多次出现昏迷。8月13日,韩慧瑛从昏迷中醒来,得知甘肃舟曲发生特大山洪泥石流灾害,又委托家人向灾区捐款1000元,以绵薄之力表达自己的拳拳爱心。2010年8月23日凌晨5时,因病医治无效,韩慧瑛在北京去世,终年48岁。

2012年末至2013年初,玉树州委、州政府及各界为了表达玉树人民对党中央、国务院及全国人民的感激之情、感恩之心,决定创作一部歌剧《玉树不会忘记》。当时已到肝癌晚期、刚刚退居二线的原玉树州政协副主席、州文联主席昂嘎,立即从西宁家中返回玉树主动请缨,担任起《玉树不会忘记》的主创、策划和总导演。

该剧在全国巡演后,受到广泛好评。之后,他又担任了玉树灾后重建完工庆典文艺演出活动的总指挥。那场演出,是昂嘎倾注全力,发挥才智,表达三江源儿女对全国人民感恩之情的一部力作。当时,藏族群众甩开长袖,尽情展现康巴歌舞魅力,援建单位劳模披红挂绿、骑马进入会场的感人场面,至今令玉树人民记忆犹新。

演出接近尾声,一曲高亢深情的歌声凌空响起,昂嘎作词、作曲的歌曲《再唱山歌给党听》,优美深情,抒发着藏族人民对共产党,对习总书记和全国各族人民发自内心的深厚情感,令在场的所有观众动容落泪。

因为连续不断的辛苦劳累,昂嘎错过了最佳的治疗期。这位能歌善舞、风趣直爽,曾经给三江源带来歌声,带来欢乐,被人们誉为"玉树之子"的艺术家昂嘎,平静地离开了他深深眷恋的玉树大草原。生前,他请求家人把他的骨灰撒到故乡的"普措达泽"神山上,把给他治病的钱省下来,帮助家乡贫困家庭子女。

"会说话就会唱歌,会走路就会跳舞"已经传遍祖国的大江南北,成为玉树地域文化的代言。

当年著名歌唱家才旦卓玛那支《唱支山歌给党听》表达了藏族人民对共产党、毛主席的感激之情,而昂嘎创作的《再唱山歌给党听》则唱出了藏族人民对共产党、习总书记及全国各族人民的感恩之情:"党的恩情似海深,我把党来比母亲"。

严峻挑战

　　玉树位于青藏高原，雪山耸立，河流纵横，是长江、黄河、澜沧江的发源地，堪称"江河的故乡""中华水塔"。这里的牧场丰盈辽阔，水草丰美，人与自然和谐相处，相互依存，朴实善良的人们共同建设着美好的家园。但是，平均海拔4100米以上，空气含氧量不足海平面60%，全年冷季长达7~8个月的恶劣环境，使玉树昼夜温差很大，年平均气温-0.8℃，每年的黄金有效施工期只有5个月。加之降雨、降雪、大风、冰雹不断，援建施工人员高原反应严重，劳动效率降低，各类施工机械能够发挥的最大功率，只有平原地区的60%，而且，玉树处在三江源国家级自然保护区核心区，是国内大部分地区和亚洲的"生命之源"，是江河中下游地区可持续发展的生态屏障，生态环境脆弱，生态敏感性高，保护责任重大。

　　工程量如此巨大，时间如此紧迫。"三年苦干，跨越二十年"的重建目标，无疑是对各级党委政府、援建大军最大的考验。

　　7月10日，玉树灾后恢复重建万人誓师大会，在结古镇隆重举行，重建工作全面启动。北京、辽宁，中国建筑、中国铁建、中国中铁、中国电建及青海省西宁市、海西州、海东市、海南州近10万援建大军分赴灾区1248个项目、292个建设工地。

　　三年来，"建一个项目，留一世美名""激情照亮玉树，奉献结出硕果"是援建工作者留在玉树人民心中崇高而美好的形象。

　　平均海拔4200米，玉树至共和的高速公路段，11月底已是滴水成冰。早晚时分，室外根本就站不住人。用当地谚语说：

这时节就是"火人"也能冻成"冰棍"。然而，就在这样的天气里，共玉公路通天河隧道内，一台大型挖掘机却在不停地轰鸣，来自中铁隧道集团的近200名工人满头大汗地在用风钻施工，焊接钢网。四川广元的唐敏说："自2010年6月份和妻子一起来到隧道工地，就没回去过一回。虽然有时很想念父母和孩子，但为了让隧道早日贯通，大家都在拼命'战斗'。我们作为一名跟随中铁隧道集团转战多年的老工人，决心和大家一起坚持到完工的那天！"

来自北京市政负责结古污水处理厂的项目部经理蒋治平是一个三十出头的小伙子，他说："自打到了玉树就没有想过要回去，能在玉树参加灾后重建，是对人生的考验和历练。虽然这里生活条件很苦，每天晚上火炉熄灭后，寒冷异常，平时也吃不到蔬菜，工地上每天都有干不完的活，但是一想起肩上的重任，玉树老百姓的期望，疲劳和困难都烟消云散了。"

程思军是土木工程学大学生，已在工程项目上工作10多个年头。2010年6月他被任命为中国中铁玉树灾后重建工程总工程师兼副指挥长，全权负责玉树灾后重建工程的技术指导。在他的带领下，中铁二局在玉树灾后重建中，成功地创造了六个"第一"和"玉树速度"。程思军常常几天几夜不休息，白天跑管委会、跑工地，晚上整理资料。这样的工作强度，在平原都扛不住，更别说在高寒地区。有几次他晕倒在办公室，医生一再强调要他好好休息、注意身体，不然可能会落下高原后遗症，但是多少次，他醒来后，拔掉吊针，接着工作。大家拿他没有办法，只能更加努力地加倍工作，减轻程总的负担。

在民主北路城镇居民住房施工现场，工人们正在工地上吃午饭。他们当中大部分来自四川德阳、什邡等汶川地震灾区，不少人因参与家乡灾后重建，成长为木工、钢筋工、泥瓦工。来自德阳的钢筋工张文武说："我们能为建设新玉树尽一分力，虽然苦些累些，但心里很高兴。"

2013年"五一"这天，玉树重建的工地上机器轰鸣。项目部负责人员和工人们在灾后重建的关键之年，为抢抓时间、保证质量，建筑工地上数万援建人员依然坚守岗位，以坚韧不拔的毅力，为新玉树建设添砖加瓦。

治多县加吉博洛格镇东北面，有一条笔直的硬化大道——"自强大道"。海西援建干部徐自强在拉运建筑材料的途中，不幸因车祸牺牲，成为众多援建单位中第一个献出生命的人。为了纪念这位烈士，海西州人民自发捐款1600万，建成了以他的名字命名的这条路。每当人们漫步在自强大道上，心里总有一种难言的悲伤，发自内心的感恩之情涌上心头。

玉树灾后重建，是一篇从悲壮走向豪迈的恢弘史诗；是一缕托起三江源高地从灾难走向新生的温暖阳光。放眼玉树，满目辉煌；鸟瞰新城，满目灿烂。

三年重建，广大援建者背井离乡，克服高原反应等诸多困难，恪守"艰苦不怕吃苦，缺氧不缺精神，海拔高追求更高"的铮铮誓言，顽强奋战，无私奉献，在雪域高原创造了可歌可泣的伟大奇迹。从城乡住房建设到学校、医院、乡镇文化站等公共服务设施，从公路、桥梁到自来水厂和污水处理厂，各方援建者通宵达旦，奋力拼搏；在每个重建指挥部，每个重建工地，每个重建村镇，援建工作者的英雄事迹在到处传唱。

短短两年多时间，北京市全面完成援建项目；辽宁省在圆满完成巴塘乡灾后重建任务的同时，无偿援助支持灾区基础设施建设；中国城市规划设计研究院组织最强力量绘制了灾后重建蓝图，发挥了规划设计的引领作用；中国建筑率先完成三年援建任务，创造了惊人的"援建速度"；中国中铁英勇善战、敢打硬仗，创下了三天一层楼的"玉树速度"；中国电建不计成本、不讲条件，担负了玉树灾后重建近40%的援建任务；中国铁建短期内完成了所有重建项目，创造了施工速度、质量多项第一；兰州军区唱响了军民携手共建家园的时代凯歌；西宁市、海东市、海南州、海西州在最短时间内完成了4县4乡的援建任务；青海水利水电、青海盈吉、青海一建，以及集协、金安、聚盈、海北紫恒、春辉、西部建业、青海路桥等11家企业完成了5个县11个乡镇的援建任务，留下了动人佳话。

三年后，全州市政道路建设、排水、电力、通信、燃气、热力管网、项目及设备均属全国一流水平。世界上海拔最高、规模最大的水光互补微电网发电项目、330千伏联网工程竣工投运，推广光伏电源4万户，使玉树永远结束了蜡烛时代。

三年后，玉树至省城西宁的高速公路建成，玉树至北京、拉萨、西宁、成都的航线搭起了玉树通往祖国内地的一座座天桥。

三年后，玉树州人民医院、称多县人民医院、治多县人民医院、杂多县人民医院及玉树县人民医院基础设施及设备，较之震前发生了天翻地覆的变化，成为规模宏大、功能齐备的现代化医院。

三年后，寺院重建与文物保护工程共248项。受损寺院全部纳入重建项目，所有维修加固项目和寺院公共用房全部完成。东仓《大藏经》珍藏馆、嘉那嘛呢石经城等国内外瞩目的文物保护项目修复完成，4个国家级文物保护项目和省级以下文物保护修缮项目全部完成并通过验收。

三年后，文化体育影视项目竣工，乡镇文化站、农家书屋惠及基层，博物馆、格萨尔文化中心、康巴艺术中心工程，以其浓郁鲜明的现代化气息，成为全州文化中心的重点工程、压轴之作。

三年后，新建成的43所中小学、18所幼儿园，在新结古镇规划中，被置于最安全的地段，按地震八度设防。

2012年3月10日上午，入住新校园暨开学仪式在结古镇启动，1万多名中小学生集聚广场，尽情地欢笑，尽情地跳……

开学了，同学们走进盼望已久的新校园，激动地冲进新课堂。看看这儿，摸摸那儿，兴奋地大叫着："天哪！太漂亮了！太漂亮了！"个个睁大眼睛，生怕一眨眼，这现代化的新校园就突然变没了……"

新校园内，孩子们有了绘画室、信息室和阶梯教室，有了风雨操场。只要孩子们轻轻点击屏幕，就会通过网络，飞越扎西科峡谷，看到大山之外的世界……

红旗小学学生才仁文德，在致援建者的感谢信上，把叔叔阿姨比作了美丽的羊羔花儿。他说："你们是高原早春第一抹清新明亮的粉红色，不畏严寒、欣欣向荣，让我们的心里溢满了幸福！"真挚的话语，催人泪下。

万里鲜花

2013年11月，玉树州各界在新成立的玉树市举行了规模盛大的玉树灾后重建竣工典礼。援建的英雄们跃上玉树人民为他们挑选好的骏马，走进了庄严的会场。

三年奋战高原的经历，让他们心潮澎湃、思绪万千。草原的山水美景怎能比得上玉树人民敬献的洁白哈达；昔日的辉煌业绩又怎能比得上重建玉树使命的光荣！

历经岁月沧桑的老阿妈，站在普措达泽山上手摇经筒——是谁给了我们这样的好日子，叫我们怎能不感恩！

200套别墅式2层楼牧民新房，在遥远的曲麻莱县、巴干乡麻秀村平地而起。村里的扎永老人说："就是旧社会的牧主也住不上这么好的房子，我们要懂得好好珍惜，让幸福生活千秋万代。"

当39栋新居在青山环绕、鸟语花香的巴塘乡相古村落成，只见清澈的小河自村中穿过，一座座水磨坊欢快地唱着古老的歌谣。扎西尼玛夫妇说："这么好的房子，做梦都做不来。以后我们只有好好听乡里的话，为乡里做点事情才能表达我们的感激之情。"

相古村新居由辽宁省援建队伍修建，如果悄然离去的他们，听到了这番话，该有多开心。

麦青沟施工工地，28岁的伊阳提着刚刚熬好的奶茶，递到施工人员手中。"这么热的天，你们还在工地上忙碌，工地上的活我帮不上忙，奶茶、酸奶是我的一份心意。"

哈秀乡民房工地，村委会带着乡亲们，几乎每天都要熬一大锅虫草汤送到援建工地。他们说：我们实在无以为报，只能熬一锅虫草汤补补援建兄弟的身子。

2010年7月1日，北京建工集团援建队伍进驻隆宝镇。

剧烈的高原反应，让参与重建的工人一个个病倒了，急得项目部经理李长晓满嘴起了泡。当时，隆宝镇重建民房的任务有1659户，几千名牧民群众眼巴巴期待着新房。

在这个节骨眼儿上，隆宝镇的干部们想到了一个两全其美的办法，选一批镇上有文化、脑子灵、年纪轻的小伙子充实到援建工地,既解决缺少务工人员的问题,又增加当地农牧民收入。没想到,这个办法,不仅让这些牧民小伙子投入到了玉树重建的队伍中,还让他们学会了木工、砌砖、电工、设计等技术活。北京高原施工队下设的高原运输队各类车辆83台,也仿佛成了隆宝镇村社牧民的私家车。他们说:"就是不给报酬,我们也乐意为援建队伍服务。"

2011年4月12日晚,结古地区普降大雪,结古寺岔路口路面结了冰,使得来往车辆打滑,影响车辆行驶和人员往来。玉树县直属交警大队大队长桑丁才仁得知情况,立即组织20多名交、协警到这里除冰铲雪、铺撒沙石,大伙儿连续干了6个多小时,到早上5点多才打通了道路。住在附近的老百姓看到他们劳累了一夜,给他们端上滚烫的奶茶,让他们暖暖身子。上午8点半,桑丁才仁和战友们准时到岗,没有一个人请假休息。交警支队领导杨东凌了解到这个情况后,问桑丁才仁为什么不多休息一会儿。桑丁才仁说:"这是在重建自己的家园,累一点、苦一点没什么关系。"听到这朴实的话语,杨东凌被感动了,为了不让他们看到自己流泪,他扭过头,悄悄擦拭眼泪。

2012年11月8日,党的十八大胜利召开。一大早,结古镇扎西大同村三社的群众们像过新年一样,穿上新藏袍,聚集到三社社长才哇家里,一起收看电视。

去北京参加党的十八大的才哇在电话里向乡亲们汇报了北京的情况:"今天我的心情特别激动,不仅把玉树人民对党和政府、全国人民的感恩之情带到了北京,更重要的是,聆听了党的十八大报告,对走中国特色社会主义道路有了更深、更新的认识。

"说得好,刚才报告里说了,走中国特色社会主义道路,我一万个赞成。这么大的地震,靠的不就是共产党,不就是政府,不就是解放军,不就是全国人民吗?没有共产党,没有社会主义制度,哪有我们的新房子,哪有娃娃们的新学校?"才哇的话引起了大家的共鸣!

"还有新医院,新百货大楼!"

"还有蔬菜大棚,对了,还有制氧站呢!"

大家七嘴八舌补充着。

"人要感恩呢!党的恩情比天高,全国人民的恩情比海深!"

"说得好,我们坚决拥护共产党,拥护社会主义!"

兴奋的议论声传出好远……

说到住房,一位老人拿出两张照片:"这是我的家,石头房是地震前的,新房是地震后盖的!"

才哇在电话里说,他准备了三条哈达,第一条哈达献给党中央和国务院,感谢对玉树人民的关心;第二条献给全国各族人民,感谢对玉树重建的支援;第三条献给青海省委、省政府,还有全省父老乡亲。玉树人民永远心怀感恩,永远跟党走。

老干部局退休干部索南兰周书记深有感触地说:"每当玉树遇到灾难和不幸,哪一次不是党救民于水火之中?三年经济困难时期,没有党的关怀,玉树州可能一半的人会饿死;1985年雪灾,不是党中央派兰州军区空军投放燃料、粮食,可能会发生冻死人、饿死人的事情。党的大恩玉树人民要世世代代铭记,全国各族人民的大爱要世世代代传承!"

是啊!今天,当我们站在当代山观景台上,俯视这片曾被地震蹂躏、肆虐的江源大地,谁的心里不充盈着对党、对祖国、对全国人民的感恩之情呢?

玉树重建,为我们建起的不仅是美丽的家园,还建起了一个让玉树人不忘初心、凝神聚力的精神家园,让大爱同心、感恩奋进的集体力量，坚韧不拔、挑战极限的时代精神在玉树扎根。而玉树地震作为毁灭中见证复生、痛苦中感受坚强、重建中凝聚大爱的感恩文化遗产，必将成为激励玉树人民团结奋进的精神财富。

玉树人民深知，玉树灾后重建取得的重大成果，离不开党的领导、全国人民的全力支持；离不开省委、省政府的精心组织；离不开援建各方的艰苦努力、各路建设大军的倾情奉献；离不开灾区各族人民的参与支持、玉树社会各界的理解；离不开全州各级党政组织的履职尽责、党员干部的倾力有为。

三年的艰辛努力，使新玉树傲然屹立于三江源大地，为世人所瞩目；三年的鏖战奋斗，彰显了社会主义制度的优越性，彰显了党和国家对玉树地区的特殊关爱，唱响了玉树人民弘扬伟大的抗震救灾精神、感恩奋进的劲歌。

没有人会忘记那段刻骨铭心的日子，更没有人忘记，当大灾降临之时，全国各地手足同胞伸出热情的双手拥抱玉树人民，向这片遭受摧残的土地献出炽热之情，用人间大爱、用生命和汗水谱写出一曲曲壮歌，彰显出大爱同心、坚韧不拔、挑战极限、感恩奋进的伟大的玉树抗震救灾精神。

大爱在延续，感恩奋进的步伐永无止境。

玉树不会忘记，玉树也不能忘记，玉树人民将永远铭记党中央、国务院和全国人民的恩情！同心协力，发扬"感恩、自强、包容、创新、和美"的新玉树精神，铭记习近平总书记对三江源生态环境保护的指示，担当起生态保护的历史责任，像保护眼睛一样爱护一草一木，把三江源打造成美丽中国走向世界的绿色名片，让玉树人民过上幸福美满的生活。

让我们一起深切缅怀在抗震救灾、玉树重建中献出生命的烈士和献出爱心的每一位中国人，向在重建玉树的过程中作出卓越贡献的援建者表示崇高的敬意，让我们为他们献上玉树草原最圣洁的哈达、最美丽的格桑花。

本文定稿于2017年6月

雪山啸音

可可西里，雪域高原上的一片净土。

曾经，盗采沙金者肆意横行，盗猎藏羚羊分子肆虐霸道，这种破坏可可西里生态环境的行为给当地人留下了挥之不去的阴影。

为了保护可可西里，为了让这片土地的生态系统更加和谐、稳定，可可西里巡山队的队员们付出了常人难以忍受的代价……

在全球性生态危机之中，以生态整体观为引领考察人与自然的关系，维护生态安全，决定了我们不能再从人类中心主义出发、以人类利益作为价值判断的终极尺度。从20世纪80年代末至21世纪初，由于人性贪婪无度而导致的对可可西里自然保护区野生动物的肆意屠杀，成为人们心中挥之不去的一道阴影。与此同时，为了保护野生动物，为了保护可可西里这片净土，为了确保这片土地生态系统的整体和谐、稳定和自然存在，可可西里巡山队的队员们踏冰卧雪、浴血奋战，身心付出了常人难以忍受的代价……

20世纪80年代末，被世界纺织业认定为"纤维之王"的藏羚羊绒（波斯语音译为"沙图什"），给国家一级保护动物藏羚羊带来了杀身之祸。重仅100克的沙图什披肩，在南亚、中亚和欧美国家市场的售价竟达到了5万美元。受高额利润驱使，许多妄想发大财的人，在生态环境极为脆弱的可可西里，用现代武器肆意屠杀高原上的野生精灵，使这片苍莽高地，多出了一条阴暗的"黄金通道"。至1985年，不法分子滥杀藏羚羊、威胁其他野生动物生存的暴烈行径愈演愈烈，藏羚羊濒临灭绝，可可西里脆弱的湿地生态环境遭到严重破坏。

二十多年过去了，经过可可西里自然保护管理局的艰辛努力、巡山队员的苦苦坚守，藏羚羊种群数逐年增多，可可西里的生态环境得到了改善，据最新版《世界自然保护联盟濒危物种红色名录》显示：因保护得力，藏羚羊已从"濒危"降为"易危"。

2017年7月7日下午3时，在波兰克拉科夫举行的第41届世界遗产大会上，经世界遗产委员会一致同意，青海可可西里获准列入《世界遗产名录》，成为中国第51处世界遗产，也是我国最大的世界遗产地，填补了世界第三极——青藏高原无世界自然遗产的空白。

当这一令人惊喜万分的消息传到青海，传到可可西里，当这片雄踞于青藏高原的旷野再度受到全世界瞩目的时候，最应该感到欣慰的是谁呢？是生活在这片高地的藏羚羊、野牦牛、白唇鹿、雪莲和紫花针茅，还是终年守候在可可西里，面对死亡和恐惧淡然一笑的巡山队员呢？对于这片长期习惯孤独、沉默不语、不善张扬，曾经遭受过踩躏的大地而言，又将意味着什么？

英雄杰桑·索南达杰

在远方，在被称为最后一片净土的荒野可可西里，曾经有一位勇士，为保护人类的家园、野生动物的天堂，与盗猎者殊死搏斗，英勇牺牲。

那一天，是可可西里一年四季中最寒冷的日子。

那一刻，流尽最后一滴热血的勇士杰桑·索南达杰匍匐在冰冻似铁的地上，怒目圆睁，犹如一尊冰雕。

那一夜，呼啸的野风变成了一只只巨眼，愤怒地凝视着苍莽大地。

连沉默的天空，也发出了惊叹。

记忆似乎并不遥远，刻在心头的伤痛还未完全平复。

1994年1月17日，首任西部工委（全称是中共青海省玉树州治多县委西部工作委员会）书记杰桑·索南达杰带着4个队员，抓获了20名盗猎者，缴获了1800张藏羚羊皮、7辆汽车。

当天，索南达杰带车队出发，押送盗猎者返回。

夜晚，风雪交加。4个队员折腾一天，精疲力竭地赶到大雪峰下。天色漆黑，索南达杰担心盗猎者被冻死，让他们坐在驾驶室里，自己则驾车出去探路。

索南达杰离开后，20个盗猎者悄悄商量，想把吉普车下面的机油帽拧掉，等第二天油漏完了，车队被困，他们好乘机逃跑。可晚上一直没机会下手，探路回来的索南达杰手持冲锋枪，一夜没睡，守到天亮。于是，盗猎分子又密谋出另一个方案。

第二天，走了大约四五十公里，车队来到太阳湖附近的马兰山。此处地形复杂，犬牙交错，北京吉普颠簸严重。已经三天没吃饭，几夜没睡觉，身体极度虚弱的索南达杰，实在受不了颠簸，坐到了老马的卡车上。吉普车里剩下了韩伟林和靳炎祖，所有的资料、笔记、地图、行李和几十条枪都放在吉普车里。行至太阳湖西岸时，索南达杰所乘的卡车两个左轮爆胎，于是他随即命令韩伟林和靳炎祖，加速前进拦住前面车辆，让盗猎分子停车烧水做饭。

晚上8点，太阳就要落山。韩伟林、靳炎祖至太阳湖南岸，赶上车队，又派一辆租来的车去接索南达杰，其他所有被缴获的吉普车和大车均排成"一"字形，西部工委的吉普车则停在大车队对面随时待命。

盗猎者下车开始烧水做饭，可可西里冷得能将人轻易冻死。

韩伟林坐在驾驶位上，腿上裹着大衣。"你们怎么不烧水？"一个身材高大的盗猎者下车，"水烧着呢，局长，外面太冷了，进来坐。"那些盗猎者都管政府的人喊"局长"。靳炎祖见一盗猎者在吉普车里拿喷灯喷着管火，火上是一个铁杯子，里面的水快冒气了。靳炎祖好几天没喝水吃饭，那杯热水的诱惑力太过巨大，于是他上了后座。就在这时，副驾驶位上有一人急转回身，一把揪住他的头发，旁边的人抓住他的胳膊，外面的人则打开门，将他三下两下拉了出去。正想挣扎时，一个铁棒砸在他腰上，将他打翻在地。

此时，韩伟林在车上昏睡，什么也没看见。

一个盗猎者走过来招呼："我们烧好了茶，你把碗拿过来。"

韩伟林比靳炎祖警惕："不要了，我不喝茶，再说我也没有碗。"

"我们有，给你端过来。"那人殷勤地一手端碗开水，一手托着碗炒面走过来。

韩伟林把冲锋枪放到副驾驶座上，打开车门，两手去接水和炒面，眼看要接到时，那人手一松，两只碗掉在地上。啊！韩伟林不由得叫了一声。那人顺势抓住他的双手往外急扯，韩伟林腿上裹着大衣，无法借力，"扑通"摔倒在地。

一个盗猎者从另一边打开门，拿起冲锋枪，七八个人围上来一阵毒打，韩伟林昏了过去，醒来后接着又被打。很快，他被打得血肉模糊，神志不清，和靳炎祖一起被扔到西部工委的吉普车里。

夜黑得愈加深沉恐怖，反绑在后排座上的靳炎祖，头上套上了狐皮帽，挡住了眼睛。韩伟林被反绑在驾驶座上，嘴里塞了床单，不能动，但眼睛却看得清清楚楚。借一束束车灯，他眼看着盗猎分子拿出吉普车里的几十支枪，装上子弹；眼看着他们人手一枪，排兵布阵；眼看着他们将车发动，一辆辆排成弧形，面对着索南达杰回来的方向。

车灯熄灭，可可西里陷入死一样的沉寂，恐惧和死亡令人窒息。

夜深了，天气奇寒难忍，大地变得愈发僵硬、冷酷。远处，车灯闪亮，索南达杰的车越走越近，越走越近，在车阵前停了下

雪山啸音　169

来。几秒钟后，他下了车，有所警觉地慢慢走来，自言自语："出事了。"盗猎分子慌乱起来，18个盗猎者（还有两个因高山反应起不来了），一起举起枪，对准了他，索南达杰迅速拔出那支旧五四式手枪。

"太大意了！"他走上前，一个盗猎者从对面走来，好像在与他打招呼，可走到跟前时，却突然冲上前将索南达杰抱住，扭作一团。索南达杰将其猛然摔在地下，抬手一枪，那人再也不动。

生锈的五四式手枪居然打响了！但这时，所有车灯打开，照亮了索南达杰，一排排罪恶的子弹一起射向他，射向了这位临危不惧、英勇还击的孤胆英雄。

突然，不知中弹多少的索南达杰单膝着地，艰难地绕到车后。看不见人，但枪声仍在持续。此时，韩伟林和靳炎祖听到子弹不断击中汽车的声音，索南达杰竟然凭一支旧枪打烂了大部分车灯。

枪不响了，可可西里静悄悄的。过了好久，盗猎分子狂喊着让司机把车开走。

车开走了，灯光下，索南达杰匍匐在地，右手持枪，左手拉枪栓，怒目圆睁，犹如一尊冰雕。

噩耗传来，可可西里寒风四起，冰山动容，茫茫雪域沉浸在巨大的悲痛之中。善良的人们被激怒了，正义的人在呐喊，在呼号……

杰桑·索南达杰牺牲了，倒在冰冷的土地上，倒在盗猎者疯狂的枪口下。在他的巨大影响下，原玉树州法制委员会副主任奇卡·扎巴多杰，主动请求辞去人大法制工作委员会副主任的职务，前往可可西里重建西部工委，担任治多县县委副书记兼西部工委书记，于1992年7月，组织中国第一支武装反盗猎队伍——

"野牦牛队",接过了保护可可西里的重担。

2000年10月,可可西里自然保护区管理局成立,"野牦牛队"并入。自此,以森林公安局可可西里管理局分局为主体的全体队员,继承索南达杰遗志,沿着他走过的光辉足迹,在4.5万平方公里的无人区开始了更具规模的禁采封育,严厉打击盗猎分子残暴行为,还可可西里安详、明净的武装反盗猎行动。

反盗猎最管用、最直接、最原始同样也最艰苦、最历练人的手段,就是深入可可西里腹地巡山。

对可可西里的爱恋

《四天星》中的话,需要我用一生来琢磨。为此,我感到幸运。

> 愿所有的生灵随幸福,
> 和幸福的源泉而得以增强。
> 愿所有的生灵从痛苦,
> 和痛苦的来源中得以解放。
> 愿所有知觉的生灵摆脱怨恨和奢望,
> 协心同心,以平等的思想。

几千万年前,当造物主将印度板块挤压到欧亚板块下方,让青藏高原隆起、海水退却。是否想过,雪山丛中、高原深处,残留着海的踪迹,也留下了不畏氧稀天寒的雪豹、藏羚羊、野牦牛、野驴、高原鼠兔和狼。它们生存在可可西里,拒绝被征服、干扰、残杀,更拒绝同情。

雪山啸音　171

4月的一天,可可西里如严冬般寒冷,点地梅、镰形棘豆、匍匐水柏枝、风毛菊和喇叭花尚不见踪影,只有布喀达坂雪山,只有布满砂砾的赭黄色土地,在阳光下反射着荧荧雪光。

由于海拔4600米以上的高度,可可西里自我封闭、独成体系。除短暂夏日山花烂漫、河流纵横、湖水荡漾,大部分时间风雪交加、冰川密布。

不知又过了多少年,生命力顽强的野生动物野牦牛、藏野驴、白唇鹿、雪豹、藏羚羊、金雕占领了这片雄踞于青藏高原的热土,以特有、自然、纯粹的方式繁衍、生存、壮大。自从有了它们,可可西里这片不同寻常的土地,才被赋予了新的思想、新的境界、新的含义,才孕育出大自然本身强悍的意志力和人类超乎寻常的勇敢、坚韧、乐观。

这就是可可西里非凡的历史与现状,流传在民间的有关杰桑·索南达杰牺牲的故事、"野牦牛队"的故事、藏羚羊的故事、巡山的故事,如同阵阵啸音,绵长恒久,也迫使更多的人,不得不重新审视,在这片卓然不群的地域内,舍命守卫她的人。

十多年后,我再次踏上这片难以忘怀的冷峻之地。当我久久地、久久地凝视与苍天紧紧相依,自地平线缓缓浮现的莽莽大地、三江之源,感受到的,又何止是神奇与庄严。

我结识的第一位巡山队员叫嘎玛才旦,他一直在驾驶车辆,以至于使我仅能通过他的背影、举手投足,观察他作为一名老巡山队员的果敢、敏捷和干练。之后,我又认识了罗延海、才仁桑周、旦正扎西、赵新录、詹江龙、尕玛土旦、拉龙才仁、文尕宫保,年轻的队员龙周才加、袁广明和索南达杰的亲外甥普措才仁、秋培扎西。

在很多人眼里,他们只是一群默默无闻的人。但,就是这些人,却铸就了和平时代伟大、崇高、无私、忘我的精神。他们每一个人都是动人心魄的故事,肩负着可可西里的现在和未来;他们用行动诉说着巡山路上的艰难、痛苦与悲壮,表达着他们对大自然、对这个世界无限的爱恋。这些故事不像是发生在今天,硝烟、鲜血、寂寞、悲伤,使我们望而生畏;正义战胜邪恶时,大地发出的阵阵欢唱,使我们悲喜交集。

血雨腥风的青春

1997年,春节刚过,从部队复员的罗延海、詹江龙、赵新录、拉龙才让、旦正扎西、才仁桑周等13人一起告别玉树州结古镇,经曲麻莱县进入可可西里。

来之前,罗延海就听人讲过索南达杰的故事,以为可可西里最大的考验来自盗猎分子的威胁,能成为一名森林公安,拿起真枪实弹和凶残的盗猎分子战斗,是一件无上光荣的事。可是,野生动物的天堂,高原野生花卉绽放吐蕊的清净之地,并非人类的温柔之乡。严酷的自然环境、极度缺氧的可可西里,根本就不是一般人能承受得了的。

当天夜里,狂风怒吼,荒野空旷,几只乌鸦在头顶盘旋。罗延海头疼欲裂,彻夜难眠。可可西里如同深不见底的大海,神秘莫测。孤独、寂寞、恐惧,还有难以忍受的高山反应,一齐向他袭来。他开始后悔,开始害怕,开始担心。难道这就是自己将要守护一生的土地,难道这就是自己度过青春岁月,实现远大抱负的地方?

那一天,正值隆冬,罗延海没料到,他和他的战友们踏上的，是一条常人无法想象、无法承受的巡山之路。这一走，竟走了20年……

沿青藏公路攀援而上，玉珠峰雪山连绵，长江源头的重要支流楚玛尔河，流淌在可可西里宽阔的胸膛上。度过缓冲区，再往前，昆仑山、阿尔金山威严冷漠，布喀达坂峰就在眼前，海拔越来越高，空气越来越稀薄，至可可西里核心区时，海拔已升高至5000米，含氧量不足海平面的40%。

尕玛土旦是队员中个头较小的。他最早一次进山巡护和战友吕长征在一起。那时候，资金紧缺，连一顶帐篷都没有，只能在冰天雪地里挖个坑，铺上塑料睡在里面。几年后，有了帐篷，可搭帐篷需要4个小时，等钻进帐篷躺平身子时已筋疲力尽，连吃饭的力气都没有了。再后来，搭帐篷的功夫练好了，只需要30分钟。但是，不管他们多么努力，恶劣的气候无法改变，缺氧造成的身体不适，成为一直困扰着他们的难题，让他们吃尽了苦头。一旦感冒，接踵而来的肺气肿、肺水肿，随时都有可能夺去他们的生命。

我没有见到吕长征，他也似乎不愿重提旧事。吕长征今年54岁，曾经有两次巡山时差一点因高原肺水肿失去生命。第一次是2002年12月，在新疆、青海、西藏三省交界带驾车巡逻的吕长征，突然感觉肺里"气不够用"，下车走了几步，便昏倒在地。经过两天一夜的抢救后，仍不见苏醒，沾着一层泥土的眼睑，紧绷着已经不能闭合。医生告诉领导、家属，如果第二天中午12点还醒不过来，就准备后事吧！

妻子和孩子跪在床前，哭得有气无力。

可是，奇迹发生了。第二天11点半，医院抬他的担架已经放在了病床前，吕长征却突然醒了："你们哭啥？"

还有一次是2007年，刚进山的吕长征患了感冒，咳嗽、气闷，症状和五年前一模一样，只剩喉管上半截在吸气。因为有了上一次的经验，巡山队迅速撤出，急忙送他到医院救治才保住了命。

按常规，管理局一年必须多次巡山，每支队伍5人一组或7人一组，全年不断。巡山时间，短则20多天，长则40多天。为了节省车辆、多坐一个人，每个人的行李都减到最少。白天赶路，晚上挤在车里睡觉。没有被褥，也舍不得开暖气，冻得受不了，就下车转圈，暖和点了，再上车挤在一起。一天、两天……连续几十天下来，巡山队员个个蓬头垢面，形容憔悴。长长的胡子，裹着脏大衣，活脱脱一群"野人"。

巡山期间，队员们每天的睡眠最多保证4个小时，有时更少。巡山途中，饿了啃一口干饼子，渴了喝一口冷水，没水了，只能喝雪水。晚上，如果能用喷灯打着火，煮一包方便面吃，就已心满意足。常年累月的露宿、失眠、颠簸让队员们疾病缠身，胃病、腰椎间盘突出、关节炎成了常见病。年纪大的，只能靠大把的进口药维持体力。

森林公安分局成立初期，武器装备十分简陋，只有一辆北京吉普，枪支严重不足，外出巡山的队伍只有一支枪。为了震住有枪的盗猎者，巡山队员每人配发一个枪套，枪套太轻，就在里面装满石头，看着好像有枪。每当发现盗猎分子，就拍着枪套慢慢走近，一边大声呵斥，吓住对方。自然，也有吓不住的亡命之徒。

有一次，赵新录带队进山，发现一伙盗猎团伙。这些家伙一定是看穿了队员们的演技，一见他们就开始没命地逃跑。赵新录说，遇到这种情况，玩命的时候就到了。5000米的海拔，奔跑如同酷刑，肺都要爆炸了。这时，拼的就是毅力。追到最后，盗猎分子实在跑不动了，倒在地上，队员们扑上去铐上手铐，同时，

雪山啸音

自己也倒在地上，大声咳嗽，大口喘气，呼吸都带着血腥味儿。等喘过气来，才发现对方的子弹上了膛，其中一发子弹已经击发。幸运的是，那是一发哑弹，没有打出去。当时，一心只想着抓住他，回头一想还真是有点后怕，也不知他是冲着谁开的枪。

1997年8月，保护处在进入可可西里的咽喉地带不冻泉设立了第一个保护站，严查来往车辆。所谓保护站，不过是两顶简陋帐篷，由队员分组轮流值守。白天检查车辆，晚上挤在一个帐篷里。夜里一旦有车辆通过，就出来盘查，根本不敢睡觉，一个月后，回格尔木洗个澡，带点吃的，就又返回站里。

没想到，设站第二天，驻守在不冻泉站的队员就查获了一桩盗猎大案。一辆康明斯大卡车飞驰而来，车上带有血迹的尿素袋引起了队员们的注意。经过仔细盘查，发现袋子里装的全是藏羚羊皮。这个案子让在场的队员们感到在此设卡，受苦也值得。一年后，管理局在楚玛尔河设立了第二个保护站，之后又成立了索南达杰保护站、五道梁保护站、沱沱河保护站，每年夏天，还要在卓乃湖、太阳湖设季节性保护站，让雌性藏羚羊在巡山队员的保护中待产分娩。

队员们每年巡山十多次，可可西里的每一座山、每一条河、每一片湖都印在了巡山队员的脑海里。有一年夏天，队员们进入卓乃湖保护站巡山，留下詹江龙一人驻守。等了几天，不见战友归来，他内心忐忑，怕战友们迷路或者遭遇陷车，就开车深入海拔4800米的腹地寻找，结果没找到，又返回卓乃湖保护站坚守了20多天。当时，天气突变，加上他煤气中毒，身体严重透支，决定独自返回。途中，车辆陷入沼泽，他一个人，挖几分钟，躺一会儿，起来再挖，挖了6个小时，才出了沼泽地，与救援队会合。

可可西里气候严酷，冬季天寒地冻，极端最低气温可至零下

46℃，遭遇冰河，队员们得刨冰垫石，手脚浸在刺骨的冰水里。夏季冰雪融化，巡山的车辆随时会陷入没有尽头的沼泽、泥淖，寸步难行；遇大河挡道，为减轻重荷，队员们需要下水把车上所有的辎重扛过河，如果一天陷进去十几次，得靠队员们用铁锹一锹一锹地挖，有时候还得用手挖，好不容易挖出来了，没走几步又陷进去了。

队员们虽大部分身材魁梧、体格健壮，但因为缺氧，每挥一锹，都会消耗很大能量，加之所带食物有限，挖出车辆的时间有时会长达五六个小时。所以，更多的时候，队员们不但要忍受高寒环境带来的身体不适和高强度劳动带来的辛劳，还要忍受饥渴，不停歇地用铁锹挖车。为了不使自己倒下，为了能活下来，他们一边干活，一边唱歌给自己鼓劲。车每挖出来一次，他们都会像孩子一样欢呼雀跃，即使前方有更大的困难，即使前方有更大的威胁。

有一年夏天，已经是队长的罗延海，带着巡山队去追踪盗猎分子，行至途中，车陷入泥淖，只能用石头垫路一点一点往前挪。到了傍晚，当过火箭兵的拉龙才仁，实在挺不住了，对他说："队长，我的眼前全是星星，我能不能坐一会儿！"

罗延海放下手中的铁锹，眼里满是泪水。拉龙才仁是个单纯的康巴汉子，他是实在没力气了，才会说这样的话。可巡山队员中，哪一个不是和拉龙才仁一样，不到精疲力竭的时候，绝不轻易说出休息这两个字。

和平年代的枪声

每逢巡山队破获大案，经常因为自身人员太少而给押解罪犯、收缴车辆带来很大困难。所以，与盗猎分子周旋，既要斗勇，又要斗智。在无人区，抓获盗猎分子后，即使押解人员几天几夜不合眼地看管，仍有不少狡猾的盗猎分子，在巡山队员极度疲惫时，打伤巡山队员逃跑。

有一次，在押送途中，两名盗猎分子竟然从车上逃跑了。戴着手铐、脚镣还能跑？带队的赵新录非常气愤，感到被盗猎分子欺骗了。经过仔细检查才明白，两个盗猎分子事先在衣服袖子里藏了打开手铐和脚镣的钥匙和锯条，手铐钥匙是通用的，而利用座椅作为掩护，可以偷偷锯开脚镣。

这让当过兵的赵新录郁闷至极，充分领教了盗猎分子的狡猾。此后，他变得更加谨慎，再也没让盗猎分子从他手里逮到一次逃跑的机会。

巡山过程中，巡山队队长肩负着更为艰巨的重任。不仅需要观察天气、地形、车辆状况，包括队员的情绪、身体，更重要的是，需借助巡山、办案经验，作出准确、迅速的判断，决定下一步的行进路线、方案，否则就会让全体队员面临生命危险。王周太担任第一任巡山队队长时34岁，罗延海担任第二任巡山队队长罗延海时24岁。然而，艰苦的巡山经历，已然把他们打磨成了优秀的指挥官。

2005年12月25日，保护区腹地发现被不法分子残酷猎杀的藏羚羊尸体。根据案情分析，盗猎分子已将以往长时间、大规模猎杀藏羚羊转换为零星猎杀、迅速撤离，手段更为灵活。

根据盗猎犯罪的新动向，管理局详尽分析后认为，在距离保护区不远的区域内，一定有收购藏羚羊皮的非法窝点。

同一天，指挥部派侦查经验丰富的巡山队长王周太，前往青藏公路沿沱沱河、雁石坪一线进行秘密侦查。因为犯罪分子过于狡猾，王周太装扮成商人打入团伙内部，与犯罪分子进行了14天机智勇敢的周旋，确定雁石坪一带有非法收购野生动物产品的窝点。

11名森林公安民警和林政人员组成的特别行动组，乘3辆车，于7日下午3时出发。第二日零时，到达距雁石坪30多公里的目的地，迅速实施抓捕。根据犯罪嫌疑人供述，特别行动组又连续作战，前往雁石坪捣毁了另一处存续长达8年，盘踞青藏公路沿线，进行非法交易珍稀野生动物产品的窝点。

2003年4月，一个盗猎团伙从海西州花土沟经阿尔金山，潜入可可西里，位置大概在布喀达坂山一带。得到消息后，巡山队长罗延海立即带着巡山队员，向可可西里腹地挺进。

赶到山下时，大雪纷飞，四野茫茫，眼看着河对岸就是布喀达坂山，但唯一能绕过这条河的路被大雪吞没，队员们只好在河边安营驻扎。

第二天清晨，雪停了，队伍好不容易过了河，可大雪封山，依然无法进入。局领导命令取消这次任务，但队长罗延海实在不甘心就这么回去，正在和队员们沿河来回巡视，突然，两行清晰的车辙印，让他们发现了盗猎者的踪迹。

沿车辙印行驶至河口，两辆绿色的吉普车停在河岸。车上没人，根据车上的东西判断，一定是盗猎分子的车。队伍便立即返回，在山下找见了藏匿4个盗猎分子的两顶帐篷，搜出了枪支弹

雪山啸音　179

药、几十个编织袋、大量匕首，还从一个人身上搜出了一个包裹严密的塑料袋。

其他队员去现场取证，行事谨慎的罗队长打开了那个塑料袋。

想不到，里面竟装着一封情书。

罗队长马上对盗猎分子进行了审问：

"这封信是带给谁的？"

"是我们在花土沟集结时，一个女的托我带给'少爷'的。'少爷'答应，十天后返回花土沟与她见面。可是，二十多天过去了，还没见'少爷'回来，女的心中着急，托我带了这封信。"

"少爷"是谁，他们又在哪里呢？

罗延海思索片刻，迅速作出判断，定有另一股盗猎团伙在可可西里疯狂作案，便连夜押送罪犯返回局里。第二天，罗延海和6名队员带着送信的家伙，马不停蹄地向可可西里深处再次进发。

山下，积雪渐渐融化，队员们在布喀达坂山下每走一步，都喘着粗气。经过一周的艰难追捕，4月14日，在青新交界处，队员们抓获了4个手持武器企图逃跑的罪犯。但，这4人中没有那个叫"少爷"的人。

难道，前方还有更猖狂的盗猎分子在作案？罗队长心急如焚，立即决定，留下两个队员控制罪犯，其余5人继续猛追。几天后，在一片避风的地方，终于看见了盗猎分子驻扎的帐篷。

眼前的场景极其惨烈，令巡山队员不忍目睹。藏羚羊尸横遍野，刚刚剥下的藏羚羊皮到处都是，帐篷前的一条河已经变成了红色。此时，队员们的眼里喷出了愤怒的火焰，一起冲上去，拿下了这些残忍的暴徒，如若不是法律约束，真想一枪毙了这些坏蛋。

这一次，那个叫"少爷"的人，就在其中。是无耻的贪欲，让他在可可西里多待了20多天，是思念他的女人写给他的这封情书，帮了队长罗延海的忙，让巡山队按迹循踪破获了这起可可西里武装反盗猎史上的"9·5大案"。

气疯了的罗延海抓住这个人的领子，把他拖到鲜血淋漓的藏羚羊尸体前。被枪杀的母羊肚子已被毫无人性的盗猎分子割开，成形的羔羊被活生生拽了出来。见此惨景，队员们伤心地流下了眼泪，这是巡山队员最不愿看到的一幕。

但，这个外号叫"少爷"的人无动于衷。

"9·5大案"的破获，破案历时46天，共收缴一千多张皮子，7辆车，武器多件，队长罗延海荣立个人二等功。

与这片土地共生死

从不了解到认识，从喜欢到深深地热恋上这片土地，可可西里自然保护区管理局的每一个人，都有过难熬的经历。4.5万平方公里的保护区，37位工作人员，平均每人1000平方公里的保护范围，就像他们苦心经营的家园。多年后，当他们看到藏羚羊健美的身姿奔跑在草原上、公路边，看到坐在火车上的孩子指着飞驰而过的野驴、野牦牛，和母亲发出欢快的笑声时，他们觉得自己付出的辛劳、汗水，甚至血水都是值得的。

而事实是，从人类文明进步的角度讲，可可西里是最富有诗性的一片沃野，充盈着独立、向上的精神。野生动植物的生命力，宏大辉煌，鼓舞着巡山队员的士气。同许许多多只有俗人没有英雄，只有艳歌没有诗歌的地方相比，可可西里野性的力量更

雪山啸音　181

富有大地的气质、生命的斗志,而这种力量又促使为此搏斗、献身的巡山队员们,拥有了与这个世界共享的生活意义。

巡山队员大部分是藏族,从小生活在玉树,耳濡目染,受到的教育让他们的思想、情感早已与可可西里的野牦牛、野驴、藏羚羊,与蓝天上的巨鹰、金雕,与大地融为一体。他们的守护不仅赋予了这片苍莽之地永远的生机,也赐予了自己不断新生的动力。他们深知如何在脆弱而有限的自然环境中生存;他们也知道,如何珍惜身边的一草一木、山水湖泊。与生俱来的生态伦理,对于宇宙、自然、人生的理解,决定了他们的观念、行为,精神和物质文化都以协调人与自然关系、保护自然环境、爱惜自然资源为基础。这也是他们为什么能够在如此严酷的生存环境下,甘愿承受肉体折磨,坚守其中的一个理由。

2000年,尕玛土旦被分配到五道梁保护站。一年多后,又到了索南达杰保护站。一次巡山返回途中,车翻了。醒来后,大家都在往外爬,他却动不了。驾驶员文尕公保把他从车里抱出来,一摸满脸的血,他的头皮居然连着头发,被撕裂到了后脑勺……

文尕公保跳上另一辆车,带着尕玛土旦和断了肋巴骨的更嘎疯了一样往格尔木赶。可是,车速快了,更嘎疼得直叫,车速慢了,尕玛土旦头上的血,流得太多太可怕,急得文尕公保快要哭了。

到了纳赤台,尕玛土旦感到自己快不行了。

他努力睁开眼睛,看到了车窗外,那点缀着几株青草的绿地。

你们选一块草长得好的地方,把我放下,走吧!能躺在这片草地上离开人世,我死而无憾!

那是一点点可怜的,刚刚泛出绿意的青草地,可是尕玛土旦觉得这点青草地已经足以承载他渴望与大地融为一体的心愿。

尕玛土旦长得并不高大，甚至很秀气，性格风趣、幽默。

究竟是什么力量，让当时还很年轻的他，能够这样坦然地面对生死？

出生在草原上的拉龙才仁说，在草原上生活的人，似乎就是草原上的一个食物链，生存来源于牛羊，最终又归于草原。

普措才仁，南京森林公安学校毕业，是连续三年的散打冠军。15岁时，舅舅索南达杰的牺牲，给他留下了深刻的印象。父亲扎巴多杰在生前就嘱咐他，长大后，要为保护可可西里而战。巡山中，常常会碰到野生动物，普措才仁告诉我，其实，狼、棕熊并不可怕，你不招惹它，它不会轻易攻击你，只有碰到被群体抛弃又只能独处的野牦牛才会有危险，惹了它，它会在暴怒中顶翻巡山的车辆。

受他们的影响，巡山队的汉族队员罗延海、赵新录、魏生忠、韩宗隆和藏族队员们一样，对可可西里充满了敬畏感。可是当年，20岁的罗延海，并没有深刻体会，直到有一天，队员们从山上带回来一只失去母亲的小藏羚羊。

那天，在家的队员、家属非常开心。特别是家属，常听丈夫念叨藏羚羊，可这么近距离地见到，还是第一次。他们欢天喜地地给小藏羚羊腾出屋子，买了空调，还牵来一只母山羊，预备给小藏羚喂新鲜羊奶。

可第二天，小藏羚就不行了。拉了一天肚子，吃不下东西。焦灼不安的才噶局长，连忙命罗延海抱着小藏羚去了兽医站。可那天是周日，兽医站关门，罗延海来不及多想，就带着小藏羚赶到了格尔木人民医院。

进了急救中心，医生、护士误以为襁褓中的小藏羚是孩子，忙叫放到床上，可包裹一打开，医生护士傻了眼。

罗延海急忙解释：我们不是来给医院找麻烦的，也不是和你们开玩笑的，救救它吧，请你们救救它！

看到一脸紧张之色、气喘吁吁的罗延海，医生感动了。可他没有治疗经验，只能冒险打一剂强心针。之后，几个人默默地站在床边，静静等待。过了一会儿，小藏羚抽搐了几下，停止了呼吸，一双无邪、闪亮的眼睛紧紧闭上了。

急救中心一片肃静，在场的人难过地低下了头。

医生连连道歉，为自己没能救活这只不会说话的野生动物深感愧疚。

步履沉重的罗延海抱着小藏羚羊出了医院大门。没想到，在家的所有队员、家属全都守候在门外，眼巴巴地看着自己。

泪水夺眶而出，年轻的罗延海感到从未有过的伤心、失落。逝去的生命如此脆弱，令人揪心。原来，死亡对人、对野生动物一样公平。

"大自然对人类的惩罚越来越多了，如果我们自己做不好，多年后它会以更猛烈的方式报复我们。"

2011年，布琼担任了可可西里保护区管理局党组书记，有一些人常常在他耳边嘀咕，"保护的目的在于利用"，可以在可可西里发展旅游、赚钱。布琼总是报以微笑，"这片湿地对陆地整个气候的平衡和调节至关重要，再多的钱也无法与之抗衡"。可可西里的生态环境究竟怎样，他心里清楚。全球气候变暖对自然生态环境的影响令人担忧。十多年前，布琼书记巡山时，手摸到铁皮上会感到生疼；早上从帐篷爬起来，眉毛、头上全是冰碴碴。现在呢？山里头温度上升了不少，湖水上涨，雪线退缩，雨季也增多了。青藏高原的冻土层，以前挖20厘米就能见到，现在挖下去1米还碰不到。

布琼认为，可可西里是一片神秘之地。一旦破坏，100年难以恢复。他希望可可西里永远保持神秘，不要留下人类太多的足迹。

巡山时，他总是叮嘱驾驶员按照原来留下的车辙走，尽可能不留下新的印迹。路上，只要见到矿泉水瓶，他都会停车下来拾捡。遇到青蛙和刚孵化的雏鸟，也会小心避让。为保护可可西里，玉树人民付出了很多。个中艰辛只有巡山人自己知道，但还是有人愿意"把一辈子扔到这里"。

布琼书记说："可可西里人爱可可西里。这就是我们在此守护的原因，没有别的理由。"

2017年7月7日下午，得知可可西里列入世界自然遗产名录时，布琼书记手中紧紧攥着手机，泪如泉涌。20多年了，被巡山队员舍命保住的可可西里，终于以得天独厚的高原生态系统、叹为观止的自然美景、完整的藏羚羊迁徙路线、丰富的生物多样性，赢得世界的高度关注和认可。作为国家级自然保护区管理局的党组书记，他觉得"完成了一生的使命"。然而作为可可西里永远的捍卫者，对可可西里的保护也应该从动物延展到更大的生态圈。

申遗成功的可可西里，并非一劳永逸。如果不坚守，盗猎者将卷土重来，无孔不入，罪恶的"枪声"随时会响。

一个人的卓乃湖

黄昏，坐在卓乃湖岸的旦正扎西，喘着粗气。

这是他喜欢的地方，可可西里腹地卓乃湖，缺氧严重，海拔高达4751米，终年寒冷。但，短暂的盛夏阳光明媚、繁花似锦。

雪山啸音　185

旦正扎西是一名野牦牛队的老队员，可可西里的守护者，他情愿在这样的夏日，离开基地格尔木，面对绸缎般华丽的卓乃湖遥望银色雪山；他宁愿离开自己的妻儿，守护在母藏羚羊身边严防盗猎，为它们驱赶来犯的飞禽，等待它们分娩育幼，直到每一只母羊带着小羊羔安全离去。

可此时，他眼里，蔚蓝的水域缥缈不定，忽而在天上，忽而在地上，连鹰隼的翅膀在空中轻轻滑过的身姿，都像是一道黑影在眼前闪动。

半个月前，他和队员们按常规来到卓乃湖保护站。几天后，潜伏在山里的盗猎团伙开始疯狂作案，其他队员被紧急调去配合巡山主力作战，卓乃湖只剩下他一个人。

一个人的日子很静，静到极点。时光似乎停止，只有心脏在微微颤动。旦正扎西在玉树长大，是草原的儿子。大自然养育了他，他终究也要回到大自然，变成一朵花、一棵草，或者一只羊、一头牛。对草原上生活的人来说，这是再平常不过的事。

为此，他心怀感恩，常常心无旁骛地对着太阳歌唱，对着月亮微笑。但是队员们走后，连天大雨让可可西里变成了沼泽地，运送给养的车辆进不来，他已经有5天没吃东西。

杳无人迹的可可西里越来越恐怖，越来越寂寞。白天和黑夜，湖水和草坡阴郁潮湿，像旦正扎西的心一样荒凉。没有人能够体会他绝望的心情，那种抓不住一丝生命气息的恐惧。

雨中，镰形棘豆紫色的花，开得更润、更美，如紫色迷雾、紫色河流，无限伸展，看不到尽头。他无力地躺在沙砾上，摘下一片花瓣塞进嘴里，揪下一根野葱含在嘴里。但植物的味道，让他的心空空荡荡，胃里像有把大笤帚，扫来扫去，难耐饥饿。

前几年，盗猎藏羚羊最疯狂的时候，旦正扎西在巡山途中，经常会看到被盗猎分子猎杀后剥了皮的藏羚羊，看到懵懂不知、含着死去母亲鲜血淋漓的乳头使劲吮吸的小藏羚。每当这时，他的心总会痛苦万分。他不理解，为什么会有那么多人，为金钱残杀无辜生灵。从小生活在玉树草原的旦正扎西，憨厚、质朴，甚至不会说一句汉话。与生俱来的对大自然的情感，使他对野生动物充满了怜悯之心。

多年前的酷寒之夜，西部工委书记杰桑·索南达杰，遭到盗猎分子暗算，孤身一人殊死搏斗，献出了宝贵的生命。之后，悲愤的原玉树州人大法制委员会副主任奇卡·扎巴多杰，遵照索南达杰遗愿，前往可可西里重建西部工委，组织起中国第一支武装反盗猎队伍——"野牦牛队"，旦正扎西主动参加，成了其中一员。

血雨腥风的日子，"野牦牛队"在高寒地带日夜奔波，与疯狂的盗猎分子殊死搏斗的日子，一天天过去，队员们早已疾病缠身，心力交瘁。即便这样，旦正扎西也从没后悔过自己的选择。

小藏羚羊那双波光流转、含情脉脉的眼睛美极了。在保护站时，旦正扎西最喜欢做的事，就是盯着小藏羚羊的眼睛看。当然，小藏羚羊也会目不转睛地望着他，围着他转来转去。那几年，他和战友才仁桑周，在巡山路途中，碰见失去母亲的小藏羚羊，就把它们抱回来，嘴对嘴地喂食，用奶瓶喂羊奶，有时候，小藏羚羊还会钻进他们的被窝，和他们一起睡觉。

被救助的小藏羚羊很聪明，知道谁对它亲，谁对它好。从早到晚跟在他们身后，像孩子一样顽皮。养好伤，长大了的小藏羚羊，适应了保护站的生活，听惯了旦正扎西刺耳的口哨声和才仁桑周模仿它们的叫声，不愿意返回草原。旦正扎西和才仁桑周只好开车把小藏羚羊送到很远很远的地方，放归草原，让它们恢复野性。

想到这里,旦正扎西禁不住笑出了声。即便自己的孩子,也从没这么用心照顾过啊!

就在这时,一只孤独的野牦牛出现在山梁上。这是平日里队员们最担心的事。正常情况下,野牦牛、狼、棕熊绝不会轻易伤害人,只要你不去侵犯它们。但独处的野牦牛,是性斗中被淘汰、被驱赶的失败者,落寞、狂躁、凶悍。一旦招惹,后果不堪设想。有一次,队员赵新录惹恼了一只迎面而来的野牦牛,暴怒中,野牦牛把队员们乘坐的越野车都给顶翻了。

可是,这会儿,饥饿中的旦正扎西不这样想。他的眼睛突然亮了,他拿起身边的长枪,慢慢爬了过去。湖水的流线,从他的身体上滑过,风中波动着遥远的和声。有母亲的呼唤、姐姐的呢喃、妻子的嗟叹、队员们的歌声,也有雌性藏羚羊在迁徙路上留下的艰难足迹。

朝阳,映红了布喀达坂山的皑皑白雪。卓乃湖畔雌性藏羚羊年复一年积聚热量的产房、鸟类留下的余温,尚有一丝温暖的气息。卓乃湖,这片繁衍生命的热土,是祖先传下来的产仔之地、藏羚羊记忆中的天堂。

此刻,他意识到自己从未有过的衰弱。他知道,前方等待他的将是一场你死我活的搏斗。他渴望,这场残酷的战斗,足以让自己死得体面、悲壮。

旦正扎西在泥泞中缓缓爬行,像一位慷慨赴死的壮士。湖面平静,似铜镜闪亮。湖面波动,像他胸中剧烈抖动的心脏。他做好了战斗的准备,做好了死的准备。征服它,或者被它征服,被它撕成碎片,骨肉分离。荒野中,每一处细微的响动都会引起动物的警觉,敏感的野牦牛,仿佛预感到来人的疯狂,头也不回地消失在旷野里……

失望之极、遗憾之极的旦正扎西,无助地发出了一声长叹。他感到从未有过的虚弱……

湖水倒映着他的面孔,同泥水搅拌在一起的五官变得丑陋不堪、模糊不清。

"我得活下去!活下去!我的大限还没有到啊!"他扯着嗓子用尽力气狂喊一声,栽倒在地。

天黑了。拖起沉重的长枪,他慢慢地、慢慢地爬到山坡下,把枪藏在旱獭洞里。此时,他已无力带长枪返回。随后,他抬起头,艰难地望着远方,挣扎着站起,跟跟跄跄回到驻地钻进帐篷。

夜半时分,他惊醒了,不仅仅因为恐惧,更因为习惯。巡山的经验,让他明白,一个人独处帐篷的危险。避开公路偷偷潜入保护区的盗猎者和违法采金人员,一旦发现他孤身睡在帐篷里,会毫不犹豫地干掉他。无奈,他又强撑起身子,爬到采金人留下的壕沟里,躺下来,瞪着眼睛等待天亮。

翌日,大雨变成小雪。朦胧中,耳边传来几声鱼鸥凄厉的叫声。

旦正扎西吃力地爬出来,拿出队友留给他的一把小口径步枪。

许是和他一样,被饥饿冲昏头脑的鱼鸥,忽而在湖水上空盘旋,忽而在小河上飘浮,忽略了他的存在。

步履艰难的旦正扎西,沿着河流走了几个来回,屏住呼吸瞄准鱼鸥。一声枪响,鱼鸥在离他1公里的地方落了下来。

他内心一阵狂喜,连滚带爬,用了一个多小时,才爬到跟前,把猎物带回帐篷。又费了一个多小时,用高压锅勉强煮熟。忍受着饥饿带来的阵阵腹痛,连毛带肉,吞下几口,想了想,又留下一些以备后用。

5天后,气温骤降,雨变成了雪。两天后,雪住了,荒野被大雪层层覆盖,他又盯上了一只有气无力的高原鼠兔。

这一次,往日的经验有所复苏。他用泥巴裹住这只可怜的鼠兔,扔进烧红的石头窝。石头窝送出一股肉香,烧熟的鼠兔连泥带毛脱落得干干净净,旦正扎西靠它又挨过了几天。

之后,积雪厚重,天地惨白,再无任何踪迹,什么也见不到了。躺在土沟里的旦正扎西,奄奄一息,望着天空。

遥远的卓乃湖,天边的卓乃湖,宁静的卓乃湖。你那么美,那么骄傲,那么纯洁。我,堂堂男子汉,怎么能这么窝囊,饿死在你面前……

恍惚中,一只鹰飞来了,旦正扎西仿佛见到了亲人,回到了玉树草原。如果这只鹰能飞到故乡,给我的母亲捎句话多好!我只有一个母亲,一个姐姐,死后就再也见不到她们了。一朵云飘过来了,如果我能变成仙,踏着这朵白云飞到格尔木,回到战友身边有多好。

可是,鹰飞走了,云散了,旦正扎西却依旧躺在草地上哪儿也去不了。死亡的阴影、孤独的恐惧,像一群蚂蚁,啃噬着他的肉体、他的骨骼、他的心脏。

我死了没关系,尸首可以交给这里的野生动物,我从小在草原上长大,靠牛羊生活,本来就属于大自然。可我的领导怎么办,怎么向我的母亲交代,我的母亲又会怎么想。一个活生生的大男人,没让盗猎分子打死,却饿死在卓乃湖。

两行苦涩的泪水流了下来,旦正扎西哭了。他牢牢记着索南达杰交给自己的使命。可是,英雄真的不好当,他太害怕,太寂寞了!自己原本可以成为安安稳稳的草原人,无忧无虑的牧羊人,在含着霞光的晨曦中放牧、远游,在烧滚了奶茶的帐篷里,等待妻子双手端来的热饭……

又过了三天,局里的救援车终于开进来了。

那一天,汽车的声音由远及近。他听见了,晕了过去。

被战友抬到帐篷后,他美美地吃了一顿,睡了两天两夜。

醒来后的旦正扎西,惊魂未定,接下来又恐慌万分。他怎么也想不到,领导竟然作出了一个对他来说极其残忍的决定:命令旦正扎西继续留守卓乃湖。

这一次,旦正扎西吓坏了,几近崩溃。他像疯子一样,跟在领导身后苦苦央求:不要把我一个人留下,千万不要把我一个人留下,车上坐不下,我就跟在车后跑……

但是,能有什么办法,不是领导无情,而是卓乃湖必须有人坚守。这个季节,来自青海三江源、西藏羌塘和新疆阿尔金山地区的雌藏羚羊,正在卓乃湖生产,还有一些尚在迁徙的路上。随时都可能被盗猎分子袭击、枪杀。更严峻的状况是,据可靠消息,一股凶恶的盗猎分子正潜伏在可可西里腹地伺机作案,队员们要马上前去追捕。可依旦正扎西目前的体力,没法跟上队伍。

局里的车开走了,旦正扎西留了下来。

从7月进山到9月离开卓乃湖,从青草发芽到变绿变黄,旦正扎西在荒凉又美丽的可可西里腹地卓乃湖,独自坚守了66天,其中断粮22天。

驻站结束后,习惯孤独的他,很长时间不愿开口说话,成了一个沉默寡言的人……

巡山队员的情与爱

　　因为每一次进山巡护，都生死未卜，都意味着与家人的生离死别，管理局至今延续着一个神圣而庄严的礼仪。巡山队员出发前，在家的全体人员和家属都要出来送别，贴面、拥抱，为战友默默地祈祷平安。返回后，战友、亲人重逢，在家的全体人员和家属都要出来欢迎，贴面、拥抱，表达无以言状的激动和欣慰。当每一任局长——才噶、才旦周、布周，与队员紧紧拥抱，在队长的肩膀上重重拍上一下时，所有的语言、所有的嘱托、所有的期待尽在其中。

　　送走自己的丈夫，留在家里的妻子很难熬。年轻的时候，嫁给他们，是出于对野生动物、对大自然的喜欢，出于对他们的敬佩，可真的成为他们的妻子，就把自己这一生交给了无尽的思念、寂寞与牵肠挂肚的等待中。每当巡山队的车辆开出管理局的大门，她们的心便揪作一团。

　　丈夫在外风餐露宿，爬冰卧雪，做妻子的只能在家照顾孩子，祈祷平安。没有什么语言可以减轻她们的忧虑，没有什么天真的幻想可以让她们心神宁静，只有接到返回途中走上公路的丈夫报来的平安消息，只有听见管理局门外响起车声，只有看到丈夫安全归来的身影，才能让她们露出幸福的微笑，睡上一个安稳甜蜜的觉。

　　2005年藏羚羊产羔季节，曾经当过玉树军分区骑兵的拉巴才仁，从格尔木驾车进入卓乃湖腹地运送物资。返回途中，眼看车子马上就要行驶到青藏公路上了，一辆突如其来的大卡车突然撞了过来，驾驶室都被撞扁了。幸好解放军部队车辆路过，用钢丝绳把晕厥的拉巴才仁和车一同拉上公路。

队员们把昏死过去的拉巴才仁抬下来时，他的整个身子夹在压扁的驾驶室里，骨盆完全粉碎，髋骨露在外面。醒过来时，拉巴才仁没感到疼痛，只觉浑身麻木。他拿起自己的一块碎骨，看了看就扔掉了……

局里立即联系医院，做好准备，派人送他到西宁治疗。为了争取时间，让拉巴才仁乘坐当晚格尔木至西宁的火车，在队员们的再三央求下，火车特意晚点半个钟头等抬他的担架。

在医院，拉巴才仁连续做了9次大手术，每一次术后都疼得死去活来，像是在受酷刑。守在病床边的妻子心疼得失声痛哭，含着眼泪对他说："等你好了，咱再也不干这个工作了。不然，早晚会死在山里。咱回老家玉树，咱干点啥还不能把日子过下去。"

拉巴才仁紧紧抓着妻子的手："不要伤心，我是发过誓的，要一辈子保护可可西里，保护我们的家园。这次，这么大的车祸我都没死，就是神山布喀达坂知道我在保护大自然，有意护佑我。再说，我有你这么好的老婆，老天爷怎么忍心收我啊！"

听到丈夫的这番话，做妻子的还能说什么呢？只能把悲伤藏在心里，把眼泪吞进肚子里。

每一位巡山队员都有这样的体会。在追捕犯罪分子，在河水里抢运物资，在泥泞的道路上挖车排险的时刻，只想着赶快排除险情，赢得时间，完成巡山任务。可每次回到家里，见到妻子儿女，又总是把巡山途中遇到的危险、遭受的痛苦埋在心底，从来不对妻子说山里的事。

巡山队员中，魏生忠的开车技术是一流的。有他在，巡山车的安全就有保障，有他开车，巡山队长的心里就踏实。

那是魏生忠婚后一年多的春天，队员们已经做好了巡山准备，第二天凌晨就要出发，晚上，住在医院生产的妻子却难产了。

那一刻，魏生忠的心里特别矛盾。他想留下来，守在妻子身边，陪她度过危险的时刻，可一想到巡山任务，队员们期待的眼神，就什么也没说。

第二天晚上，巡山队夜宿卓乃湖。许是担心妻子心中焦虑，再加上车载的汽油太多，味道太重，睡在车里的魏生忠高山反应严重，脸庞肿大，嘴唇青紫，站都站不起来，而通过卫星电话得知的消息是，爱人难产两天两夜，还在煎熬之中。

才噶局长立即决定，马上送魏生忠下山。

一路上，抱着昏迷不醒的魏生忠，才噶局长又后悔，又难过。为了可可西里，为了完成巡山使命，魏生忠把对妻子的愧疚、不安、担忧压在心底，忍受了多么大的痛苦。不是巡山队员不爱妻子，不疼妻子，不想念妻子，实在是没办法啊。

秋培扎西是索南达杰的外甥，十几岁的时候，常在家里听舅舅索南达杰和父亲扎巴多杰谈可可西里，谈藏羚羊。父亲曾经对舅舅说，等哥哥普措才仁长大了，就让他去可可西里工作。秋培扎西当时年龄虽小，可也很不高兴。他冲父亲发脾气，为什么只让哥哥去，我也要去！可父亲说，你哥哥去就行了，你是弟弟，应该留在家里陪母亲。

后来，舅舅和父亲相继离世，哥哥普措才仁遵照父亲的愿望考入南京警官学校，毕业后直接分配到了可可西里。

秋培扎西不甘示弱，在心中暗暗下定了决心。

学法律的秋培扎西大学毕业，被分配到玉树州治多县一个乡政府工作。上岗第一天，他交给了领导一份调动申请，请求去所在辖区的森林公安机关。因为，这是自己能去可可西里唯一可走的正式途径。几个月以后，他被调至治多县森林公安分局，从政府公职人员变成了一名人民警察，离自己的理想近了一步。随后，他又缠着母亲和自己一起去玉树州，向组织面呈了一份特殊申请。

也许是秋培扎西的一片诚心打动了领导，也许是出于对索南达杰、扎巴多杰的尊重，2011年4月，27岁的秋培扎西，终于如愿以偿成为可可西里管理局森林公安分局一名正式警员，加入到反盗猎的巡山队伍中，和自己的哥哥普措才仁一起并肩作战。

这是一份让秋培扎西从小就心仪的职业，也是他一生不变的誓言。他坚信，正义总会战胜邪恶，烈士的鲜血不会白流。此后，不论是巡山还是驻站，他从不畏惧任何艰难险阻，也绝不会在危险面前妥协半步。20多年的坚守与付出，让他从懵懂少年成长为一个坚定果敢的职业守护者、热血男儿，和战友们年复一年、日复一日地战斗在守护可可西里的最前沿。

现如今，秋培扎西已经是卓乃湖保护站的站长，和副站长郭雪虎一起，带领队员一年四季守护在卓乃湖，保证着来自青海三江源、西藏羌塘和新疆阿尔金山，前往卓乃湖产仔的雌性藏羚羊的安全。

从索南达杰保护站通往卓乃湖120公里的路，与天相接，看似平坦，实则布满河沟。进去时，氧气越来越稀薄，队员们的嘴唇变得青紫，头痛胸闷。7小时可达卓乃湖的路程，遇到雨雪，陷入泥淖是常有的事。2016年3月，巡山队员返回时，眼看着公路就在30公里之外，就是出不来，走了3天，才到公路上。有心人对那次行程作了记录，陷车共89次。

卓乃湖的雨季，更是危险。一旦有队员发生异常高原反应或得了重感冒，即使连夜往外送，也有可能死在半路上。副站长郭雪虎，是从玉树电视台辞职后进的可可西里，多年的驻守经验，让他一再告诫站里的年轻队员，卫星电话不宜多打，只能每两个星期给家里报一次平安，要留着危机时刻用。

让秋培扎西深感内疚的是，舅舅和父亲活着的时候，说好了让长大后的他陪伴在母亲身边，可他不听话，执意要去可可西里，让失去哥哥索南达杰、失去丈夫扎巴多杰的母亲，又在为两个儿子担忧、牵挂。

妻子是秋培扎西大学时的同学，汉族，山东人，在青海长大。刚认识时，妻子知道他的舅舅是索南达杰，觉得他很神秘、了不起。婚后，才知道，巡山工作并没有她想象的那么轻松。每逢丈夫出发，她都非常紧张、害怕。时间长了，虽然没那么怕了，却又换作了担忧，叮嘱丈夫千万不要下冰河，注意身体。可每次又会在录像上，看到丈夫下到刺骨的冰河中搬东西、挖车。从此，她就什么也不说了，即使有一千个舍不得、一万个不愿意，也只是默默地目送丈夫远去。回来时，不管多晚，都会做好丈夫最爱吃的手抓肉，点亮家里所有的灯耐心等待。

有一次，妻子看完丈夫的巡山日记，写下了这样一段话：

还没有看完，我已泪流满面。想说的话，你都知道，可见了你的面，又什么话都说不出来了。面对你们所处的恶劣环境，任何语言都显得那么苍白无力，只有在心中拜托，保重！千万保重！

不知什么时候，秋培扎西的妻子发现了一个秘密。在丈夫们履行巡山使命的前一天晚上，队员虎子的妻子总是点着一束柏香，偷偷跑到院子里，一边在口中念念有词，一边在巡山的车辆上熏一熏。巡山归来后，又在车辆旁熏一熏。于是，她也开始这样做，甚至发展到出发和回来的时候，连丈夫身上佩戴的枪，穿的衣服也要熏一熏。再后来，王海林、王周太、罗延海、文尕宫保、吕长征的妻子，所有队员的妻子都这么做，以此表达妻子对丈夫最深切的祝福。

与王周太的妻子见过面的当晚，我一夜辗转不能入眠，为可可西里巡山队员的妻子写下了这首诗：

献给巡山队员的妻子

我要把路边的喇叭花献给你
我要把冰山上的雪莲献给你
因为，你是我的妻子

你不爱说话
不会撒娇
甚至不喜欢涂脂抹粉
但是，我依然要把可可西里
草原上最美的花献给你
因为，你是我的妻子

每当我扛着长枪踏上漫漫征程
你总是背过身静静地为我准备行囊
每当我同黎明一起醒来用生命去履行巡山使命
你总是站在窗前默默地与我紧紧相拥
每当我看见五道梁上那座冷峻的山崖

> 你总是点亮所有灯盏为我照亮回家的路
>
> 为了你那双充满期待的眼睛
> 为了和你一样温存善良的藏羚羊
> 我义无反顾
> 因为，在我心里
> 你和可可西里一样
> 是永远美丽的少女

可可西里被称为生命禁区，可巡山队员却在这雪域荒原上离天最近的地方，用生命发出了啸音，这啸音是生存与死亡的协奏、是命运与时代的交响，包容万物苍生的可可西里，寄托着巡山队员对大地、对生命的万般尊重。

窗外，鲜花香气浓郁，来自可可西里的天籁之音，正飞往大江南北……

本文定稿于2017年5月

转湖之梦

羊年转湖,牛年转山。

转湖的人修的是自己的内心,巡湖的人修的是千年万年,修的是天高水长。为自己,更为别人。

斑头雁飞跃崇山峻岭是为了比翼双飞;普氏原羚在草原上奔腾是为了繁衍生存。守望青海湖,让青海湖蓝色的碧波与湖岸的一枚石籽、一棵绿草、一朵野花同享黎明暮色,体会四季轮回,是青海湖人的荣耀与责任。

落雪了，在巴音布鲁克湖生活了一个夏天的天鹅，一个接着一个不慌不忙地来青海湖过冬……

未凝固的湖水，用蓝色的微光迎接了天鹅。天鹅感到湖水冰冷、苍凉、荒芜、寂寥，同时也明净、澄澈、透明、妖娆。天鹅雪亮的眼睛，清幽幽的，在天空下闪烁。

天鹅预知，羊年春夏，是转湖之年，这使得遥远的旅行顿生吉祥，没有让自己因为没有回到印度，或更远的红海、地中海过冬感到遗憾。

想起青海湖，想起青海湖湖心那座端庄神秘的海心山上修行的侃卓青措，她会下山转湖吗？又在山上待满了一年，清修的日子、寂寞的日子，没有电，没有信号，没有蔬菜和水果……我不敢想，又常在想……

被藏族人称为玛哈德哇岛的海心山，是静修圣地，龙王菩萨、莲花生大师居住过的地方。来海心山修行的人，只有一个心愿，期望自己的苦修、守斋与祷告，让青海湖永远浩浩荡荡，普天下蒙受精神苦难的人，脱离苦海，心地明净，成为幸福的人。

侃卓青措在海心山静修多年，在山上过着简单生活。日出而起、日落而息，念经，打坐，从不间断。她说，今生能在海心山这样的清幽之地一心向佛，不被外界干扰，是最大的幸运。

我和侃卓青措曾经像姐妹一样手拉手，坐在茫茫冰湖之上，凝视碧色湖面。但我还是觉得，我们是活在两个世界里的人，我无法理解她，正如她无法了解我。我只能面对大湖沉思默想，为自然赐予人们的无限美意、为属于海心山的这份苍凉与宁静。

天鹅飞着，黄草无边无际，在湖岸滚动。闪光的湖面波光盈盈，像面镜子。它继续划动翅膀，在露出层层皱褶的远山间飞行。

天气已冷，吹起冰冷的风。鱼鸥、鸬鹚、斑头雁度过热闹的春夏后，带着会飞的小鸟走了，原羚则在不远的草地上享用早餐。

一队排列成形的大雁，从天鹅身边掠过。天鹅收起翅膀，极其敏感地四处张望。

没有一丝风、一朵云。仰望苍天，天如春水般荡漾。远望湖水，烟波浩渺，宽阔平坦，可以清晰地看到海心山秀丽的轮廓。怎么还有几只赤麻鸭、十几只鸬鹚徘徊在湖面？一只孤独的小鸬鹚又为何独自站在岛上，扭动脖子顾盼自怜？

是留恋湖水不愿归去，还是在期盼转湖的日子？

鸬鹚知道，转湖的日子，很多善男信女来青海湖，它也是。

天鹅刚到那天，劲风吹草木，一夜未休。

老人们说，羊年不转湖，众生愚昧，大地贫瘠，植物枯萎，生灵泯灭。

我想得到解释，但最好不要听到。有许多事情，一解释就不灵了。

草原上溪流潺潺，绿草肥沃，峡谷幽静，森林花草茂密，鸟兽自得。后来，人们开始糟蹋生灵，违背自然规律，不尊重当地牧人的游牧方式、风俗习惯，还沿湖随意乱砍滥伐，后人便无缘见到柳树成荫、留鸟欢畅的青海湖了。对此，我深信不疑，并以英国人托马斯的一段话为佐证："碧玉般的湖区，柳叶碧绿似美玉，翠绿鸟儿纵横舞，黄鸭似玉游湖面。"

不管别人怎么看，青海湖人的心是有空间的，对湖水的爱意、敬仰不会变。如今，青海湖周围层峦叠嶂，草木葳蕤，珍禽益鸟飞驰过往。有天鹅摇曳生姿，为湖光增色。有裸鲤漫游冰下，涵养西部大地。可是，5年前，一张关于青海湖的卫星遥感图片震惊全球。青海湖正由单一大湖向一大数小湖泊群"裂变"。

转湖之梦　201

据气象专家预测，如果再不加以保护治理，青海湖将成为下一个罗布泊，逃脱不了干枯、消亡的命运。这悲观的说法，令人悲痛难忍，但仔细想想却也不为过。

站在巴丹吉林沙漠边缘，眼前除了沙漠还是沙漠。与青海湖仅祁连山一山之隔的甘肃民勤县北部，曾有过10000多平方公里、60米水深的洋洋大湖青土湖。秦汉时，青土湖位居全国十一大湖之列，明清之际尚有4000多平方公里，仅次于青海湖。但是，谁能料到，20世纪中叶，周边所有注入河断流，青土湖仅剩下100多平方公里。到了20世纪50年代，绿洲般珍贵的青土湖竟然在巴丹吉林和腾格里两大沙漠夹击下彻底干涸，荡然无存。

狂风四起，黄沙飞扬，20万人含泪搬迁，流离失所……

而近年，全球气候变暖，青藏高原呈干暖化趋势，江河源头重要的湿地星宿海，已萎缩至不到50个湖泊。多年前，那曾是璀璨晶莹、100多个湖泊似群星闪耀的大高原。

可这会儿，天鹅来了。斑头雁、鱼鸥、鸬鹚、黄鸭，飞走了还会再来，作为青海人、青海湖人，还有什么可挑剔的？

羊年转湖，马年转山，猴年转森林是佛祖给人间降下的旨意。一般人羊年转湖，可拥有平常年份转湖时不可比拟的吉祥。而修行者羊年转湖，等于诵经文13亿遍，得到无量功德，也可舍弃自身恶习痛苦，找到灵魂的第二归属，寻求幸福。

但是，灵魂在哪里？幸福又在哪里？

我想问佛祖，青海湖能否永远这般恣肆汪洋，浩瀚无比？

佛祖曰：这要问你自己。

我似乎记起友人对我的忠告。

佛就在你心里。

我又问佛祖，地球消失了怎么办？

佛祖曰：那又怎么样，地球只是宇宙中很小的一个行星。

我最后问佛祖，如果不能和心爱的人在一起怎么办？

佛祖曰：这没什么，人的一辈子没那么长……

雪更加凶猛，过两天就是冬至，一年中最短的一天。天鹅在尚未结冰的湖上漫游，而我就要和青海湖国家级自然保护区管理局的杨守德、张虎、孙建青去踏雪巡湖。

行囊早就准备好，说走就走。绕湖一周360公里，此次巡湖，不知需走多久。我心里又哀怨，又激动。

为了圣湖，保护处的同事每年要巡湖十几次。这个季节，帐房早已转移至避风、温暖的地方。干爽的草地成了最好的冬季牧场。老人正守望湖水、神山，转动玛尼，吟诵祈福经文，眯着眼，盯着黑帐房里飘出的阵阵青烟出神。

心无城府、平静如水。

而静寂是这样的优美。

可我，我的这颗心却惴惴不安。

风吹起来了。在旷野，在远方，在目力不及的地方。艾鼬、雪豹、狐狸、普氏原羚、白眼狼，谨慎地寻找各自的归宿。花草虽已干枯，却掩藏着生命活力。天鹅已经在尕海、泉湾湿地安家，我要去寻找它们，听它们轻轻呢喃、窃窃私语，和它们一起度过漫漫冬夜。

日月山

巡湖的时间定了，不能变，这是管理局的规矩、法定的日子。夏天每月20天、冬天隔月20天，比转湖的时间紧凑。

和司机蒋义增出发，赶到湟源县高速路口与管理局的同事们会合。张虎和孙建青以前就熟悉，杨守德第一次见面，我请杨守德和我同乘一辆车。

此番巡湖，他比以往兴奋，我更是如此。

一路飞驰。孙建青乘坐的三菱，比我们的利索。我们的车子是现代，差点劲，可年轻的小蒋车技很好。

自警校毕业，杨守德就一直在管理局干。18个年头的经历，把他变成了野外工作经验极丰富的人。

日月山就在眼前，苍凉大地无边无际。天蓝得像镜子，像夏天的湖水。我的心微微颤动，不可名状的情绪跳荡在心头。日月山，本叫赤岭，是一座有故事的、神秘的山。大唐文成公主由此进入草原，开始了她不平凡的一生。这种凄绝之美、英雄之美曾经支撑过伟大而不屈的中华民族走向辉煌。那些在中国历史上闪耀着熠熠光环的远嫁姑娘刘细君、王昭君、弘化公主、文成公主、金城公主，完全可以和那些在历史上能够长久地使中国人维持自尊与力量的男子曹沫、豫让、聂政、荆轲、高渐离媲美。她们柔弱的身躯内，蕴藏着的精神能量，超越了中国文化的实用品格。

翻过日月山。草山起伏跌宕，倒淌河在缓缓流淌。曾几何时，倒淌河是一条多么丰沛的河。远古时，这条通向黄河的河，是青海湖外泄的唯一通道。后来，地势逐渐增高，隆起的日月山挡住了通往黄河的路，青海湖完全被封闭。同时，日月山也让自己伟岸的身躯成了农业区与牧业区、季风区与非季风区、黄土高原与青藏高原天然的分界线。

倒淌河因公主而倒流，哭泣的河水留不住大唐年轻美丽的公主，却留住了草原上奔突无路、惶惶而逃的野生动物普氏原羚。

天还是那么蓝，没有一丝云彩。越晴朗的天越清冷，冷得通透、冷得彻底。杨守德、张虎和孙建青，各自拿着望远镜、测试仪、照相机、记录本朝山坡上走。我跟在后边，呼吸着无任何芜杂的空气，心旷神怡。

　　和从前来青海湖的感觉大不一样，巡湖，承担着责任。但我还是忍不住站在高坡，欣赏远处连绵的雪山，雪山下泛着金色光泽的草地。三位专业的巡湖队员，已经通过测试仪发现了雪山脚下的12只普氏原羚。我很兴奋，用望远镜细细追踪，没找着。又换测试仪观察，同样什么也没看到，但手指已经冻僵，不听使唤。接近-20℃的气温，有一定杀伤力。看来，观察与巡视不是一件容易的事。三位队员记录完毕，什么也没看到的我，只能和他们往回走，但欢快的心情是一样的。

　　第一次见到普氏原羚，以为是黄羊。仔细看时，发现它的个头比原羚大，头形稍宽，吻部宽阔。上下嘴唇呈黑色，鼻孔两侧的白色纹路一直延伸到下颌。雄原羚有一对向后平行延伸的角，角上有环棱，角尖近似圆钩状，这是普氏原羚奔跑的速度比黄羊还要快的其中一个原因。

　　普氏原羚属偶蹄目、牛科、羚羊亚科、原羚属。原羚属是中亚地区的特有属，仅有三个物种，包括普氏原羚、藏原羚和蒙古原羚。普氏原羚是中国特有的珍稀濒危物种，国家Ⅰ级保护动物。1875年，俄罗斯探险家普热瓦尔斯基首先在内蒙古鄂尔多斯草原，发现了这个敏感、强健、奔跑如飞的高原生灵，国际自然保护联盟组织据此将这一物种命名为普氏原羚。

　　那时，普氏原羚广泛分布在内蒙古、宁夏、甘肃和新疆东南部。草原上的人叫它滩黄羊、小羚羊。20世纪50年代到60年代，由于人类活动的影响和大量捕杀，普氏原羚种群数量急剧下降，几度面临灭绝。剩下不到300只普氏原羚，逃到青海湖沿岸，栖息于青海湖周围山间盆地、湖周半荒漠地带，成为世界上最濒危的有蹄类动物之一。

元者村在湖东偏僻的地方，道路坑坑洼洼。小蒋没走过这样的路，车开得有些吃力。三菱车顺着陡坡急冲而下，"我感觉我们的车有点危险"。话还未出口，"咔嚓"一声，车子的前轮翘起来悬在半空。退不得、进不得。我有些吃惊，却也不怕。和常年巡湖的人在一起没什么好担心的。果然，下了车的孙建青绕到车的左边，双脚踩在驾驶室旁边的踏板上，一用力，车子平衡了。杨守德和张虎又站在车前再猛力一推，车子居然连连后退，脱离了险境。怪不得，管理局的人称侦察兵出身的孙建青为大熊。

1点30分，在一片典型性草甸处，又发现了29只普氏原羚。这一次，我通过相机镜头，隐隐约约看见了它们的身影。普氏原羚体态矫健、姿势优美。我有些激动，不免加快脚步，肚子也没那么饿了。又走了一段路，见一大片空阔的土地，长着树，虽不是很健硕，但非常精神。杨守德说，这是一块还林地，治沙效果不错。

日月山以西，海拔3334米的地方，能种活这么一大片树，是一件让人充满敬畏的事。我心中快慰，觉不出路的颠簸，反而希望到更深的草原腹地去，那儿会不会有更多的普氏原羚呢？但杨守德坚定地说，深处不会再有，湖东岸的沙区是它们的活动区，谨慎的普氏原羚决不会轻易放弃自己熟悉的地方，去陌生的地方冒险。

向东北方走了30公里，洱海出现在眼前。尚未完全封冻的湖面，只有一只成年天鹅独自浮动，无牵无挂。又走了约莫10公里，一只灰色狐狸在小泊湖淡黄色的沙地上游荡。狐狸最喜欢的食物是天鹅，我为洱海的那只天鹅担忧。杨守德却轻松地摇摇头，不会，狐狸只能吃到老弱病残的天鹅。

举止优雅的天鹅，遇天敌伤害幼鸟，或遭袭击，定会一扫斯文，奋不顾身，决不轻言放弃。

刚到鸟岛保护站，杨守德以为岛上只有鸟。管理局成立后，著名生物学家李迪强于2000年来到鸟岛，讲了保护普氏原羚的重要性。之后，中科院西北高原生物研究所的鸟类专家李来兴，和管理局的同事来到青海湖流域，教他们怎样认鸟，给他讲鸟的特征、习性。杨守德这才开始对普氏原羚的保护，并对鸟类迁徙规律有了一些认识，喜欢上了自己的工作。

行驶中，杨守德一眼扫见了两只雄性的普氏原羚。他断定，现在正是普氏原羚完成交配，寻找各自群体的季节，我们会在湖岸碰到一只或两只雄性，但绝不会碰到单独出行的雌性。

从见到杨守德到现在，不到一天时间，我已经明显地感觉到，这位70年代出生的人有非凡的能力，他懂得许多野生动物的习性，户外工作经验丰富，心里装的故事也多。但，他总是有选择地告诉我，故意让我着急，而且常常因车窗外一闪而过的野兔、赤狐停下话题。再说时，又不愿接前面的话题了。

杨守德个子很高，比不上孙建青壮实，但也是深谋远虑能经得起雪雨风霜的人。他认识天上的每一只鸟，说得上它们的名字，这还不是最厉害的，令人惊讶的是，当群鸟飞过头顶，一眼过后，他目测出的数字绝不超过3只鸟的误差。这当然不是传说，他曾经当着众人，跟鸟类专家的测试仪比试过，次次不失误。

第一天出发，一口气转到了下午4点半，大家劲头十足，也没觉得有多饿。这会儿，我们打算赶往湖北岸海晏县入住，才意识到午饭的点早过了。孙建青说，这是巡湖期间常有的事，习惯了。

晚上，宾馆有暖气，我们几个在杨守德的房间里，聊到10点多。

"现在的条件比起几年前，真是好多了。"杨守德伸展长腿，总算给我讲了一个故事。那是2000年的大年初一，接到任务，杨守德和管理局吴永林等四人，带了一只母羊，到普氏原羚活动区，试图让母羊和雄性普氏原羚交配。赶到湟源县时，街上所有的铺面都关了门，他们硬是敲开一家饭馆的门，从老板手里买了一点人家给自己过年留的羊排，进了草原。

天冷得出奇，周围都是沙地，北风呼啸，难见人迹。他们在湖东种羊场找了间被遗弃的房子住下来。随身带的饼子冻成了铁饼，咬不动。偌大的场子，连煮肉的东西都找不到。大半夜了，杨守德找来一个铁皮桶，砸开河里的冰，劈开凳子腿，生火煮肉。肉一时熟不了，只好先喝口热汤，暖暖身子，不然就冻僵了。

早上4点，他们来到普氏原羚活动区。正是最冷的季节，母羊被长长的绳子牵着，放到草原上。他们四个人拽着羊身上的绳子，趴在草窝里等。晨曦在遥远的天边移动，草窝子里的人，快冻成冰疙瘩了。好不容易看见一只雄性普氏原羚朝母羊跑来，他们紧张地屏住了呼吸。但是，很遗憾，雄性普氏原羚绕着母羊转了几圈后，又突然跑得无影无踪。他们面面相觑，失望地大眼瞪小眼，张不开嘴巴，只好回去休息。

第二天、第三天依旧如此，也许是雄性普氏原羚不习惯母羊身上的绳子，也许是因为气味不适。最有可能的一次是，眼看着一只雄性普氏原羚大着胆子把母羊顶了一下，结果，踌躇了一会儿，还是跑了。

十天的坚守，一无所获。杨守德说，那是一次失败的尝试。

此后，他们在每年12月和春节前后的交配期，想过很多办法，试图让雄性普氏原羚与家养羊交配，终究以失败告终。普氏原羚是有个性的，血性十足。它们坚守原则，意在保持自己纯正的血统。

后来，管理局再次得到专家李迪强的悉心指导。李迪强是国家林业局自然保护区的首席专家、博士，他的学生也常来青海湖，促使管理局与中科院建立了合作关系。以后的日子里，管理局的人跟着李迪强博士率领的团队，学会了观测、记录，承担起了鸟岛保护区内鸟类、普氏原羚、湿地、植物等遥感检测工作。也就是从1997年那时起，青海湖国家级自然保护区管理局开始了正规的巡湖工作。主要任务是检测青海湖自然保护区内鸟岛、海心山、三块石附近，包括其他区域内生物的种类、数量和救护情况，鸟类的迁徙、湿地环境、环湖周边污染源对青海湖29660平方公里集水区域的侵蚀。此外，为中国科学院信息网络中心，无私提供青海湖流域内，动物、植物、湿地环境的各种原始数据、资料。

迄今为止，他们的工作仍然没有引起人们足够的重视，得不到更多人的认可。但是，他们无怨无悔，情愿在夏天的每一个月，冬天每两个月一次的15至20天，与家人分别，在野外东奔西跑，住最便宜的旅店，吃最简单的饭菜，甚至住在帐篷里挨饿、受冻，每日把太阳遥望……

尖木措

见到尖木措的时候，他头戴藏式礼帽，身着汉式衣服，披着一身阳光，正准备驱车送儿子到海晏县上学。

瘦小的尖木措，有一双聪慧机敏的小眼睛，汉话流利，善于言谈。

甘子河流域在青海湖北岸，草场丰美富饶，这让我又一次莫名冲动。想起远方的朋友，如果看见这样的一片草场，该有多么欢喜。

尖木措是达玉村的团支部书记。达玉村是一个位于甘子河流域，有着300户牧民、13万亩草场的牧业村。但是，站在这里，达玉村像是天上掉下来的一块布景，只有蓝色与黄色，空阔辽远。

尖木措的家是新盖的，院子敞开，房屋四四方方。堂屋正面的白墙上，挂满了国家领袖的彩色照片。这是城里人早已丢弃的习惯，但在达玉村，牧人家里都这样，没有人勉强，属自愿。

要说，牧人的心犹如镜子般亮堂，草原般宽广，他们只相信自己的眼睛。平时，牧人的眼睛是用来欣赏草原，远望雄鹰，看护牛羊的。

一般来说，牧人的眼里容不得沙子。但是，见四处的游客来到草原上，拍照留影，流连忘返，他们也很自豪。他们知道草场是美的，河边的野花是美的，更不要说自己家的草场与青海湖紧紧相连。

尖木措常常教育村民，不要学那些看看你们的草场，与你们家的牛羊照个相，就伸手要钱的人！青海湖是大家的，草原是天赐给我们的，谁都有享受大自然之美的权利。

达玉村的人很自觉、很宽容，他们认可尖木措的话。游人把垃圾扔在草原上，牛羊吃了塑料不消化，吃了带有重作料的熟食会得病，救不了就得死。达玉村的人只好等游人走了，把垃圾捡起来烧干净。

城里人的垃圾太多了。作为一个城里人，我时常感到羞愧。

其实，尖木措是地地道道的外乡人，出生在日月乡。10岁的时候，糊里糊涂地由亲戚带到达玉村，留在一户人家当了放羊娃。几年后，长大的放羊娃，头发乱蓬蓬，又稀里糊涂地做了这户人家的上门女婿，成了达玉村的人。成了达玉村的人，自然就爱上了达玉村，爱上了自己的媳妇、自己的家。再说，尖木措没有理由不爱。

甘子河空旷、辽远。达玉村的牧民勤劳、善良，有敬畏之心、感恩之情。

尖木措的媳妇放羊去了，丈母娘在家休息，尖木措很忙。家里的1800亩草场上有温泉，有地下水，还有一条小河。本来是不用多操心的，牛羊够吃了，尖木措又是这样的踏实肯干。但，尖木措生来就是操劳的命，他不仅操心自己家的牛羊上，还发现这片草原上的野生动物普氏原羚、黑颈鹤和湖水里的裸鲤更需要呵护。

原以为尖木措只是一个能说会道、明事理、会打理家庭打理村子的团支部书记，谁想到还是一位了解生态，懂得保护野生动物的土专家。达玉村的草场够不着边，视力再好的人也只能看到一角角。但随便一个角落里，都会出现普氏原羚踯躅的身影。

1996年冬天，尖木措亲眼目睹，有人藏在阴暗处，用枪打死了十几只普氏原羚。那时，他不懂什么是普氏原羚，什么是高原型哺乳类动物，什么是种群，也不知道人们把它们打死了有什么用。但他明白，这种在草原上跑得飞快的野羊，对草原是有益的。野羊撒过尿的地方，草势比别的地方旺盛。草皮被破坏的地方，有野羊的粪便，就会很快长出新草，恢复原貌。野羊只吃青草的尖尖，不会像山羊连草根一起啃下来。野羊喝水极文雅极有度，只轻轻啜饮草尖尖上的露水。

每天清晨放羊，尖木措都在数。数到最后，他发现这片草原上的野羊被打得剩下不到30只了。尖木措很心疼！他不知道野羊就是普氏原羚。那时候，他只管叫它野羊，有营养草原、修复草原的作用，是草原真正的主人。后来，他又了解了很多。作为生活在青海高原上的濒危物种，普氏原羚的消失，将意味着又一种群的消亡。

因为普氏原羚的奔跑速度太快，反而给它带来了杀身之祸。草原上密布着高大的网围栏。可是，狼紧随在身后，没有别的办法，必须跨越才会有生机；冲不过去，就被挂在网围栏上，网围栏上的刺很坚硬，通常会被挂得血肉分离。

受过培训的尖木措，说起话来很专业。这使我完全相信，他在村子里说话的分量。在家里主事的尖木措，首先把自己家的草场分出8000多亩让给了普氏原羚，自己则以每亩40元的代价租草场放自家的羊，草场不够用，就把自家的羊关在羊圈里喂玉米。

普氏原羚有了相对安全的草场，再也不必四处奔波，遭遇天敌或人为袭击。看着普氏原羚在他自家草场上，慢悠悠地来回散步、吃草，尖木措心里美滋滋的。从此，他们家的草场成了普氏原羚的活动场所。

后来，野生动物保护法严令禁止捕杀野生动物，逮住了要判刑7年，人们不敢轻易造次。但是，雪线后退，沙化面积越来越大，草原无法承受过大的载畜量；且人口增加，草场越分越小，网围栏越来越密，普氏原羚栖息地严重萎缩，生存困难。2013年，尖木措又闪过一个念头。他骑着摩托到了海晏县，愣是从私人手里，要回来100多棵小松树，种在了湖东岸。结果，一夜的大风就把树苗刮跑了，断了他这个梦。

大雪天，是难熬的日子。无处觅食的普氏原羚，冒险涉入草场中心。可怕的是，饿极的狼早已等得不耐烦。逃生中，普氏原羚常被无法逾越的网围栏挂住，惨死在铁丝网上。尖木措又想了另一个办法。他把自家的羊卖了，从别人手里买回储存的草，一捆捆撒在积雪覆盖的草原上，让谨慎敏感的普氏原羚在自己熟悉的地方吃到草。即使这样，他还是不放心。

尖木措带着冰冷的干粮和饮料，叫上村里的德先加、万玛才让，还有自己的弟弟多杰顿珠，在大雪纷飞的草原上骑着摩托车巡查，遇见被网围栏挂伤的普氏原羚，就简单包扎一下往家赶。1996年到2014年，尖木措碰到了约莫80只受伤的普氏原羚。但遗憾的是，救活的很少。

这样，普氏原羚的数量开始有所恢复。经过科学测算，近年，青海湖流域普氏原羚数量上升到1000多只。

尖木措独自巡查，发现了一只被尖刺挂掉左眼的小原羚。他无比怜惜地脱下藏袍裹了受伤的小原羚，又用围巾包住它的眼睛，紧紧抱在怀里，拼命往家赶。可回到家后，它还是死了。

尖木措的药箱里有青霉素、针管和包扎用的纱布。他常用治家羊的方法救助普氏原羚。骨折了，就用木板固定；皮挂破了，就用纱布包扎后放在暖棚里，喂药、晒太阳，用酒精、盐水消毒。如果是轻伤，经过他简单的手术治疗，受伤的普氏原羚，

20天后能缓过来。但网围栏上的尖刺锋利，普氏原羚一般伤势都重，血很快就流干了。

尖木措痛心地摇摇头，又摆摆手。

站在青海湖东岸的达玉村，一道弧形的海岸线发着荧光，草浪在风中滚动，湖水在轻轻荡漾。人太贪婪了，什么也不想放过。前几年，到湖岸偷偷捕鱼的人很多。冬天，湖被冰封了，还是有人砸出窟窿来也要盗，尖木措气愤地说，没法子，我就动员村民白天夜间地去湖岸守护，在湖岸设鄂博（敖包）祭海，这才好多了！

裸鲤生活在青海湖，是唯一没有因欧亚大陆相互碰撞、青藏高原隆起、海洋退去而消亡殆尽，存活于青海湖的水生物种，假如湖水里没有了裸鲤，水位下降，草原变荒，食物链断裂，最后，让我们的子孙后代，怎么过？

尖木措说，一开始，村子里的人并不理解他，给大家把道理讲清楚了，都支持他。有些村民还主动和他一起巡查，观察野生动物的数量，检查是否有疫情，及时处理或救助。

一会儿，尖木措的弟弟和村里的会计德先加来了。万玛才让没来，据说他也是一位热心救护野生动物的人。尖木措的弟弟多杰顿珠比尖木措腼腆，我给他在领袖像前拍了一张照片。他望着我，黑红年轻的脸微笑着，非常淳朴。德先加老练持重，作为在村子里说话顶事会算钱的会计，能热衷于野生动物的保护，让我肃然起敬。

酥油茶暖身子，飘着浓郁的香气。我大口大口地喝了一口又一口。

德先加看上去健壮、有力，汉话不如尖木措流利，但是挺幽默。他说，尖木措多年来保护动物，连动物都知道，不怕他。3

月底，湖水还没融化，一只筑巢的黑颈鹤吃不到东西，尖木措就每天给它丢玉米吃。过了几天，它看到尖木措，不仅不怕，不跑，还冲他咕咕地叫呢，像是要认个亲爸爸。我们都乐了。

只要黑颈鹤来甘子河筑巢，村子里的人，都在暗中保护，分片管理。一周检查一次，如果游人来得多了，还需天天检查。

草原的12月是寒冷的，可太阳晒在身上，暖洋洋的。草原有草原的乐趣，城里的人体会不到。

巡查在冬天显得尤为重要。尖木措需要了解普氏原羚的数量、受伤的情况。斑头雁是否飞走啦？大天鹅是不是飞回来了？黑颈鹤在什么位置筑巢，有无疫病疫情？

冬天的草原漫长、安静，任阳光照着金黄的草浪。有雪的时候，更是铅华荡尽，饱含天光，气韵非凡。

趁我和尖木措聊天，孙建青和杨守德，四平八稳地躺在沙发上，美美地睡了一觉。这会儿，他们正从暖棚里抱出来一只普氏原羚，在太阳下晒着。这是一只被尖木措救助的雌性普氏原羚，身体还没完全恢复，需要带到救护中心悉心护理。

为了救助普氏原羚，尖木错专门盖了暖棚。家里吃玉米的羊却被关在狭小的羊圈里，显得有些拥挤。小原羚的左腿瘸了，幸运的是，它活了下来。再长结实一些，管理局会让它继续回到草原，回到大自然，保持它的野性。

小原羚眼睛黑亮，毫无忌惮地望着我。我有些不敢正视，弄不清楚，人为什么在拼命汲取它的生命之源，反复考量它能力的同时，不愿意为它的生存多考虑一些。其实很简单，就是给它一点自由的空间，把网围栏放低一点，再低一点……

尖木措不再说什么，一直痴痴盯着他曾抱在怀里喂过药喂过奶的小原羚，然后把小原羚轻轻地放到车上。说了一中午的话，他一口茶都没喝。

尖木措头脑聪明，做事专心。他知道草原上的人最应该做什么。他朝天扬起头，眯缝起小眼睛，他不是在盘算圈里的羊今年的好收成。他感到荣幸的是，自己已被管理局聘为一名协管员，这是一个被许多人不屑一顾、懒得嘲笑的头衔。

此刻，他正在太阳下享受这种乐趣。

草原是牧人的家，更是野生动物的家，只有保护好自己的家园，才能做达玉村真正的主人。

护鸟人李英华

太阳高悬，鸟岛寂静。

青海湖西部湾，离布哈河河口6公里的地方，是国际上著名的鸟类栖息地——鸟岛。每年3月至9月，成千上万只候鸟从南方和东南亚热带地区迁徙而来，在青海湖流域安家、繁衍，哺育下一代。鸟岛有两个小岛，蛋岛和海西皮。蛋岛东头大、西头窄，形似蝌蚪，是一座长1500米的半岛，坡地平缓，地表被沙土、石块所覆盖。每逢初夏，岛上鸟窝密布，鸟蛋遍地，白藜、冰草、镰形棘豆、蒿草、早熟禾等植物生长旺盛。

从车上下来，张虎和杨守德带着我一口气登上海西皮。

他们架起仪器，观察近湖的鸟类品种和数量，我攀上一处高坡，四处遥望。

冰雪世界，皎洁明亮，鸟类喜食的裸鲤潜伏在水下过冬。海西皮线条柔和的东北缘，紧挨着湖水的陡崖之上，一块高出湖面30多米的圆形岩石，接纳着来此筑巢安家的鸬鹚，变成了碉堡一样密集的柱状巢体。

1870年，俄罗斯探险家普热瓦尔斯基第一次踏上鸟岛时，就被这里的美丽和百鸟齐鸣的景象所倾倒。在第一本游记中，他动情地记述了这样的情景："这里是大雁、天鹅、丹顶鹤等鸟类的栖息地。鸟鸣不绝于耳，鸟蛋俯拾皆是。我恨不得自己也成为青海湖的一只鸟，与美丽的大自然融为一体。"

太阳升起来了，天鹅洁白的羽毛，镀上了一抹淡淡的金辉。

它抖动双翅，飞过晨曦微露的天空。

鸟类喜欢群居，特别是天鹅。心仪的伴侣在哪儿呢？那位每年在此等候着它的护鸟人又在哪儿呢？

最终，它选择了一处相对干燥，微微隆起的湖沼巢筑，瘦弱的芦苇和低矮的苔草，勉强可以蔽体。

天鹅安顿下来，长长地喘了一口气，尽量放松身体。

不远处就是碧波茵茵的湖水。它换了下姿势，理理羽毛，近距离地欣赏着即将和自己在这里一起越冬的伙伴。

数不清的天鹅，悠闲地集中在泉湾附近的湖面。湖水的东北方是可以遮蔽风寒的山峦，南岸尕日拉东侧泛着盐迹的暗红色滩涂布满了低矮的苔草和鸟类的脚印。周围寂静无声，旷野的冷峻和柔软的画面和谐优美，使这里成为永恒。

天鹅有些如痴如醉……

天刚破晓，李英华已在他巡查了不知多少次的地方待了很久。

空气潮湿清冷，直逼心肺，但早春的风如此体贴，不等雪山之水完全消融，已漫过金色蒿草，温暖了供候鸟安心筑巢的鸟岛。

天鹅还在此逗留，来自东南亚的班头雁、棕头鸥、鱼鸥、鸬鹚、灰雁已迫不及待地相继飞来，像花朵，像情窦初开的少女，

转湖之梦

追逐起舞，轻声咏唱。

　　李英华走走停停，细细观察。他不用拿望远镜，也不用拿什么仪器，只需眯起眼，用手遮住光线，就能够判断出，一飞而过的鸟群有多少只，是雌是雄，可以凭声音，感觉鸟的欢乐与忧伤。

　　冰湖未开，泥土在封冻中显得冷漠。但候鸟不在乎，它们离开数月，经长途迁徙后重新返回，需重新适应高原气候，熟悉家园。在它们眼里，天纯净开阔，沼泽闪着亮光。草籽还是原来的草籽，浮游着生物和蠕虫，依旧让它们喜欢。它们在呢喃中私语，重温友情。在奔跑中相互扑打、触摸双翅，表达喜悦。

　　太阳升起来了，照着李英华身上和天空一样颜色的衣服，也照着他因为看见迎面飞来的鸟儿而喜形于色的脸。几只班头雁嘀嘀咕咕，在离他一米多远的地方停下，眨动眼睛，左顾右盼，却并不恐惧。让他欣慰的是，它们早已把他当作了自己的亲人。

　　他走着，用脚步，丈量着每一寸土地，用心，感悟着草原。

　　鸟岛的白天和黑夜，咸水和淡水，三块石、海西皮、蛋岛的角角落落，甚至海心山上的草木、牛羊都是李英华关注的对象，他就是要通过这些地方的细微之处，观察候鸟的繁殖习性、数量变化。李英华在岛上守了32年。32年来，他的欢喜、忧愁与候鸟紧密相连。从迁徙、交配、孵卵，再到破壳的小鸟钻出脑袋，李英华感到自己的生命宽度在扩展。从地上到天上，从鸟岛到印度洋、孟加拉湾……

　　1985年冬天，18岁的李英华被分到鸟岛保护站。那时的鸟岛荒芜寂寥，条件艰苦。遍地黄草之上，只有沙陀寺和水文站几间平房、渔政的一顶帐篷和鸟岛保护处的一间小屋子。李英华和他的7个同事，就吃住在这间小屋子里。没有电，没有水，没有蔬菜水果。因为缺氧，睡不了一个安稳觉。白天，还可以在草原上走走，晒晒太阳，欣赏冰封的湖面在阳光下的面容。晚上，长夜漫漫，墙面上结满了冰，寒风凛冽，像野兽彻夜怒嚎。他们只能蜷缩在烧红的火炉旁，钻进被子取暖。

那是春天的黎明，李英华挑着担子去岛上寻水。

白雾茫茫，山峰被大雪覆盖。他吸了口冰凉的空气，揉揉干涩的双眼，涌动起无尽的惆怅。他多么希望尽早离开这个地方。

4月初，岛上陆陆续续飞来了数不清的鸟儿，不到20天，鸟岛就变成了鸟的乐园、鸟的王国。

李英华感到茫然，他不停地行走，走出一片草地，再走出一片草地。他发现，那清脆的鸣啭声，如同美妙颤音，划破天空，唤醒了草原，融化了湖水，而鸟的倩影，就像岛上的仙女，草原月光，抚摸着荒凉的小岛。

李英华心动了。原来这里是童话般明亮的仙境。

白云在蓝天上飘，湖水在微微地动。山峦起伏，残血如镜，令生命复苏的琼浆玉液，在草原上慢慢流淌。

李英华站立良久，久久凝视。他飞快地跑回站里，拿出保护处唯一的望远镜。

雪花飘落，落在孵卵的雌鸟身上。可倔强的鸟儿，任风雪吹打，轻轻卧在蛋上，不肯挪动分毫，生怕身体稍微一动，便会降低鸟蛋温度，影响孵化。他有些心疼，有些感动，还有些不忍。他特别不愿看到，刚刚出世的小斑头雁，不等适应外面的环境，就遭遇厄运，被突然蹿出来的狐狸、野狼，骤然降下的老鹰叼走；他不愿听到，猝不及防的鸟妈妈，失去孩子发出的阵阵长嚎。

很快，李英华便陷入了这个精美而生动的童话世界。

清晨，他在岛上四处巡查，驱赶飞禽，和鸟爸爸一起保护孵卵的亲鸟；黄昏，他守在保护处围起的铁丝网边，小心提防狐狸、野狼来犯。再后来，他学会了观察，学会了记录候鸟从游荡期到繁殖期、育雏期、迁飞期的动态变化，成了一名土专家。

过了几年，和他一起来到岛上的人，先后离开了这个远离城市、远离现代化生活的地方。可他，越来越舍不得离开。他没有办法使自己忘却，也无法让自己不去想念岛上的生活、岛上的鸟。每到候鸟繁殖期，雌鸟们在巢中孵鸟，雄鸟们就在一旁站岗，还有很多尚不到交配年龄的雄鸟，也加入到保护雌鸟的队伍，彻夜不眠地守在雌鸟身边。一旦发现狐狸、獾猪、老鹰和偷蛋的人，就会一拥而上、振动双翅，爆发出激烈的鸟鸣。这场景深深感动着李英华，李英华觉得，候鸟的生存和人类一样需相互扶持、相互温暖，于是他在蛋岛河口处，支起一顶只能安放一个钢丝床的简易帐篷，每天晚上住在帐篷里。夜里，听到异样的鸟鸣，他就迅速抄起家伙，冲出帐篷扑打、喊叫，赶走偷袭的飞禽、狐狸、獾猪和野狼。四五月份，鸟岛的夜晚寒风刺骨，他只能点起蜡烛照明，生着小火炉驱寒。但是，他从不抱怨，从不感到委屈。他觉得，能为候鸟做一点力所能及的事，很值得。每年，李英华还把那些失去父母、嗷嗷待哺的幼鸟与受到惊吓和妈妈走散的小斑头雁捡回来，集中喂养，让它们在自己身边长大，学会独立生活。对那些生了病、胆小谨慎、孤苦伶仃的小斑头雁更是呵护备至。以至于每年春天，都有一队小斑头雁如依恋母亲般，排列成行，跟随在他身后。

5月，是国外鸟类专家，生物界学者、研究者，来自全国各地的游人和国内外的摄影家来鸟岛研究、考察、观光的日子。他们一面为青海湖的艳美痴迷、惊叹，一面为李英华清苦、简单的护鸟生活感叹。有许多人成了他的朋友，热情地向他传授知识、讲授护鸟经验。

据专家考察、研究，青海湖鸟岛保护区是重要的湿地生态系统，发挥着重要的调蓄洪水、涵养水源作用，对周边环境有着巨大的调节功能，而野生动物的数量和生存环境则是衡量一个地区生态环境优劣的重要因素。

对此，李英华处之泰然，并不感到惊奇。因为这是他早就明白的事。鸟岛是天地所赐的候鸟栖息繁殖的理想之地。他同样明白天地万物循环往复、与宇宙本身终必归于一体的自然法则。李英华深知，他脚下的土地丰腴辽阔，他视野中的湖水富有深邃。他的付出与辛劳，是为这方净土迁徙的天使，更为伟大自然拥有蓬勃生机。

幸运的是，李英华有一位理解他、爱他并且和他一样喜欢鸟儿的妻子。对他们来说，没有什么比为天真的鸟儿担忧、牵挂，并与它们朝夕相处更幸福、更干净、更纯粹的事。

他沉醉其中，沉浸在无垠透明的天地。

2005年"五一"长假，李英华和平时一样，在岛上巡查。前三天，和往常一样。4日中午，他感觉有些异样，岛上有些成窝的鸟蛋竟然无亲鸟孵化，这可是从未有过的事。紧接着，他又发现了3只死亡的斑头雁。他心里一惊，立即向上级汇报，将3只死去的斑头雁送省兽医部门检测。5日清晨，巢区外围105只斑头雁死亡，当日上午又发现了5只。8时起，青海湖国家级自然保护区管理局紧急启动《野生鸟类疫源疫病监测防控应急预案》，李英华和同事们马上关闭疫点，采取隔离措施，进行大面积消毒，严禁与鸟类的任何接触。15日，经农业部禽流感参考实验室确诊，送检样本为H5N1亚型禽流感病毒。

一时，岛上弥漫着死亡的气息，衰弱无辜的候鸟瘫在砂砾上，失去了往日的活力。它们没法选择，没法回避，无力飞翔。李英华焦虑万分、心急如焚，他眼中的童话世界突然变得可怕。

那段时间，人们对H5N1亚型禽流感病毒知之甚少，非常恐惧。李英华同样深感绝望。他不明白，像孩子一样单纯的候鸟，为何会遭此劫难。他手足无措，力不从心，心疼万分，眼睁睁看着无辜的鸟儿一批批倒下，却也只能忍着悲痛，和同事们一眼不眨地值守在鸟岛防控现场，不分昼夜地巡查、检测。到了后期，因劳累过度，李英华感冒发烧，被单独隔离，接受省疾控中心医务人员观察。在无奈、孤独、烦躁中坚持到6月3日禽流感疫情得到初步控制的那一天。

发生在青海湖鸟岛的野生鸟类禽流感疫情属全球首例，引起了世界各地鸟类专家的高度重视。当时，真是多亏常年坚持巡查、检测的李英华，及时发现、提供准确报告，管理局才作出快速反应，避免了一场无法预测的灾难。

2007年，李英华担任了鸟岛保护站北站站长，负责鸟岛、甘子河、湖东种羊场的野生动物保护工作。生活和工作条件得到了改善，更重要的是，保护区管理局引进的一批观测仪器，可以让他和同事们，在电脑上清晰地观测鸟类迁徙、交配、孵化过程，准确识别候鸟的迁徙路线。

但是，2005年发生在鸟岛的H5N1亚型禽流感病毒，一直让李英华心有余悸。更重要的是，根据他的细心观察，每年5月上、中旬是候鸟孵化的关键阶段，亲鸟[1]精神高度紧张，对环境的变化极其敏感，无论是人，还是狼，对它们构成的威胁同样严重。可是，"五一"长假期间，旅游人数陡然增加，致使亲鸟不敢外出觅食，体质虚弱，抵抗力下降，非常容易引发病毒感染。特别是，

---

[1] 鸟类在孵化和育雏期间，相对于幼鸟，双亲被称为"亲鸟"。

近年来，他发现栖息在鸟岛的候鸟因受惊过度，已经出现大规模迁移的趋势。

为杜绝禽流感再度发生，确保亲鸟顺利孵化，恢复鸟岛生机，他多次建议，候鸟孵化期间，必须严格控制游客容量，关停鸟岛观鸟台，严禁对鸟的干扰，加快青海湖野生动物疫情监测点的建设。

多年来，几乎与鸟相依为命的生活，和鸟儿一样承受生命之甘醇、人世之辛酸的生存方式，让李英华也变成了一只候鸟。3月底随候鸟上岛，10月底随候鸟迁徙回家。只有在这仅有0.27平方公里的小岛上，才能让他尽情释放他对这片湖水，对这片草原深沉的爱。

32年过去了，中年人李英华，竟然还保留着一丝孩子般天真的微笑，这也许是他常年同无邪的鸟儿相处的缘故。与鸟相处的日子，也使李英华悟到了生物界内在的联系和生命的奥妙，变得愈发自信、执着。

鸟岛是一个童话世界，也是一个潜藏危机的物质世界。

2017年8月29日，根据中央环境保护督察组的意见，鸟岛正式关停。李英华32年的守护，意义非凡。

比远方更远

一早春，一艘蓝色的救护艇，在海拔3200米的高原湖泊上，顶着寒风，吞吐着白色浪花。

虽已进入5月，雪后的青海湖仍似冬天般寒冷。

池泗海裹着厚厚的冲锋衣，站在甲板上凝视。

远方，烟波浩渺，天湖一色，融化不久的湖水蓝得沁人心脾。

凌晨，接到海南州共和县民宗委的求援电话，在海心山修行的四位僧尼突发急病，急需从海心山转运出来送医院治疗。

青海湖海事局局长池泗海，立即向上级请示。同时，启动水上应急救援预案，调派"青海湖巡1号"海事救护艇和一艘快艇，与相关工作人员和医护人员，携担架、氧气、药品等急救设备，于10时40分出发。

池泗海，从事海上航运管理工作多年，见证了青海湖航运事业的发展历程。过去青海湖海上航运属军工范畴，由山鹰机械厂管理。如今，青海湖海事局的主要工作职能，是保证海上航运安全，防止污染，保持水面清洁。

仿佛与水缘，池泗海这三个字意味着他这一生将与水结下不了情缘。刚参加工作时，池泗海，这位"九点水局长"在龙羊峡工作，后调至青海湖景区管理局。他个头不高，肤色白净，不像是长期在湖边工作的人。可实际上，整个春夏，从早到晚，他都战斗在一线，监督现场，抓安全，抓纪律，杜绝污染。技术上，他严格要求部下，同时也严格规范自己。每日风吹日晒，却几乎没有和家人一起度过夏日时光的经历。

2017年4月10日，一位来自拉萨昌都的僧尼向秀航毛，在海心山生了病，拖了15天后病情恶化，生命垂危。他也像今天一样，派出13名救援人员，带上氧气、药品，驾驶两艘船，仅用了9个小时，就将重病的僧尼护送到西宁治疗。当时，冰封期刚刚结束，阴风怒吼，浮冰漂移，相互碰撞，救援难度非常大，可池泗海没有丝毫犹豫。海心山是藏传佛教信徒神圣的清修之地，每到夏季，牧草丛生，形如罂粟、叶似蔷薇、色泽嫣红的佛花香气袭人。岛上有莲花生大师的金铜佛像，莲花庵有来自全国各地为人祈福消灾的僧尼，利用上岛检测、维护的机会，给她们送些生活用品，是海事局常做的事。

船员吉泰才让参加了救援行动，令他难忘的是，一只天鹅不偏不倚，不离不弃地一直飞在救护艇上空。到了海心山，僧尼上了救护艇，那只天鹅贴近水面，拍打了几下翅膀后，凌空而去。返回二郎剑时，救护车、医生、附近的牧民100多人在码头等候，吉泰才让再次感动得流下了热泪。那天，他们一行13人从清晨到深夜一口饭没吃，一口水没喝，可没有一个人抱怨。

平日里，海事局和周围牧民的关系也相处得很好。在牧人心中，湖水神圣庄严，寄托着希望。他们尊重当地人对青海湖的情感，也不时地为牧民讲解青海湖的形成过程和青海湖的生态意义。草原上有重大节庆、活动，能离开的人都主动去参加庆祝，和牧民成了朋友。让船员多杰才让记忆犹新的是，2016年夏的一天，突降暴雨，湖水猛涨，两个清晨出去放牧的牧民，到了下午时，发现被湖水包围，困在布哈河河道。接到县民政局的救援电话时，已是晚上9点，可池泗海毫不犹豫地派出6名海事局工作人员，带上救援物资，从鸟岛保护处借了一艘冲锋艇赶了过去。到达时，已是深夜，雨大水深，他们只好在湖边冒雨守候，待天亮后立即实施救援，把两个牧人救出来。

两个多小时后，救护艇接近湖心，湖水靛蓝，深不可测，酷似一枚巨大的、无法雕琢的钻石，白雪覆盖下的海心山如飘飘仙子浮出湖面。救护艇放慢速度，停泊在湖面，池泗海留守，其他船员动作娴熟地向快艇内搬运担架。

此时，已近正午，太阳光钻出云雾，把一线温暖洒在海心山上。苦苦等候的僧尼，在岸边扬起胳膊招手。快艇箭一般击碎浪花，冲向海心山。

14时13分，运送四位僧尼的担架上了快艇，几分钟后，又被送上救护艇。一刻不停地注视着岸边的池泗海，吩咐医生立即对病人进行初步检查、简单护理，并命令救护艇全速返航。经医院抢救，四位僧尼全部脱离了生命危险。

风雨同在

风依然清冷，视野中的青海湖，比清晨还要明艳，莽莽苍苍，有一种无以言说的悲壮。

天鹅在湿地游来游去，是冬天艳美的风景，它和海事局的同志们一样，关注着青海湖流域内发生的一切。

4500多平方米的青海湖，是中国西北高原大陆上一颗璀璨的明珠。多少年来，不知给了人类多么宏大、自由、豪迈的梦想，还有生活的渴望。西王母的瑶池，皇帝的西海，莲花生大师脚踏碎浪、点水而过的修生生活，天边的仙女与灵芝草，都是青海湖留给我们，让我们追思、遐想，存有希望与人间大爱的圣地。

开航前一个月，船员们正在码头上对轮船进行维修保养、检验，池泗海和游轮公司副总刘海成在现场指挥。

航行前的检测分水下部分和水上部分，包括船体质量、硬度、结构，主机运转、性能，电气设施、管路管线、仪器仪表和救生消防设备、航行等各种技术检验。检验结束后，经维修处理，择日进行航行试验。其间，海事局工作人员和专业技术人员将对全体船员进行新一年的技术培训。

试航的船舶很快驶离码头，船员们各就各位。

试航需驶出100公里，方能检测出问题。华旦多杰是这艘船上的老船长，他当兵两年，复原后在青海湖工作了十八年。这十八年，白天在湖上颠簸，晚上在帐篷里睡觉。每逢大雨，帐篷里冷得像过冬。直到最近，船员们才住进了新修的宿舍。航行时，遇到大风大浪，华旦多杰还是会紧张得浑身出汗。局长池泗海是他的第一任老师，教会了他驾船，又把他送到广州船舶驾驶技术学校培训过多次。

年轻的海员华旦多杰，2009年参加工作，被同事们称作小华旦。小华旦有些羞涩，不太愿意说话。从春夏到秋天，他一直在湖上驾船。在青海湖工作很辛苦，可艰苦的工作总得有人干，既然选择了，就得好好干。

两位华旦多杰都是藏族，海南州共和县人，个头挺拔健壮，面貌英俊，轻轻一笑，露出洁白的牙齿，质朴动人。他们从小生活在湖边，对青海湖感情深厚，无法离开几乎与他们相依为命的这片湖水。

掌舵的老船长大华旦一眼不眨地看着前方。他每天早晨坚持5点钟起床，观察湖面、天色，仅海心山就去了200多趟，什么恶劣的气候都遇到过。他常说，每个人心中都有一片天地，我的天地就是青海湖。守住这片天地很难，也很容易。只要不计较得失，不与人攀比，没有过多的要求就能办到。

和大部分船员一样，80年代出生的多杰才让也是海南州人。经广东惠州、深圳船舶技术学校培训后，他一直在船上工作。他说，平时池局长待人处事温和谦逊，闲暇时还给船员们做饭，改善伙食，可只要涉及业务上的事，要求就非常严。他很清楚，这是对他负责，对工作负责，有点像在共和县切吉乡小学教书的父亲，对他要求很高。

当多杰才让考上最高级别的船员适任证书后，海拔较低、条件较好的贵德和坎布拉两地区都想调他过去。但是，他舍不得，他从小在青海湖长大，深爱这片湖水，哪儿也不想去。

突然，一阵急浪迎面而来，船舶上下颠簸、左右摇晃。

一阵眩晕，心脏猛地堵到了嗓子眼，池泗海站起身，摇摇晃晃地进了驾驶舱。他亲自掌舵，牢牢地，一眼不眨地盯着怒涛滚滚的湖面。

20多分钟后，湖面恢复了平静。他这才松开船舵，叮咛着驾驶员，离开了驾驶舱。

在湖上航行，每一次都有想象不到的危险。青海湖气候多变，尤其是多风的季节。看似平静的湖面，随时可能发生各种险情。刘海成面色黝黑，身体结实，已经在青海湖工作了27年。他勤恳踏实，懂业务，懂技术，关键是懂青海湖。他认为，近几年，青海湖湖水面积增大，跟全球气候变暖，北极圈融化面积扩大，冷气圈下移有关。此外，冷热空气交流，雨水量增大，雪山消融，也是其中原因。2016年，青海湖湖水量猛增2米多，超过了1992年的水平面。湖水冲毁了整个码头，淹没了近湖草场。对此，刘海成记忆犹新。

这突如其来的增长速度，容不得盲目乐观。老人们说，来自高原的江河由一滴滴水慢慢汇集而成，但如果一下子携带雪水雨水冲将下来，其结果只能是，来得快，消失得也快。

谁都明白细水长流的道理，但又有多少人愿意遵循道法自然的规律。如果没有青海湖，柴达木的风沙会吞噬大半个中国，我国北方将成为一片荒漠，作为维系青藏高原东北部生态安全的重要水体，青海湖不仅是控制西部荒漠化向东蔓延的天然屏障，而且还会对黄河流域产生重要影响。

天职

对岸的山影依稀可辨。金黄的、还未泛绿的草原慢慢涌入眼帘，静谧得宛如一个谜语。除了应急救助，保证航运安全，在航行中做到清洁湖面零排放，是海事局的天职。

处理轮船油污排放的过程，复杂细致。首先要将航行中排出的废油收集到油污桶，对油污数量做认真报备、严格记录，再放进专用容器，由山东威海柴油厂于规定时间回收。经过物理处理后，对油水混合物再进行专业分离、化学分解、深加工。对水面漂浮物和船内生活垃圾的处理，同样依照法定文书登记造册，拉到指定地点处理。万一在航行中出现漏油现象，要立即用吸油毯处理，绝对做到不污染水体。如今，池泗海领导的海事局已经完全做到了油污零排放、零污染。但是，船舶烟尘排放的问题还没有得到彻底解决。

夏季，是青海湖最美丽的时节，游人众多。有些人习惯把瓶子、垃圾直接往湖里扔；有些人则随意扔在沙滩，风一吹全吹到了湖面上；还有人，一边走，一边嗑瓜子，瓜子皮不一会儿就又吹到了湖面上。海事局的同志们得立即出航做打捞清洁工作。有时候，有的同志着急，大着嗓门吆喝几句，游客便马上表达不满，投诉他们态度不好。不过如今，人们的环保意识增强了，有些人开始理解他们的苦心，经过解释后，会解除对他们的投诉。让船舶在航行中少漏一滴油、让湖面少一点垃圾，这看似平淡、无足轻重的工作，让海事局的人吃尽了苦头。

青海湖气候难以琢磨，很多人的脾气也不好对付。为了青海湖，池泗海的心情一刻也没有轻松过。严防死守、履职尽责是海事局的责任。作为局长，他只能天天待在码头，和同志们一起坚守，没有别的好办法，海事局也因此成为自春夏至深秋全员上岗的部门。这几年，随着年龄的增长，池泗海开始失眠，每天晚上不到凌晨三四点睡不着觉。妻子让他回家缓缓，可是每到夏季，游人不断，离开码头，他的心里就不踏实，回去还是睡不着。

多年来，对青海湖的形成以及水质水量变化的研究一直没有中断。配合科学家在青海湖搞研究，也是海事局分内的事。2006年，中科院在湖中心钻探，研究湖水形成的原因。螺旋桨被钢丝绳绊住了。随同中科院来的专业潜水员是外国人，给他们付5000元报酬，都不愿下水。无奈，现任海事局副局长，当时还是一名海员的年轻人李永建，只好在没有专业潜水服、不戴氧气瓶的情况下，跳下去解开了被绊住的螺旋桨。出来时，受到水的压力压迫，肋骨都断了。李永建的举动感动了在场的所有人，那位外国潜水员惭愧地低下了头。

李永建从小在海南州塘格木长大，父亲是教物理、化学的教师，母亲从四川老家跟父亲一起来到条件艰苦的塘格木农场。那时，父亲月工资只有30元，母亲要做工贴补家用。李永建是家里的老大，既要干家务，还要照顾弟弟、妹妹。即使这样，李永建的学习成绩一直很好。为了早日上班减轻父母负担，他考入重庆河运学校，毕业后分配到龙羊峡运管所，和池泗海在一起工作，2008年他们俩又一同调到了青海湖海事局。

一天上午，李永建和爱人给岳母的助听器更换零件，遇到一位听力近乎丧失，来自民和乡下的农民，为了便于打工，给自己配了一个价格最低的助听器，可效果很差，在工地上，被工头训斥多次，想让店老板修一下。

"这个价格的助听器就这样，修了也好不到哪去。"老板有点不耐烦。

农民非常沮丧，定定地望着店老板，一筹莫展。

"工地上再发生一次我听不见话的事，包工头会把我赶走的。"农民的声音里带着哭腔，"这是我好不容易找的活。"

听了农民的话，李永建心里很难受。没来得及跟妻子商量就决定用自己的钱给农民配一款价格高、效果好的助听器。店老板受了感动，给他打了折，农民感激地流出了眼泪。回家的路上，没等李永建开口，妻子挽着他的胳膊，笑眯眯地说："你做得对，能为别人做点力所能及的事，我也很开心。"

海事局的人团结、敬业，工作认真、踏实，整体素质高，人长得也帅。沈局长退休后，池泗海与李永建先后任正副局长，全力以赴工作，成了一对好搭档。他们关心局里的每一位同志，宁愿自己吃亏也要照顾其他人。

又一个夏天到了。青海湖微波潋滟，闪耀着翡翠般的光泽。池泗海率领海事局全体成员，像往常一样坚守在码头，守护着青海湖。留守在办公室的熊烜24岁，是2017年由青海省委组织部从天津大学船舶海洋专业择优录取的选调生。2018年，熊烜考取了南京大学法律专业的研究生，准备去上学。他由衷地说，与海事局的同志们工作一年的经历，难以忘怀。今后，不论走到哪里，都不一定会遇到像池局长这样敬业、宽容、善良的领导，像海事局的同志们这样亲如兄弟、彼此关爱的同事。

受条件制约，青海湖船舶航行的基础保障和海事监管手段一直较为传统。船舶运营依赖行船经验，水上监管压力很大，海事监管主要靠高频对讲机和视频监控。2017年5月28日，交通运输部海事局决定援助青海省交通运输厅开展青海湖测绘工程项目，为科研人员和青海湖正规化监管、航运安全提供保障。

在两个半月的时间内，海事局全体成员协助天津海事测绘中心，利用多波束、侧扫声呐、卫星遥感等先进技术，测量青海湖500余平方公里，全面调查了青海湖核心区水文水深、地形地貌，描绘出版了三幅全要素的国家标准海图，不仅改写了青海湖没有电子或纸质海图的历史，还为科研人员提供了准确的数据基础。这可是池泗海和海事局全体同志多年来努力争取、梦寐以求的事。

生命短促，唯有美好记忆，才值得人在漫漫长夜中深思。

很多年过去了，守护青海湖的人早已练就了鹰一般铮亮的眼睛、铁一般坚硬的身子骨，不论秋霜，不论冬雪，默默守护，静静注视青海湖流域内发生的一切。他们的渴望和梦想，是唤醒或沉默或冷酷的心灵，也是守护和他们一起懂得这片湖水，懂得大自然的尊严……

苍茫高地,精神之宇(代后记)

人生中有很多值得回忆的事,也有虽不能够亲身经历,但却在反复的冥想、思量中让自己获得生命的意义、生活的意义的事。

尕布龙是20世纪六七十年代到90年代担任过青海省副省长职务的高级领导干部,"手握重权不牟私利,身居高位心系百姓"是中宣部授予尕布龙同志"时代楷模"光荣称号时给予的至高评价。作为一名优秀共产党员,尕布龙一生都在践行全心全意为人民服务的初心。退休之后,他又率领大家在荒山荒坡义务植树造林数十载,及至重病缠身,倒在病床上撒手人寰。尕布龙身上展现出的高贵道德品质和思想境界成为引领我们这个时代文明进步的精神力量。

因为他,我走进了需要足够勇气与耐力,最能体现现实主义精神,又受到想象力限制的报告文学创作,并在写作中收获了千金难换的情感体验和心路历程,也使自己的创作心态更趋于稳定、内敛。人类精神如此饱满、深厚、隽永,与大地有关,与生命有关，与未来有关。它的开启，既适合用诗歌、散文、小说去创作，同样需要报告文学这一站在时代前沿的文体去呈现。

我开始关注青海大地上那些仿佛在自讨苦吃的人：劈山造路的开路将军慕生忠；为研制"两弹一星"默默奉献的科学家、工人、战士、牧民；在空气稀薄的可可西里荒野风餐露宿、坚守阵地的巡山队员；玉树抗震救灾中舍生忘死、英勇献身的救援者、消防队员、医生、解放军战士；在茫茫戈壁、干枯的沙漠中寻找油矿，开发油田，苦战、大战的青海石油人；为保护青海湖生态环境甘受寂寞的青海湖人。每次采访回来，总有一种不忍与内疚以及感恩之情，深深扎在我心上，像高原凄厉的寒风，像雪山顶上与明月相伴的水母雪兔子，纯粹、清凉、圣洁。于是，每一个人物便在笔下鲜活起来、生动起来，每一个故事都好似春树明媚、夏花绚烂，鼓动起激情的双翼，飞扬在蓝天下。

这使我欲罢不能，数年来连续创作了数十篇报告文学作品。这些作品中努力追寻的正义感、使命意识，引起了有关报告文学作家、编辑的关注。其中，《尕布龙的高地》发表在《人民文学》，《雪山啸音》发表在《北京文学》，《在柴达木等你》《转湖之梦》发表在《安徽文学》。《在柴达木等你》收入2018年《中国报告文学年选》。《雪山啸音》荣获《北京文学》2018年度优秀报告文学奖。

在评奖会上，中国报告文学创作的领军人物、原中国作协副主席何建明先生说："《雪山啸音》是一首高原的脆歌，是一种诗意的叙述。"作家、评论家董保存说："这是一部感情充沛、打动人心的报告文学。索南达杰和巡山队员的情与爱，在作者笔端，将成为千古绝唱。"报告文学作家、报告文学理论研究者李炳银说："作者观察细致，文字深情，内容厚实，是富有现实和未来意义的好作品。"著名生态文学作家李青松说："这篇作品结构并不复杂，技巧也不高超，仅凭本色和真诚足以感动千千万万读者。"作家、评论家马步升说："人与自然的关系，也许是人类社会最难权衡的关系。为英雄业绩而歌颂，因现状的不容乐观而思考，是这篇作品的亮点。"

同时，我的报告文学创作还受到了原《十月》杂志主编张守仁先生、著名散文报告文学作家王宗仁先生、《北京文学》主编杨晓升先生、报告文学作家徐剑先生、生态文学作家李青松先生、《安徽文学》主编李国斌先生的极大鼓励和支持。我还清楚地记得2017年，《人民文学》主编施战军先生、副主编宁小龄先生，被尕布龙崇高而伟大的精神境界、道德品质感动，毫不迟疑地将《尕布龙的高地》一文刊登在《人民文学》，并不厌其烦地给予我指点帮助。同年，中国青年出版社出版了《尕布龙的高地》一书。特别要提到的是，几乎同一时间，百花文艺出版社也告知我，希望出版《尕布龙的高地》一书，让我感到既高兴又遗憾。一个作家，不论运用何种体裁写作，写什么样的内容，只要你真诚地传达出了人类共同向往和珍视的情感，就一定会得到有责任心的编者和读者的关注，并指导你、帮助你不断成长。

2019年，正逢新中国成立70周年。举国同祝，翘首期盼。在北京华章同人文化传播有限公司徐宪江先生、北京九志天达文化传媒有限公司韩薇女士的推荐下，重庆出版集团领导高度重视，决定收录我近年创作的七篇报告文学作品——《圣火的意念》《勿忘金银滩》《在柴达木等你》《尕布龙的高地》《再唱山歌给党听》《雪山啸音》《转湖之梦》，并以《苍莽高地》为题结集出版，向祖国母亲献礼。

《苍莽高地》中的故事均发生在青海，表现和反映的是中国人的精神气概、中华民族的传统美德。这是青海人民的骄傲，也是中国人民的骄傲，更是中华民族共同拥有的精神财富。作为写者，能够以自己浅陋的文字，讲述诞生在这片高地上的英雄们的故事，向他们表达我的敬仰之情，是我的幸运，是我从人格出发，穿透心灵，体现社会文化精神的文学实践。

作品中的故事，大多已时过境迁。当初，把它们写下来，不是为了发表、出版，是为了不被遗忘。即使只能存在电脑里，留给自己，留给儿子看，也不失为一种安慰和记忆。因为我是青海人，在这片土地上出生、长大，父亲常常向我提及，从小耳濡目染的、萦绕在心间的，就是这些事、这些人。但，毫无疑问，不管什么时候发生的，发生了什么事，故事中的这些人，都在努力地拥抱大地，拯救别人，寻求幸福，足以体现中华民族吃苦耐劳、舍生忘死的开拓精神；足以展示中国人艰苦创造、自力更生的奋斗业绩；足以诠释青海人集体创造、共同奋进的倔强力量。他们朴实的语言，他们高贵的情怀，无需任何粉饰，也不需更多渲染，只需用一颗平静的感恩之心、用一份亲切的怀念之情，去真诚地叙述、表达、缅怀，去理直气壮地讴歌。

感谢愿意接受我采访的各位朋友；感谢在创作中给予我信任和关怀的老师、前辈；感谢青海省委组织部、省委党校，玉树州委组织部、州委党校，海北州委组织部、宣传部，三江源国家公园管理局，中国石油青海油田公司，还有慕生忠将军的家人为我提供的珍贵资料、采访条件；感谢"两弹一星"纪念馆、"两弹一星"奉献精神主题演讲团的各位成员的精彩讲述；感谢重庆出版集团对这本书的厚爱，对一个报告文学作家的扶持和培养，感谢责任编辑对这本书的精心编辑。

当然，最应该感谢的，还是曾经站在青海这片苍莽高地上，值得人们永远礼赞、铭记的英雄。是他们，让流淌在青海大地上的江河奔流不息；是他们，让耸立于世界屋脊的巍峨雪峰圣洁夺目；是他们，让无愧于青海高地的灵魂与精神不朽；是他们，让人类的精神之宇保持着天真、善良与纯洁，也让我，一个平凡的写者，有机会重返未被污染的世界、生命本来的样貌。

辛茜

2019年6月13日

图书在版编目（CIP）数据

苍莽高地 / 辛茜著. -- 重庆：重庆出版社，2019.12
ISBN 978-7-229-14398-5

Ⅰ.①苍… Ⅱ.①辛… Ⅲ.①报告文学－中国－当代Ⅳ.①I25

中国版本图书馆CIP数据核字（2019）第189768号

苍莽高地

辛茜 著

策　　划：华章同人
出版监制：徐宪江
责任编辑：秦　琥　马巧玲
责任印制：杨　宁
营销编辑：王　良　刘　娜
封面设计：A BOOK STUDIO 墨泰 Design 461084

重庆出版集团
重庆出版社 出版

（重庆市南岸区南滨路162号1幢）
投稿邮箱：bjhztr@vip.163.com
三河宏盛印务有限公司　印刷
重庆出版集团图书发行有限公司　发行
邮购电话：010-85869375/76/77转810

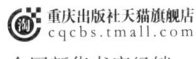

重庆出版社天猫旗舰店
cqcbs.tmall.com

全国新华书店经销

开本：880mm×1230mm　1/32　印张：8.375　字数：160千
2019年12月第1版　2019年12月第1次印刷
定价：45.00元

如有印装质量问题，请致电023-61520678

版权所有，侵权必究